মিত্র ও ঘোষ

পঞ্চকেদার

উমাপ্রসাদ মুখোপাধ্যায়

মিত্র ও ঘোষ পাবলিশার্স প্রাঃ লিঃ
১০ শ্যামাচরণ দে স্ট্রিট, কলকাতা ৭০০ ০৭৩

পঞ্চকেদার
উমাপ্রসাদ মুখোপাধ্যায়

প্রথম মিত্র ও ঘোষ সংস্করণ: বৈশাখ ১৩৯৩
দ্বাদশ মুদ্রণ: জ্যৈষ্ঠ ১৪৩২

দুশো পঞ্চাশ টাকা

প্রচ্ছদ: পূর্ণেন্দু রায়

Panchakedar
Umaprasad Mukhopadhyay
Published by Mitra & Ghosh Publishers Private Limited,
10 Shyama Charan Dey Street, Kolkata 700 073, India
Printed by Magic Printers,
1, Ramanath Majumder Street, Kolkata 700 009

12th Edition: June 2025

Price: Rs. 250/-

I S B N: 978-81-72930-44-8

মিত্র ও ঘোষ পাবলিশার্স প্রাঃ লিঃ, ১০ শ্যামাচরণ দে স্ট্রিট, কলকাতা ৭০০ ০৭৩ হইতে প্রকাশিত ও ম্যাজিক প্রিন্টার্স, ১, রমানাথ মজুমদার স্ট্রিট, কলকাতা ৭০০ ০০৯ হইতে মুদ্রিত।

সূচীপত্র

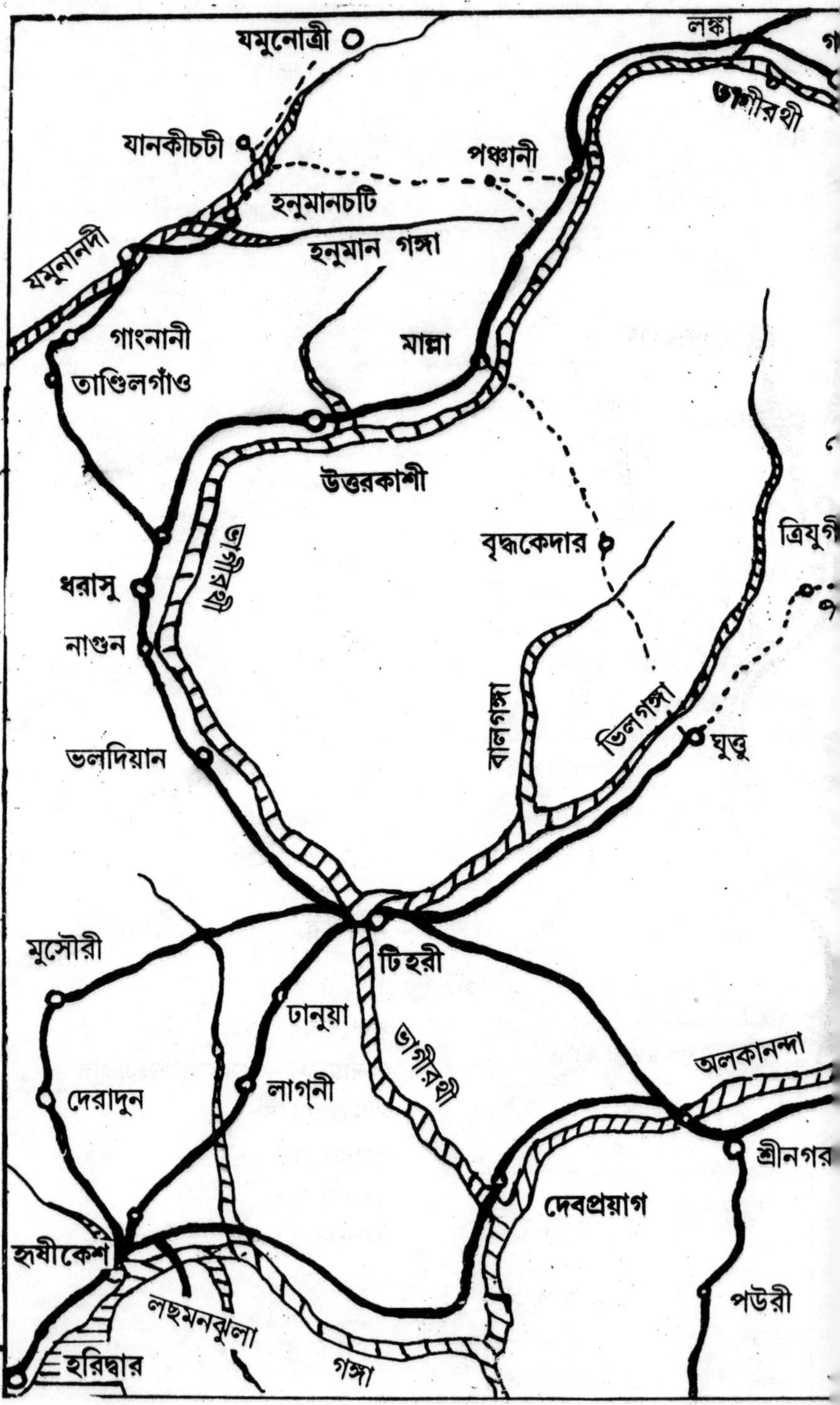
যমুনোত্রী
লঙ্কা
ভাগীরথী
যানকীচটী
পঞ্চানী
হনুমানচটি
হনুমান গঙ্গা
যমুনানদী
গাংনানী
মাল্লা
তাণ্ডিলগাঁও
উত্তরকাশী
ভাগীরথী
বৃদ্ধকেদার
ধরাসু
নাগুন
ভলদিয়ান
বালগঙ্গা
ভিলগঙ্গা
ঘুত্তু
মুসৌরী
টিহরী
ঢানুয়া
ভাগীরথী
অলকানন্দা
লাগ্নী
দেরাদুন
শ্রীনগর
দেবপ্রয়াগ
হৃষীকেশ
পউরী
লছমনঝুলা
হরিদ্বার
গঙ্গা

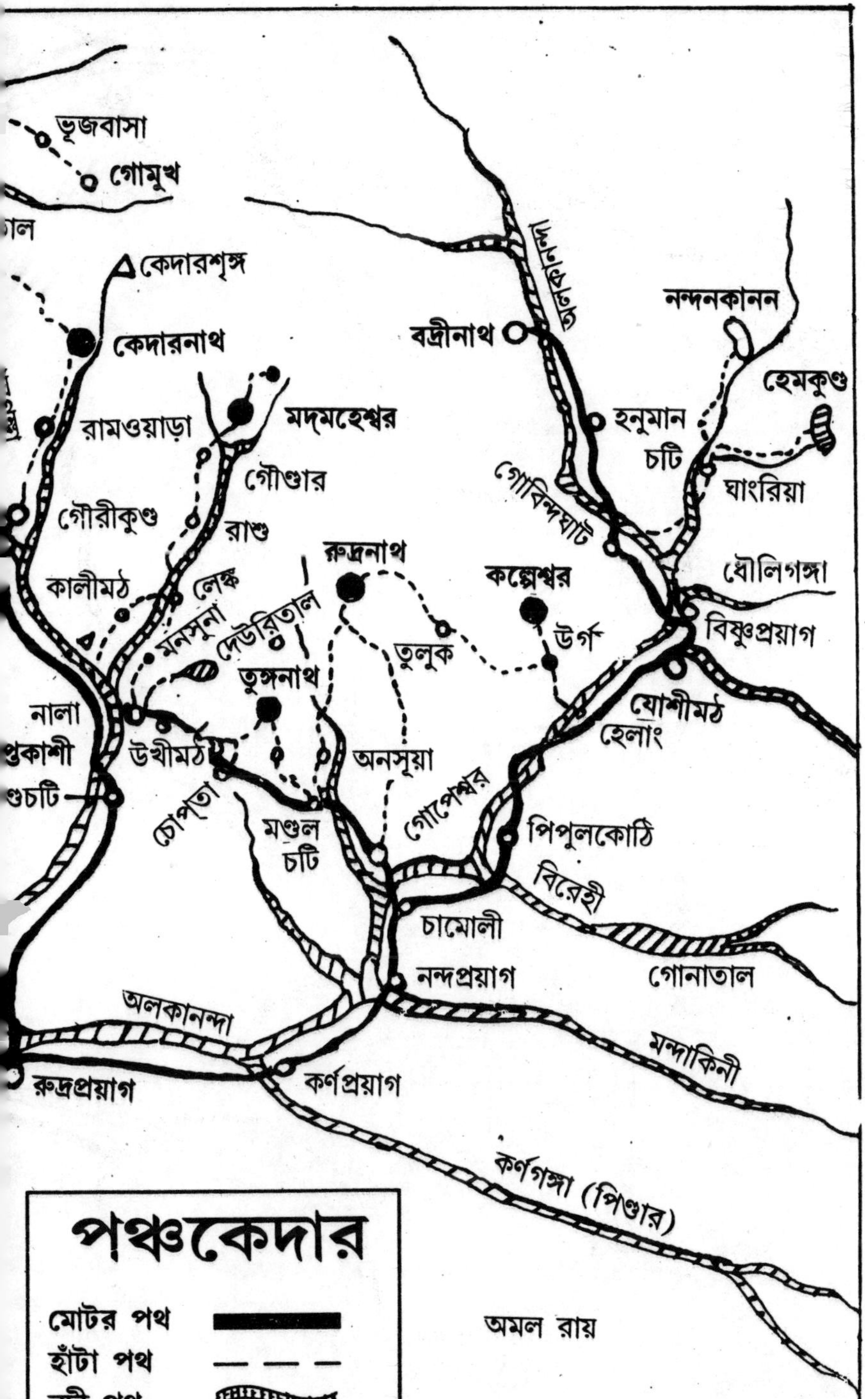

পঞ্চকেদার
মোটর পথ
হাঁটা পথ
নদী পথ
ভূজবাসা
গোমুখ
কেদারশৃঙ্গ
কেদারনাথ
বদ্রীনাথ
নন্দনকানন
হেমকুণ্ড
মদমহেশ্বর
রামওয়াড়া
হনুমান চটি
গৌণ্ডার
ঘাংরিয়া
গৌরীকুণ্ড
রাশু
গোবিন্দঘাট
রুদ্রনাথ
কল্পেশ্বর
ধৌলিগঙ্গা
কালীমঠ
লেঙ্ক
দেউরিতাল
মনসুনা
বিষ্ণুপ্রয়াগ
তুলুক
তুঙ্গনাথ
নালা
যোশীমঠ
হেলাং
উখীমঠ
অনসূয়া
চোপ্তা
গোপেশ্বর
মণ্ডল চটি
পিপুলকোঠি
বিরেহী
চামোলী
নন্দপ্রয়াগ
গোনাতাল
অলকানন্দা
মন্দাকিনী
রুদ্রপ্রয়াগ
কর্ণপ্রয়াগ
কর্ণগঙ্গা (পিণ্ডার)
অমল রায়

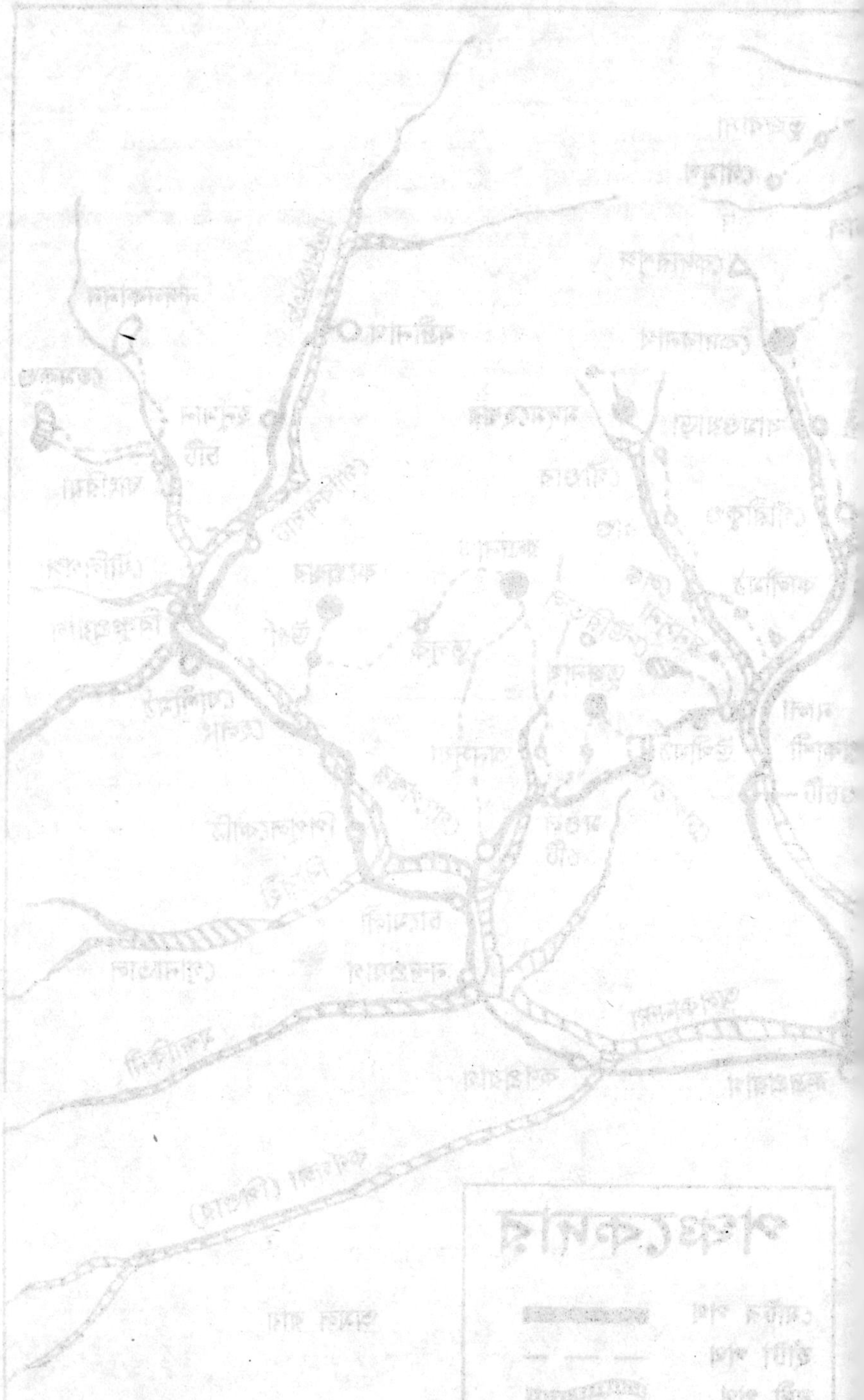

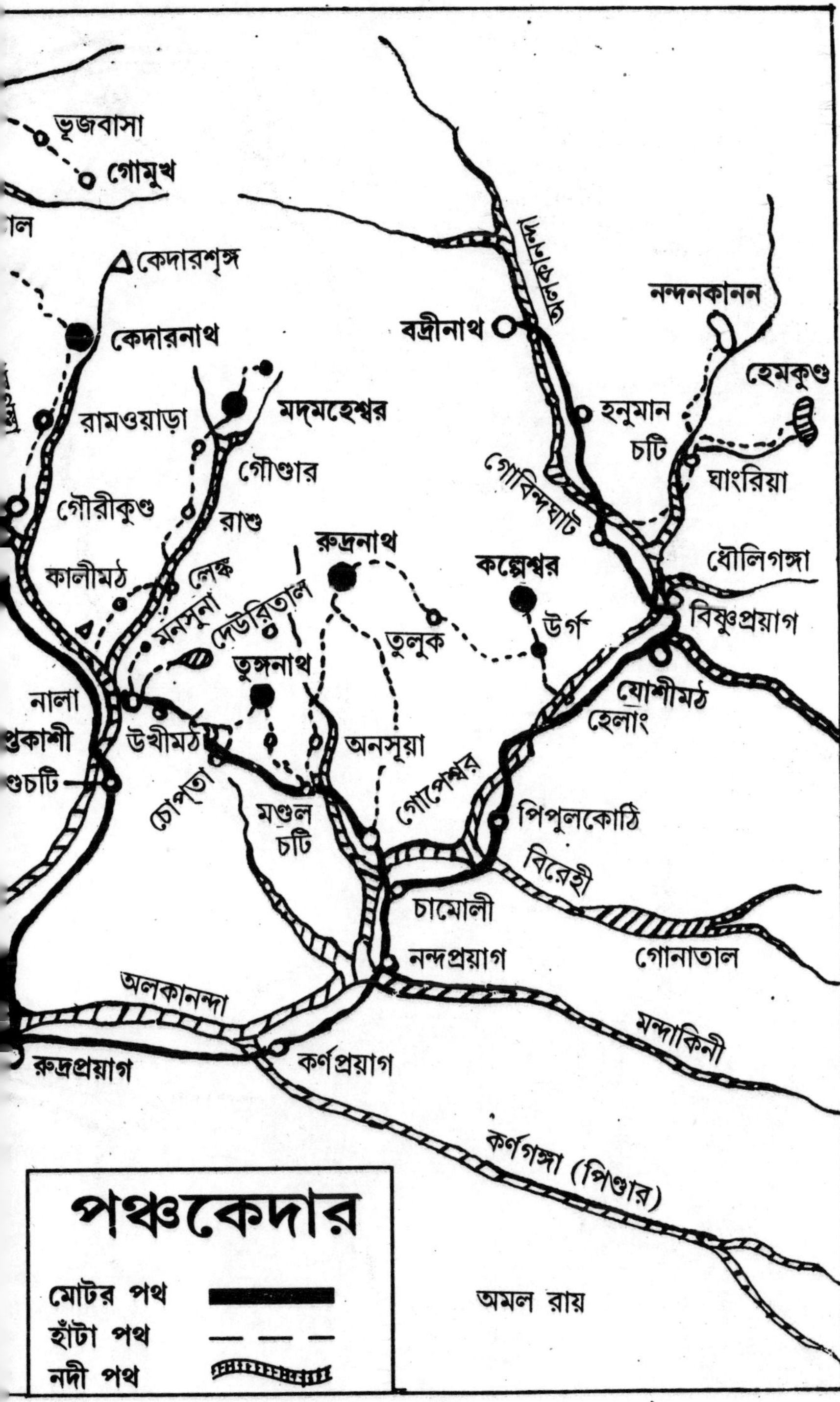

পঞ্চকেদার
মোটর পথ
হাঁটা পথ
নদী পথ
অমল রায়
ভূজবাসা
গোমুখ
কেদারশৃঙ্গ
কেদারনাথ
রামওয়াড়া
গৌরীকুণ্ড
কালীমঠ
নালা
উখীমঠ
চোপ্‌তা
মদমহেশ্বর
গৌণ্ডার
রাশু
লেঙ্ক
মনসুনা
দেউরিতাল
রুদ্রনাথ
তুঙ্গনাথ
তুলুক
অনসূয়া
মণ্ডল চটি
গোপেশ্বর
কল্পেশ্বর
উর্গ
বদ্রীনাথ
হনুমান চটি
গোবিন্দঘাট
নন্দনকানন
হেমকুণ্ড
ঘাংরিয়া
ধৌলিগঙ্গা
বিষ্ণুপ্রয়াগ
যোশীমঠ
হেলাং
পিপুলকোঠি
বিরেহী
চামোলী
নন্দপ্রয়াগ
গোনাতাল
অলকানন্দা
মন্দাকিনী
রুদ্রপ্রয়াগ
কর্ণপ্রয়াগ
কর্ণগঙ্গা (পিণ্ডার)

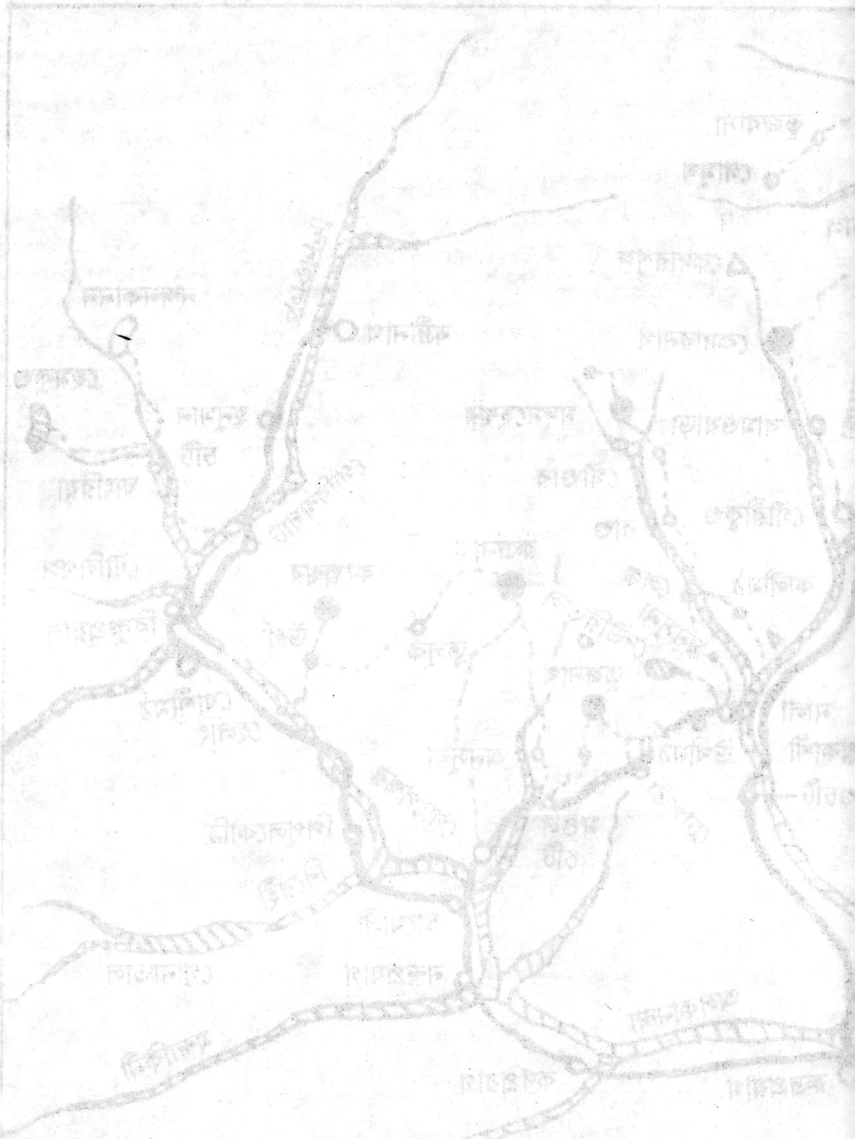

পঞ্চকেদার

দেবতাত্মা হিমালয়ে প্রসিদ্ধ তীর্থ কেদার-বদরী। ভারতের সকল অংশ থেকে হাজার হাজার যাত্রী চলে এই প্রাচীন তীর্থ-পথে। কিন্তু, ঐ উত্তরাখণ্ডে পঞ্চকেদার ও পঞ্চবদরী আছেন, সে কথা হয়ত অনেকেরই জানা নেই।

বদরীনাথ তীর্থ-যাত্রা এ যুগে সহজ ও সুগম হয়েছে। এখন যাত্রীবাহী বাস গিয়ে থামে মন্দিরের সিংহদ্বারের সম্মুখে। কেদারনাথের পথেও মোটর-পথ অনেক দূর এগিয়ে গিয়েছে। এই বাস-চলাচল দুর্গম পথে যাতায়াতের সুবিধা আনে, সন্দেহ নেই। কিন্তু, হিমালয়-পথের বৈচিত্র্যময় আনন্দও অপহরণ করে!

তবুও পঞ্চকেদার এখনও দুরূহ পথের গোপন রহস্য ও নিভৃতির পরম শান্তি সযত্নে রক্ষা করেন। সভ্যতার যানবাহন আজও সেখানকার মন্দির-দুয়ারে পৌঁছাতে পারে নি।

মহাভারতীয় যুগের এক মনোজ্ঞ উপাখ্যান পুরাণে পাওয়া যায়। কুরুক্ষেত্র যুদ্ধে পাণ্ডবগণ জয়ী হন। ধর্মের জয়, অধর্মের পরাজয়। কিন্তু, চাঁদেও কলঙ্ক লাগে। জ্ঞাতি-বধের দুর্বহ বোঝার ভারে ও গভীর শোকে পঞ্চপাণ্ডব অধীর হন। প্রায়শ্চিত্ত করার উদ্দেশে হিমালয়ে চলেন। সেখানে দেবাদিদেব মহাদেবের তপস্যা করেন। শিবও সহজে ধরা দিতে চান না। পাহাড়ে পাহাড়ে লুকিয়ে বেড়ান। একদিন ভীমসেন হঠাৎ দেখতে পেয়ে প্রায় ধরে ফেলেন। মহিষের রূপ ধারণ করে মহাদেবও ছুটে পালান। মেদিনী-মধ্যে প্রবেশ করেন। ভীমবেগে মধ্যম পাণ্ডবও পিছনের অংশ জাপটে ধরেন। এ সবই ঘটে হিমালয়ের কেদারখণ্ডে। মূল কেদারনাথে মহিষরূপী সেই শিবেরই পশ্চাৎ অংশ, নেপাল পশুপতিনাথে সম্মুখভাগ। মদমহেশ্বরে নাভি। তুঙ্গনাথে বাহু। রুদ্রনাথে মুখ। কল্পেশ্বরে জটা। গাড়োয়ালে অবস্থিত এই পাঁচটি তীর্থস্থানকে বলে—পঞ্চকেদার। পঞ্চপাণ্ডব এইসব স্থানে মহাদেবের আরাধনা করে পাপমুক্ত হন ও শান্তিলাভ করেন।

এ যুগের যাত্রীরা অনেকেই হয়ত এই পাঁচকেদারের সন্ধান রাখেন না। সে-যুগে হিমালয়-দুহিতা পার্বতী নিজেও হয়ত জানতেন না। তাই বোধ করি মহাদেব মহাদেবীকে সেই তীর্থগুলির পরিচয় দেন :

কেদারং মধ্যমং তুঙ্গং তথা রুদ্রালয়ং প্রিয়ম্।
কল্পকং চ মহাদেবি সর্বপাপপ্রণাশনম্॥

হে মহাদেবি, কেদার (কেদারনাথ), মধ্যম (মধ্যমেশ্বর বা মদমহেশ্বর), তুঙ্গ (তুঙ্গনাথ), প্রিয় রুদ্রালয় (রুদ্রনাথ) ও কল্পক তীর্থ (কল্পেশ্বর বা কল্পনাথ)—সর্বপাপহর এই তীর্থগুলি।

অতঃপর মহাদেব একে একে এই পঞ্চকেদারের মাহাত্ম্য বর্ণনা করেন।

গাড়োয়ালবাসীরাও এখনও সেই পঞ্চকেদারের অস্তিত্ব দেখান।

অলকানন্দার (বিষ্ণুগঙ্গার) উপকূলে বদরীনাথ। মন্দাকিনীর তটে কেদারনাথ।

অলকানন্দা ও মন্দাকিনীর সঙ্গম রুদ্রপ্রয়াগে। এই দুই নদীর প্রবাহপথের মধ্যবর্তী অঞ্চলে হিমালয়ের যে বিশাল গিরিশ্রেণী তারই পাঁচটি উত্তুঙ্গ শিখরের পাদদেশে এই পঞ্চকেদারের পাঁচটি মন্দির। আজও সে সব স্থানে যেমন প্রাকৃতিক সৌন্দর্যের মহান দীপ্তি, তেমনি ধ্যানগম্ভীর হিমাচলের শব্দলেশহীন নিবিড় প্রশান্তি।

হিমগিরির তুষার-রত্নবেদীতলে সাজানো যেন পূজার পঞ্চপ্রদীপের পাঁচটি উজ্জ্বল নিষ্কম্প শিখা।

আধুনিক কালের সেই পঞ্চকেদারের পথের সামান্য পরিচয় দানের এই প্রচেষ্টা।

পঞ্চকেদারের তৃতীয় কেদার - তুঙ্গনাথ

পঞ্চকেদারের পঞ্চম কেদার - কল্পেশ্বর

চৌখাম্বার ক্রোড়ে বৃদ্ধ মদমহেশ্বর

পঞ্চকেদারের দ্বিতীয় কেদার - মদমহেশ্বর

কেদারক্ষেত্রের রুদ্রতীর্থ রুদ্রনাথের গুহামন্দির

কেদারনাথ মন্দির

কেদারনাথ—সেকাল ও একাল

॥ ১ ॥

প্রায় চল্লিশ বছর আগেকার কথা। ১৯২৮ সাল। সেই আমার প্রথম কেদার-বদরী যাত্রা। সে-যাত্রার কি সমাপ্তি নেই? পৃথিবী ঘোরে, বছরও ঘুরে আসে, আমিও ঘুরি। এই দুবছর আগেও গিয়েছি। কিন্তু সেই প্রথম যাত্রার বিপুল উৎসাহ, আকুল আগ্রহ আজ আর নেই। তখন ছিল বাঁধভাঙা নদীর প্রবল উচ্ছ্বাস। প্রচণ্ড বেগ। এখন শান্ত ধীর গভীর জলের অচঞ্চল প্রবাহ।

বয়সে দেহের শক্তি কমে। মনের কৌতূহল মেটে। এখন হৃদয়-ভরা হিমালয়-পথের আনন্দ। সারা জীবনের সঞ্চিত অমূল্য সম্পদ। দূরে বসেও সে-আনন্দের অপার্থিব স্বাদ পাই। যেমন ভাবে যেখানেই থাকি না কেন,—দেহ-মন তারই সৌরভে সুরভিত, স্মৃতি বিজড়িত, আনন্দ-দীপ্ত। পায়ে না চলেও মনে পথ-চলার পরম আনন্দ। যেন, ঘটে ভরে-রাখা গঙ্গাজল।

তাই ভাবি, ট্রেন-বাস-এর ভিড় ঠেলে আর যাওয়া নয়। যাওয়ার প্রয়োজনও নেই। ভাবি তাই। তবু, আবার যদি চলেও যাই, আশ্চর্য নয়। হিমালয়ের এমনি দুর্নিবার আকর্ষণ। বার বার পথে টানে। কেন টানে? কিসে টানে? কে জানে!

কিন্তু প্রথম যে-বছর যাই, হিমালয়কে এমনভাবে চিনতাম না।

দার্জিলিং গিয়েছি তার আগে কয়েকবারই। কালিম্পং-এর পথেও ঘুরে এসেছি। অন্যান্য হিল-স্টেশনেও। হিমালয়ের সে এক ভিন্ন রূপ। সাগরতটে বসে সমুদ্র দেখা। অসীম অতল জলধির তরঙ্গ-দোলায় দোলার সে-আনন্দ কোথা?

১৯২১ সালে হরিদ্বার-হৃষীকেশেও কদিন কাটাই। সেই সুযোগে প্রথম দেখা লছমনঝোলা।

কি ভাবে দেখেছিলাম, আজ আর ঠিক মনে নেই। তবু, স্পষ্ট মনে আছে, হিমালয়ের বিরাট রূপ ও গঙ্গার উচ্ছল সৌন্দর্য পরম বিস্ময় জাগায়। চারিদিকে ধ্যানমৌনী গিরিশ্রেণী। তারই মধ্যে দিয়ে এগিয়ে আসেন গৈরিকবসনা ভৈরবী জাহ্নবী। আলুলায়িত কুন্তলা।

মর্মে মর্মে অদ্ভুত এক আকর্ষণ বোধ করি কেদার-বদরীর পায়ে-হাঁটা পথখানি দেখে। লছমনঝোলার অপর পারে পথের মুখে দাঁড়িয়ে নির্বাক বিস্ময়ে তাকিয়ে থাকি। বিশাল হিমালয়। পদপ্রান্তে সরল রেখা টেনে দূরে চলে যায় নির্জন শান্ত পথ। নিবিড় অরণ্যের ঘন ছায়ায় হারিয়ে যায়। জননী জাহ্নবী হাত ধরে টেনে এনে তাঁরই কূল দিয়ে নিয়ে চলেন—পথহারা শিশু-পথরেখাটিকে।

অবাক হয়ে দেখতে থাকি। কোথায় চলে সে-পথ? মন টানে।

ঘরে ফিরি। কিন্তু, মনের গভীরে, দেহের রন্ধ্রে রন্ধ্রে শিরা-উপশিরায় সে-পথ একাকার হয়ে মিশে যায়। ঘরের বাহিরে টানে।

॥ ২॥

সাত বছর পরে ফিরে আসি।

১৯২৮ সাল। হিমালয়ের পথে পথে পায়ে হাঁটা শুরু হয়। মায়ের সঙ্গে তীর্থে চলি। সঙ্গে অন্য সঙ্গীরাও আছেন। হৃষীকেশ থেকেই হাঁটা আরম্ভ। বাস-এর রাজপথ তখনও হিমালয়ের অন্দরমহলে পৌঁছয় নি। কেদার-বদরী দর্শন করে কর্ণপ্রয়াগ থেকে ভিন্নপথে ফেরা,—মেহেলচৌরী হয়ে রানীক্ষেত। সেইখান থেকে বাস। কাঠগোদামে ট্রেন ধরা। হাঁটতে হবে সবসুদ্ধ প্রায় চার শ' মাইল।

চার শত মাইল! শুনে সবাই চমকে ওঠেন। শুধু মাইলের দূরত্বই নয়, হিমালয়ের দুর্গমতাও।

দাদারা নিষেধ করেন, না, না, হেঁটে যাওয়া চলবেই না। মায়ের জন্যে ডাণ্ডি তো থাকবেই, তোমার জন্যেও একটা রাখবে। দরকার না হয় উঠো না, কিন্তু সঙ্গে থাকবেই।

কথাও দিয়ে আসতে হয়। সঙ্গী পূর্ণদা বড় স্পোর্টসম্যান। তাই একসময়ে খেলায় হাঁটুও ভাঙে। অতএব, তাঁর সঙ্গে ভাগাভাগি করে ডাণ্ডি রাখা হয়। কিন্তু, সঙ্গেই থাকে। চড়ে বসার প্রয়োজন হয় না,—একদিনও। চড়তে ইচ্ছাও হয় না। আমারও নয়, পূর্ণদারও নয়। সারাপথ শূন্যযাত্রী সেই ডাণ্ডি চলে। ছোটখাটো দরকারী মালপত্র—চট্টিতে পৌঁছেই যেগুলির নিত্যপ্রয়োজন—সেইগুলি চাপানো থাকে সেই ডাণ্ডিতে। ভারবিহীন ডাণ্ডি,—অপর ডাণ্ডিবাহকদের মনে ঈর্ষা জাগায়। বিদ্রূপ করে বলে,—ওটা তো মালগাড়ি—গুডস ট্রেন!

হরিদ্বার থেকে যাত্রার আগে পোস্ট-অফিস-এ যাই। কেদার-বদরীর পথে সাময়িক ডাকঘর কোথায় খুলেছে, তার তালিকা ও দূরত্ব দেখে হিসাব করি, কলকাতা থেকে কবে কোথায় চিঠি দিলে পাওয়ার সম্ভাবনা। নিজেদের দৈনন্দিন পথ চলারও প্রোগ্রাম করা হয়। পরামর্শ হয়, দিনে দশ মাইল হাঁটা—দুবেলায়। দশ মাইল—হিমালয়পথে! কম কথা! সেইমত হিসাব করে কলকাতায় জানাই, কবে কোথায় কোন্ পোস্ট-মাস্টারের কেয়ারে চিঠি দিতে হবে।

কিন্তু, পরে দেখা যায়, খাতার পাতায় হিসাব ঠিক হলেও, পায়ে হাঁটার গতিবেগের অঙ্কে ভুল হয়। এ-যেন নৌকা চলার বেগের হিসাব। স্রোতের টান, হাওয়ার হিসাবে ভুল। অভিজ্ঞতার অভাবে তখন ভাবতেই পারি না, হিমালয়ে পথ চলাই সহজ ধর্ম। তাইতেই আনন্দ। চরণযুগল চলার নেশায় সদাই মশগুল। যেন ভক্তের হাতে জপের মালা। ঘুরেই চলে। দেহে ক্লান্তি? সে তো নামবেই।

কিন্তু পাহাড়ের আবহাওয়ার এমনি গুণ, ক্ষণিক বিশ্রাম সব শ্রান্তি নিমেষে দূর করে। ভোরের শিশির রোদের তাপে যেমন মিলায়। সামনের পথ হাত-ইশারায় ডাক দেয়,—বসে কেন? এগিয়ে চলো। দেখবে এসো—কি আছে, ঐ পাহাড়-পথের ঐ বাঁকে!

একদিনের ঘটনা। ফেরবার পথে। যাত্রা-শেষে নেমে চলি। পাহাড়ে পথ চলায় তখন অভ্যস্ত। সার্থক যাত্রার অপরিসীম আনন্দ, বিপুল উল্লাস সারাদিন পথ চলার। দিনশেষের আশ্রয়ে পৌঁছুই। তখনও সূর্য ডোবে নি। চটির দাওয়ায় বসে পূর্ণদার সঙ্গে হিসাব করি,—সারাদিন আজ কত মাইল হাঁটা হল? গুনে দেখি, পঁচিশ মাইল। দুজনেই উৎসাহে হাসি। গর্ববোধ করি। হিমালয়ে পঁচিশ মাইল! পায়ে হেঁটে—একদিনে! বন্ধুরা শহরে বসে বিশ্বাসই করবেন না।

তাকিয়ে দেখি, সামনে পথ দিয়ে এগিয়ে চলেন, একদল যাত্রী। কয়টি গুজরাটী মহিলা। বেঁটেখাটো। গোলগাল চেহারা। ফর্সা রঙ। পথ চলায় মুখ আরও রাঙা দেখায়। হেলেদুলে এগিয়ে চলেন। টাট্টুঘোড়ার মত।

দেখেই চিনতে পারি। গতরাত্রে একই চটিতে এই যাত্রীদলও ছিলেন। আজ ভোরে সেখান থেকেই যাত্রা শুরু করেন। তাঁরাও চলে এলেন। শুধু তাই নয়। আমাদের বসে থাকতে দেখে একমুখ হাসি নিয়ে বলেন, তোমরা বসে যে? এরই মধ্যে? এখনও তো বেলা রয়েছে,—আরও মাইল দুই চলা যাবে—

বলে উৎসাহে পরের চটির উদ্দেশে মেয়েরা এগিয়ে যান।

দুজনে পরস্পরের মুখের পানে তাকাই। গর্বের হাসি লজ্জায় মিশায়।

॥ ৩॥

সেই চারশ' মাইল পথ পায়ে হেঁটে তখন যেতে লাগত এক মাস। সেবার ২৯শে এপ্রিল হরিদ্বার থেকে বাস-এ সকালে রওনা হই। হৃষীকেশে কয়েক ঘণ্টা কাটিয়ে দুপুর আড়াইটেতে পদযাত্রা শুরু হয়। ২৮শে মে সকালে রানীক্ষেতে পৌঁছেই বাস পাই। সন্ধ্যায় কাঠগোদামে ট্রেন ধরি।

আর এখন? হৃষীকেশে বাস-এ বসে সেইদিনই বিকালে গুপ্তকাশী। সেখান থেকে কেদারনাথ দুইদিনের হাঁটা পথ। বদরীনাথ-যাত্রায় হাঁটার আর প্রশ্নই ওঠে না। বাস থেকে নেমে বদরীনাথ দর্শন। আবার বাস-এ বসে হৃষীকেশে ফেরা। এক সপ্তাহেই যাত্রা-শেষ!

১৯২৮ সালে হৃষীকেশ ছেড়ে লছমনঝোলায় গঙ্গা পার হই নৌকা করে। ১৯২৪ সালে বন্যার প্রকোপে পুল ভেঙে যায়। এখনকার পুল তখনও তৈরি হয়নি।

লছমনঝোলা ছাড়িয়ে অপর পারে দু-মাইল গিয়ে মনোরম চটি। সুন্দর সাজানো বাগান। সুশ্রী ঝরনা। বাঁধানো কুণ্ড। অল্প নীচেই গঙ্গা। ঝরনার উপর

দিকে মাইলখানেক গেলে দেখা যায় ঝরনার জলে গাছ পাতা পাষাণীভূত বা fossilized হয়ে আছে। হয়ত গন্ধকের প্রভাবে। ছোট একটা জলপ্রপাত। পাহাড়ের গায়ে গুহা। বদরীনাথের যাত্রামুখে মনোমুগ্ধকর পার্বত্যশোভা। চটির নামও তেমনি,—গরুড় চটি। নারায়ণমন্দিরের দ্বারী গরুড়। ভক্ত যাত্রীদের বিশ্বাস, এই কঠিন তীর্থপথে তিনিই যাত্রীদের নিত্যসঙ্গী। পাণ্ডাজীও জানান, পথ চলতে ক্লান্তিবোধ হলেই গরুড় ভগবানকে স্মরণ করবেন। নারায়ণের বাহন। নিজে এসে কাঁধে করে ভক্তকে নিয়ে যাবেন।

যাত্রীদের মুখেও তাই অনবরত ধ্বনি ওঠে, বোল, গরুড় ভগবান কী জয়!—সমস্বরে সবাই তখনই সেই একই রব তোলে।

গরুড় আসেন না ঠিকই। তবে সমবেত চিৎকারে যাত্রীর মনে উৎসাহ জাগে, পথ-চলার নব প্রেরণা আনে।

যুদ্ধক্ষেত্রে রণসংগতী যেমন সৈনিকের মনে উন্মাদনা জাগায়।

বদরীনাথের সেই পুরানো যাত্রাপথ পরিত্যক্ত হলেও এখনও অনেকে হৃষীকেশ থেকে ছুটির দিন কাটাতে আসেন,—এই গরুড় চটিতে।

প্রথম রাত কাটে সেবার আরও দু মাইল গিয়ে ফুলবাড়ি চটিতে। বিকেল বেলা। চটিতে মালপত্র সাজিয়ে গঙ্গার ধারে চলে যাই। চারিপাশে পাথর। নানান রঙের। বহু আকারের। পাশেই তীরবেগে গঙ্গার ধারা বহে চলে। পাথরে আঘাত পেয়ে জল ছিটকে ওঠে। একটা বড় পাথরের উপর বসে দেখতে থাকি। জলের কলকল ধ্বনি শুনি। নদী যেন কথা বলে। যেমন, পাতাভরা প্রকাণ্ড গাছ। পাতার আড়ালে ছোট্ট একটি পাখি। মধুর কণ্ঠে শিস দেয়। দেখা যায় না, শুধু সুরই শুনি। মনে হয় গাছই বুঝি পাতার খঞ্জনী বাজিয়ে গান ধরে।

যেদিকে তাকাই পাহাড়ের সারি। আকাশপানে মাথা উঁচু করে। ওপারে গহন বন। এপারে যাত্রা-পথ, চটি। একদৃষ্টে ওপারে তাকিয়ে থাকি। কি জানি, বন্য পশু হয়ত নামবে জল খেতে। অরণ্য-রহস্যে-ভরা গঙ্গার অপর পার।

কালের বিচিত্র গতি। মোটরের পথ এখন চলে সেই পার দিয়ে। লছমনঝোলা পড়ে থাকে পথের পাশে—নীচে। এখন কেদার-বদরী-যাত্রায় সেই পার থেকে বাস-এ বসে তাকিয়ে থাকি। মোটর ছোটে। হিমালয়ের নিস্তব্ধতা ভেদ করে—সশব্দ গতিবেগে। এপারে দেখা যায়—যাত্রীশূন্য পরিত্যক্ত প্রাচীন যাত্রাপথ। ভেঙেপড়া চটির ঘরবাড়ি। দৈবাৎ দুএকজন লোকের অলস মন্থর গতি। এখন ওপারে নতুন-জাগা লোকালয়, এপারে পুরানো পথের অতীত কাহিনী।

সেইবারে যাত্রাপথের প্রথম সন্ধ্যায় একটি জিনিস হারায়। অন্ধকার নামলে গঙ্গার তীর ছেড়ে চটিতে ফিরি। একটু পরেই জানতে পারি পকেট থেকে ঘড়িটা কোথায় পড়েছে। কখন কোথায় ফেলেছি বুঝতে পারি নি। গঙ্গার ধারে টর্চ জ্বেলে খুঁজি। কোথাও পাই না। মনে কিন্তু হারানোর দুঃখও জাগে না।

হিমালয়-পথের প্রথম পাঠ নিই, ঘড়ির কাঁটায় বাঁধা সময় তীর্থপথে মুক্তি পায়। যেন, খাঁচার পাখি ছাড়া পেয়ে নীল আকাশে উড়ে যায়।

এ-পথে যাত্রী চলে আকাশের আলো দেখে। রাতের আঁধার কাটার আগেই যাত্রী জাগে। চটিতে গুঞ্জরণ ওঠে। মালপত্র নেবার জন্যে কুলিরা এসে তাগাদা দেয়। যাত্রীর পোঁটলা-পুঁটলি রাত্রেই গোছানো, এখন কেবল বিছানা গুটানো। কোন রকমে প্রাতঃকৃত্য শেষ করে পথ চলা শুরু। হয়ত যাত্রার আগে অল্প কিছু খাওয়া, না হলে খালি পেটে হাঁটলে অসুখের আশঙ্কা। ভোরের তখনও আলো ফোটে না। লণ্ঠন বা টর্চ-এর আলো পথ দেখায়। বিলম্বে যাত্রায় নিজেদেরই দুর্ভোগ আনে। একটু বেলা বাড়লেই রোদের তেজ বাড়ে। পাথর তাতে। পথ চলার কষ্ট হয়,—বিশেষ করে গ্রীষ্মকালে।—দুপুরে আবার নতুন চটি। স্নান, আহার, বিশ্রাম। বিকালে আবার পথ চলা। রাত্রে চটিভরা যাত্রী। কানায় কানায় উপচে থাকে। নির্জন নিস্তব্ধ শূন্য পথ। সকালে জনমানবহীন চটি। পথে সারি সারি যাত্রী। মেয়ে-পুরুষের মিছিল। ভারতের বিভিন্ন প্রান্তের। ভিন্ন ভিন্ন ভাষা। কত বিচিত্র বেশভূষা। কিন্তু যাত্রার লক্ষ্য এক। এই দেখেই ভগিনী নিবেদিতা লেখেন, এই তীর্থপথে এসে বোঝা যায় ভারত এক মহাদেশ ও মহাজাতি। এইখানেই সেই জাতির সমগ্রতার এক বিরাট মূর্তি।

প্রথম চড়াই ছিল সে-পথে—বিজনীর চড়াই। গুলর চটিতে হিজলী নদীর পুল। নাইমোহনায় চড়াই শুরু। পরের দিন বিজনী থেকে পাহাড়ের অপর দিকে নামা। আবার গঙ্গার কিনারা। বন্দরমেল চটি। রাত্রি কাটাই সেইখানে। সন্ধ্যার আগেই খাওয়াদাওয়া সাঙ্গ। কম্বল-শয্যায় সারি সারি যাত্রী। চটির লম্বা ছাউনি। গভীর রাতে ঘুম ভেঙে যায় নতুন এক যাত্রীর সাড়াশব্দে। অনেক রাত্রে পৌঁছন। টর্চ জ্বেলে দেখে নিয়ে চটির এক কোণে কোন রকমে জায়গা করে শুয়ে পড়েন।

ভোরে যাত্রার জন্যে সকলে তৈরি হচ্ছি। গলার স্বর শুনে নতুন নতুন যাত্রী এগিয়ে আসেন।

আরে! ভোলাদা!

দেখে সকলেই খুশি। মাসীমা আমাদের সঙ্গে চলেছেন। যাত্রার আগে দেশে খবর জানিয়ে দেন। ভোলাদা তাঁর দেওর-পো। নিঃসন্তান জেঠাইমা তাঁকে ছেলের মত মানুষ করেন। যাত্রার খবর পেতেই তখনই রওনা হন সঙ্গ ধরবেন বলে। হাসিমুখে বলেন, ফাঁকি দিয়ে আপনি একা তীর্থ করে যাবেন? সে কি হয়? চিঠি পেতেই বেরিয়ে পড়লাম।

তাড়াতাড়ি যাতে ধরতে পারেন তাই হৃষীকেশ থেকে একটা ঘোড়া নিয়ে চলে এসেছেন। সারাদিন চালিয়ে। শেষে পথে রাত নামে। তবু চলতে থাকেন। বলেন, ঘোড়ার সহিস অন্ধকারে এগোতে চায় না, বকশিশের লোভ দেখিয়ে নিয়ে আসি। তখন কি আর জানি; পরে কি ঘটবে? আজ তোমাদের ধরবই বলে আসছি।

হঠাৎ পাহাড়ের একটা মোড় নিতেই কিসের খসখস শব্দ! শুনেই সহিস ঘোড়ার লাগাম ধরে পাহাড়ের দিকে মুখ ঘুরিয়ে দেয়। ঘোড়ার ওপর আমি নিশ্চিন্ত হয়ে বসে। জিজ্ঞাসা করতে যাব, ব্যাপার কি?—তাকিয়ে দেখি, হুড়মুড় করে পাশ দিয়ে নেমে যায়—বিরাট আকার এক ভাল্লুক! ওপর থেকে নেমে পথ পার হয়ে পাহাড়ের খাদের দিকে চলে যায়। কি ভাগ্যিস, আমাদের দিকে নজর পড়ে নি! চোখের পলকে ঘটা। চলে যাবার পর তখন ভয়ে কাঁপুনি শুরু—আমার তো বটেই, সহিসেরও,—ঘোড়াটারও। বাধ্য হয়ে তখন কথা দিই, সামনেই যে-চটি পাব সেখানেই রাত কাটাব। তখন কি জানি, ভাল্লুকের দৃষ্টি এড়িয়ে তোমাদেরই পাশে এসে শুলাম!

॥ ৪ ॥

দূর থেকে দেবপ্রয়াগ প্রথম দেখার কথা এখনও ভুলি নি।

গঙ্গার তীর ধরে পথ। সামনে নদী নেমে আসে সোজা, পথও এগিয়ে চলে তেমনি সোজা। সমান্তরাল দুটি সরলরেখা। নদী চওড়া, পথ সরু। দুপাশে পাহাড়ের উঁচু পাঁচিল। সুমুখে বহুদূরেও পাহাড়—নীল রঙ। আকাশের ফিকে নীলের সঙ্গে যেন গাঢ় নীল মিশতে চায়। সোজা পথের অনেক দূর থেকে দেখা যায় পাহাড়ের গায়ে সাদা লাল রঙের বিন্দু। চুমকি বসানো সবুজ চাদর ঢাকা যেন পাহাড়ের পা। গঙ্গার ধারা সেই চাদরের পাড়। পাণ্ডা সূর্যপ্রসাদজী দেখান, ঐ দেবপ্রয়াগের ঘরবাড়ি। সঙ্গমের ওপর।

আশ্চর্য হয়ে প্রশ্ন করি, অলকানন্দা কই?

পাণ্ডাজী বলেন, কাছে না গেলে দেখা যাবে না। ডানদিক থেকে এসে ভাগীরথীতে মিশছেন। এখানে পাহাড়ের আড়াল পড়ে।

দূর থেকে শুধু যে সে-নদীই দেখা যায় না, তা নয়। দুই নদীর সঙ্গমে যে প্রচণ্ড তরঙ্গের সংঘাত, জলের উচ্ছ্বাস, তার আভাসও পাওয়া যায় না।

নিকটে এলে সবই প্রকাশ পায়। দুই নদীর জলের রঙেরও প্রভেদ স্পষ্ট ফুটে ওঠে। ভাগীরথীর চিরন্তন গেরুয়া বসন। অলকানন্দার স্বচ্ছ নীলধারা। যৌবন-মদমত্তা তরুণী এসে আত্মসমর্পণ করে বৈরাগিণীর কাছে।

পুরানো যাত্রাপথ সঙ্গমের নিকটে এসে ডানদিকে ঘুরে যায়। এগিয়ে চলে অলকানন্দার বাম কূল ধরে। সেইখানেই পাণ্ডাদের যাত্রীনিবাস, ধর্মশালা।

অলকানন্দার উপর ঝোলানো লোহার সেতু। কিন্তু যাত্রাপথ ওপারে যায় না। তবে যাত্রীরা যান। ওপারে রঘুনাথজীর মন্দির। সঙ্গমে তীর্থস্নান। দোকানপাটও।

এখন বাস-এর পথ দেবপ্রয়াগ আসে গঙ্গার অপর পার ধরে, নদীর দক্ষিণ তীর দিয়ে। বাস থেকেই দেখা যায় সঙ্গমের সুন্দর দৃশ্য। যেন উঁচু মিনার থেকে ঝুঁকে দেখা।

গঙ্গার সেই অপর পারে এখন দোকান, হোটেল, ফেরিওয়ালা। সেইখানে বাসস্ট্যান্ড। বাস চলাচলের গেট। দুই দিক থেকে বাসগুলি সব পৌঁছুলে তবে বাস আবার চলার অনুমতি পায়। আধ ঘণ্টা হয়ত অপেক্ষা করতে হয়, কখনও বা ঘণ্টাখানেকও। তারই মধ্যে উৎসাহী যাত্রী তাড়াতাড়ি নেমে যায় গঙ্গার ধারে। সেখানেও আর একটা লোহার পুল। পার হয়ে যাত্রীরা সঙ্গমে নামেন। লোহার চেন ধরে অথবা ঘটি, মগ দিয়ে জল তুলে কোনক্রমে স্নান সারেন।

সজাগ দৃষ্টি থাকে অপর পারে উপর দিকে বাস-স্ট্যান্ডে। এই বুঝি বা বাস চলবার পুলিশের হুইসিল বাজে, গাড়ির হর্ন দেয়!

অথচ, এই দেবপ্রয়াগই ছিল সেকালের যাত্রাপথের একটি প্রধান তীর্থক্ষেত্র। ধীরেসুস্থে যাত্রী বিশ্রাম নিতেন, যেমন দূরগামী ক্লান্ত পথিক আশ্রয় নেয়—বিরাট বটগাছের শান্তস্নিগ্ধ ছায়ায়। এখানে রাত্রিবাসও করতেন। হিমালয়ের নিভৃতে দুই বেগবতী গিরিনদীর সঙ্গমশোভাও উপভোগ করতেন।

কেদার-বদরীর পথে পথে মন্দির। প্রতি ধূলিকণাই তীর্থরেণু। দেবপ্রয়াগ এ-পথের পঞ্চপ্রয়াগের এক প্রয়াগ। অপর চারটি—রুদ্রপ্রয়াগ, নন্দপ্রয়াগ, কর্ণপ্রয়াগ ও বিষ্ণুপ্রয়াগ। প্রতি প্রয়াগেই তীর্থস্নানের বিধি ছিল।

এখন যাত্রাপথে দেবপ্রয়াগ বাসযাত্রীদের আধ ঘণ্টা বিশ্রামের স্থান। যেন, আগ্রাফোর্টের পাশে স্টেশনে ট্রেনের ক্ষণিক থামা। জানলা দিয়ে যাত্রীদের উৎসুক হয়ে তাকিয়ে থাকা,—ঐ তো ফোর্টের পাঁচিল! ঐ না তাজমহল!—প্ল্যাটফর্মে নেমে বা ট্রেনের কামরায় বসেই চা-খাবার খাওয়া!—দেবপ্রয়াগেও এখন বাস থেকে নেমে পথে কিছুক্ষণ পায়চারি করা,—খাবার কিনে খাওয়া। মে-জুনের গরম হলে কল থেকে জল নিয়ে মুখে মাথায় ঢালা। উপর থেকে সঙ্গমের দু-একটা ফটো তোলা।

প্রকৃতির সঙ্গে শান্ত মনে মিলনের সুযোগ নেই। হিমালয়ের বিরাটত্বের মধ্যে নিজেকে বিলিয়ে দেবার অবকাশ নেই।

মনে পড়ে প্রথম যাত্রার কথা।

অলকানন্দার পুল পার হয়ে আসি সঙ্গমের কাছে। তখন ভাগীরথীর উপর এখনকার লোহার পুল ছিল না। দড়ির ঝোলা। কেদার-বদরী-যাত্রীদের এ-পুল পার হতে হত না। অলকানন্দার বাম কূল ধরে তাদের যাত্রাপথ। তবুও এগিয়ে গিয়ে বসি সেই ঝোলার মুখে একটা পাথরের উপর। ওপারে এখন যেখানে বাসস্ট্যান্ড, তখন ছিল বনজঙ্গল। তারই পাশ দিয়ে নদীর দক্ষিণ তীরে উপর দিকে উঠে চলে সরু পথ। টেহেরী হয়ে গঙ্গোত্রী যাওয়ার সেই ছিল যাত্রাপথ। কৌতূহল জাগে। ঝোলাপুলে উঠি। দোলনার মতো দুলতে থাকে। দুহাতে দুদিকের দড়ি শক্ত মুঠায় ধরে রাখি। পায়ের নীচে শুকনো ডাল, সারি সারি কাঠি। তারই ফাঁক দিয়ে দেখা যায় ভাগীরথীর প্রচণ্ড স্রোত। সহস্রফণা ক্রুদ্ধা নাগিনী। অতি সন্তর্পণে ধীরে

পার হই। ওপারে পৌঁছে পাথরের উপর বসে হাঁপ ছাড়ি, ভাবি, আবার ফিরতে হবে। এমনি সময়ে একটি পাহাড়ী মেয়ে আসে। মাথায় তার একরাশ শুকনো কাঠের বোঝা, পিঠেও কাপড়ে-বাঁধা ছোট্ট একটি ছেলে। ঝোলায় ওঠে। এক হাতে দড়ি ধরে। অপর হাত মাথার বোঝায়। নিঃশঙ্ক পার হয়। অতি সহজ স্বাভাবিক ভাবে।

ফেরবার পথে আমারও দেখি সাহস বাড়ে।

দেবপ্রয়াগে সেইবার অনেক রাত পর্যন্ত একাকী কাটাই অলকানন্দার লোহার পুলের উপর বসে। কম্বল বিছিয়ে পা ছড়িয়ে শুয়েও থাকি। হিমালয়ে ঘেরা গভীর রাতের আলো-আঁধার। জনমানবহীন। নিঃসীম শান্তি। চারিদিকে বিশাল কালো পাহাড়। মাথার উপর আকাশ-ভরা তারা। যেন, স্বচ্ছ জ্যোৎস্না। নীচে নদীর উত্তাল ধারা। জলের একটানা উচ্ছল সংগীত। সব মিলে এক নিবিড় রহস্যের সৃষ্টি করে। মনে হয়, বিশ্বপ্রকৃতির মহাকাব্য। আকাশের পটে অযুত তারায় স্বর্ণাক্ষরে লেখা। দেবনদী অলকানন্দার কণ্ঠে তারই মধুর গুঞ্জরণ। হিমগিরির অন্তরে তারই গম্ভীর প্রতিধ্বনি।

॥ ৫ ॥

যাত্রাপথে চটিগুলি আনন্দকুটির। দিনশেষে পাখির নীড়। নিত্য নূতন চটি। তবু যাত্রী এসে আশ্রয় নেয় যেন আপন ঘরে। মাটির দালানে চাটাই পাতা। তারই উপর কম্বল বিছানো। মাথার কাছে সারি সারি উনান। অদূরে নদী, ঝরনা বা জলের পাইপ। পাশাপাশি যাত্রীর শয্যা পড়ে। অপরিচিত যাত্রী, তবু যেন পরম আত্মীয়। সারা যাত্রাপথ জুড়ে একই সংসার। চটিতে থাকার জন্য ভাড়া ছিল না। চটিওয়ালার কাছে আহার্যসামগ্রী কিনতে হত। বাসনপত্র, জলপাত্র, সেই-ই দিত।

চটিতে থাকার নিগ্রহও ছিল মর্মান্তিক। বৈশাখ-জ্যৈষ্ঠে যাত্রীর ভিড় প্রচণ্ড। হিমালয় হলে হবে কি? গরমও তেমনি। যেমন রোদের তেজ, তেমনি তপ্ত পাথরের উত্তাপ। মাছির উৎপাত। দুপুরে বিশ্রামের আশায় চাদর মুড়ি দেওয়া ছাড়া গত্যন্তর ছিল না। বিপদ ঘটত আহারের সময়। থালায় খাবার দিতে না দিতেই যেন কালো কাপড়ে ঢেকে যেত। হাত দিয়ে তাড়িয়ে কোনমতে মুখে গ্রাস পুরতে মাছিও প্রবেশ করত। খাবারে মাছি পড়েছে বলে ফেলে দেওয়ার কথাই উঠত না। খেতে বসা আতঙ্কের ব্যাপার ছিল।

অথচ, পাহাড়ী ছেলেমেয়েরা নির্বিকার। গায়ে মুখে ঠোঁটে একরাশ মাছি বসে,—তবু তাড়াবার চেষ্টা নেই, অস্বস্তি বোধ নেই, চুপচাপ দাঁড়িয়ে বা বসে আছে।

ভাবি, ক্ষুদে সন্ন্যাসী, না, উন্মাদ আশ্রমের বাসিন্দা!

আর এক বিপত্তি ছিল—পায়খানার অব্যবস্থা। চটির ঘরগুলি শুরু হবার

আগে ও শেষ হবার পরে—রাস্তার দুই সীমানায় গাছের গায়ে লাল নিশান টাঙানো থাকত। অনেক দূর থেকে দেখা যেত। যাত্রীরা বলত, ডিসট্যান্ট সিগন্যাল! উদ্দেশ্য ছিল, চটির এই এলাকার মধ্যে কেউ নোংরা করবে না। কিন্তু ফল হয়েছিল উলটা। ঠিক ঐটুকুর মধ্যেই যত নোংরা! জমাদাররা পয়সা পেলে সে-সব পরিষ্কার করত। সন্ধ্যার পর যাত্রীরা চটিতে পৌঁছে, অথবা শেষরাতে চটি ছাড়ার আগে দূরে আর কে কোথায় যায়? যাওয়ার ভয়ও ছিল। তাই যেখানে পারে বসে পরে কাজ সারা। After us the deluge ! অন্ধকারের সুবিধাও ছিল। পরিশ্রান্ত পথিকের লজ্জা-সরমের বালাইও থাকে না।

ফলে, ভোরে চটির সামনে পথে পা বাড়াতে সদাই সন্ত্রাস জাগত—এই বুঝি বা মাড়িয়ে ফেলি!

এখন বাস-এ বসে পাহাড়ের সেই পথ অতিক্রম করা। বাস-এর মধ্যে গরম থাকলেও—একদিনেই পথের সেই গরম শেষ। মাছির উৎপাত ভোগও নেই। অনেক চটিতেই সারি সারি পায়খানা—স্যানিটারি প্রিভি। নোংরা যা হয় সে শুধু যাত্রীবিশেষের ব্যবহারের অশিক্ষা ও অসাবধানতার কারণেই।

দেবপ্রয়াগ ছাড়িয়ে অলকানন্দার বাম তীর ধরে সেকালের পথ। এখন বাস চলে অপর পার দিয়ে। দেবপ্রয়াগে ভাগীরথীর উপর নতুন লোহার পুল। পার হয়ে অলকানন্দার ওপারে ওঠে।

সে-কালের যাত্রী। পথ হাঁটে সারি সারি। মাথার উপর বোঝা। হাতে লাঠি। পায়ে ক্যাম্বিসের জুতো। গাঢ় ব্রাউন রঙ। পথশ্রমে ক্লান্ত দেহ। অতি ধীরে চলে। মাঝে মাঝে গাছের ছায়াতলে বিশ্রাম নেয়। বড় পাথর পেলে বসে, না হলে পথের ধুলোরই উপর আরামে পা ছড়ায়। অনভ্যাসে পথ চলা। গলা শুকোয়। ঝরনা দেখলেই জল খায়। সাদা জামা কাপড় দু-দিনেই ধুলোর গেরুয়া রঙ মাখে। মনও গেরুয়া হয়। যাত্রী দেখলেই 'জয় বদরী বিশাল লাল কী জয়!'—'জয় কেদারনাথ'—বোল ছাড়ে। মনে পথ চলার ভরসা পায়। দেবতার নামমাহাত্ম্য পথ মুখর করে তোলে। চটিতে চটিতে ছোট ছোট দোকান। চ্যাপ্টা কড়াতে কোথাও জিলাপী ভাজে। সুগন্ধি ঘি-এর সুবাস ছোটে। বড় কড়াই-এ দুধ জ্বাল হয়। লাল মোটা সর পড়ে। গেলাসে করে চা বিক্রি করে। কোথাও বা বাসি খাবার। হয়ত কতকালের পুরানো মিঠাই ও পেঁড়া। মাছি ঘোরে বন বন করে। ক্ষুধার তাড়নায় যাত্রীরা তাই খায়। রোগেও ভোগে। কলেরারও হয়ত প্রকোপ দেখা দেয়। যাত্রা-পথে আকস্মিক মৃত্যুও যে না ঘটে, এমনও নয়। সেকালে এ-তীর্থপথে পা বাড়িয়ে ঘর থেকে বিদায় নিয়েই তো আসা,—ফিরব কিনা কে জানে!

আর, এখন? বাস-এ চেপে নিশ্চিন্ত মনে কদিনেই যাত্রাশেষ। খাওয়া-দাওয়া-থাকার অনিয়ম বা অত্যাচার নেই। অকারণ রোগভোগের ভয়ও নেই। আছে,

পাহাড়-পথে বাস-এর ঝাঁকানি। সময়মত বাস-এর টিকিট মেলার হয়রানি। হয়ত পথে বাস-এর হঠাৎ অ্যাকসিডেন্ট। পথ চলার কষ্ট নেই। হাঁটাপথের সে-আনন্দও নেই। আগে ছিল, পথ চলতে গাছপালা বনভূমির মিষ্ট গন্ধ, পাইনের সুবাস। এখন বাস-এ বসে পেট্রোল বা ডিজেলের গন্ধ, সামনে এগিয়ে চলা বাস-এর উড়িয়ে যাওয়া ধুলো!

॥ ৬ ॥

চটির দোকানে কড়া-ভরা দুধ। কিন্তু মায়ের জন্যে দুধের অভাব হয়। যেন সমুদ্রের মধ্যে পানীয় জল মেলে না। সবই মোষের দুধ। যদি বা ক্বচিৎ কোথাও গরুর দুধ সন্ধানে আসে, তাও জ্বাল দেওয়া। কাঁচা দুধ পাওয়াই দুষ্কর। তার উপর এ-সব অঞ্চলে গরুর দুধ বিক্রি করার প্রথা নেই। ধর্মে বাধে। কারণ কি বুঝি না। তবে দেখি, গরুগুলি সবই রোগা, দেখতেও ছোট,—যেন ছাগলের সামান্য বড় সংস্করণ।

পথে ফলও মেলে না। আজকাল বদরীনাথের পথে যোশীমঠে এবং কেদারের পথে নালাচটি ছাড়িয়ে জুড়ানীতে আপেল, লেবু ইত্যাদির বাগিচা হয়েছে। তখনকার দিনে তীর্থফলই একমাত্র ফল, অন্য ফলের চাহিদাও ছিল না, চাষও ছিল না।

অথচ, তীর্থপথে মায়ের ফল ও দুধ ছাড়া অন্য কিছু চলে না। দুশ্চিন্তা হয়,—কিছুই তো তাঁর খাওয়া হয় না, নিশ্চয় কষ্টবোধ করেন।

দেখি, হাসিমুখে অম্লান বদনে অনায়াসে উপবাস করে চলেন। বলেন, ঐ তো জাহ্নবীর জল মুখে দিয়েছি।

নিজে উপবাসী, অথচ সবারই খাওয়া সম্বন্ধে সজাগ দৃষ্টি। নিজেই হয়ত পায়স রাঁধতে বসেন। বলেন, ঠাকুরের ভোগ হবে, সবাই প্রসাদ পাবে।

আশপাশের যাত্রীদেরও বিতরণ করেন। সাধু দেখলে তো কথাই নেই।

ডাণ্ডি থাকলেও পায়ে হেঁটে মা চলেন, সোজা পথ পেলেই। গায়ে সোয়েটার, পায়ে দড়ির জুতো, হাতে লাঠি। এ-সবই তাঁর জীবনে প্রথম ব্যবহার। ডাণ্ডিতে থাকলে পাঠ করেন, মন্ত্র জপেন। হাঁটার সময়ও অযথা বাক্যব্যয় নয়, স্তোত্র আবৃত্তি করেন। ডাণ্ডিতে উঠতে বললে বলেন, হাঁটায় কত আনন্দ। এতেই তো তীর্থের পুণ্য। লোকের কাঁধে চড়ে যাওয়া—আহা! কত কষ্ট হয় বলত ওদের বইতে,—দেখিস না?

কারও দুঃখ কষ্ট সইতে পারেন না। কারণে অকারণে কখনও কারও মনে ব্যথাও দেন না। সহানুভূতিতে ভরা অন্তর। সদা করুণাময়ী জননীর প্রাণ।

তাঁর শেষ সময়ের এক ছোট্ট ঘটনা। দেহাবসানের দিন কয়েক মাত্র আগে। রোগশয্যায় পড়ে আছেন। সবাই জানি, এবার যাবার সময় হল। তিনিও জানেন।

অতি ভোরে তাঁর শয্যাপার্শ্বে আসি। সস্নেহে ডেকে বলেন, শোন বাবা, একটা কাজ করতে হবে। রোজ শেষরাতে কে একজন ভজন গাইতে গাইতে জাহ্নবীস্নানে যান পথ দিয়ে। রোজই শুনতে পাই। আজ তিনদিন থেকে শুনছি না। অসুখবিসুখ হল কিনা কে জানে! আজ একবার খবর নিতে হবে। হয়ত তাঁর সাহায্যের দরকার।

কাছে বসে বলি, মা, তোমার যত ভাবনা সকলেরই জন্যে?—এই এখনও? কোথায় কার খোঁজ নেব? কে জানা নেই, কোথায় বাড়ি ঠিক নেই,—কলকাতা শহরে কে কার খবর রাখে, মা?

তিনি বলেন, কাউকে পাঠিয়ে দিয়ে খবর বার করবে। প্রথমে গলাটা অস্পষ্ট শোনা যায় পুব দিক থেকে—বোধ হয় অনাথের বাড়ির পাশ দিয়ে আসেন। তারপর চলে যান পশ্চিম মুখে,—শেষের কলিগুলি শুনি ভেসে চলে যায় ঐদিকে ঘাটের পানে। ওদের বাড়িতে একবার খোঁজ করলেই জানা যাবে নিশ্চয়।

বুঝিয়েও বোঝাতে পারি না। অগত্যা খোঁজখবর নিতে হয়। সন্ধানও মেলে। অসুখই তাঁর করেছিল। সুস্থ হয়েছেন। পরের দিন থেকে আবার স্নানে যান। মায়ের কানে ভোরে ভজনের সুর আবার ভেসে আসে।

মুখে তাঁর তৃপ্তির হাসি ফোটে।

পথের এক চটিতে কম্বল মুড়ি দিয়ে পড়ে আছে যাত্রী। মা বলেন, দেখ না কি হল বেচারির। হয়তো অসুখবিসুখ।

ঠিক তাই। এক বাঙালী যুবক। একাই পথে বেরিয়েছে। নিজের সামান্য জামা-কম্বল নিজেই বয়। কলকাতার কলেজের ছাত্র। লম্বা চেহারা। স্বাস্থ্য ভালোই, কিন্তু অনাহারে অনিয়মে পথশ্রমে কদিনেই স্বাস্থ্য ভাঙে, জ্বরেও পড়ে।

মা বলেন, যেতে চায় তো সঙ্গেই চলুক না কেন? একই সঙ্গে সবাই খাওয়া-দাওয়া করবে। দলে একজন সঙ্গী না হয় বাড়লই। বেচারি! এভাবে ছেলেমানুষ একা বেরোয় কখনও এ-পথে?

ছেলেমানুষ,—তবু কথা বলেন না, একসঙ্গে চললে ও থাকলেও। এতই ছিল সেকালের মায়েদের লজ্জাসরম। ছেলেটি ভালো। কথাবার্তায়, আচারে ব্যবহারে। আদর্শবাদী মন। আবার স্পোর্টসম্যানও। এমন সঙ্গী পেয়ে আনন্দই পাই। সারা তীর্থপথ একসঙ্গে কাটাই।

॥ ৭॥

শ্রীনগরের মাইলখানেক আগে নতুন ও পুরানো পথের মিলন। বাস-এর রাস্তা অলকানন্দার ওপার দিয়ে এসে কীর্তিনগর ছাড়িয়েই নতুন পুলে এপারে আসে। খানিক এসেই দুই পথ এক হয়। নিকটেই পৌড়ীর বাসপথও পাহাড়ের উপর থেকে নেমে আসে। যেন, ত্রিবেণীসঙ্গম। হৃষীকেশ ও পৌড়ীর রাজপথ,—গঙ্গা ও যমুনা। চলন্ত বাস-এর স্রোত। প্রাণহীন, নির্জন পুরানো যাত্রাপথ যেন লুপ্ত সরস্বতী।

রুদ্রপ্রয়াগ পর্যন্ত নতুন ও পুরানো পথ নদীর একই দিকে। মাঝে মাঝে পুরানো চটিগুলিও বাস-এর পথে পড়ে। খানকয়েক মাটি ও পাথরের ঘর। বড় বড় আমগাছ বা অশ্বত্থ-পিপুলের ছায়া। হয়ত একঝাড় কলাগাছ। মোচা ঝোলে! কাঁদিভরা কলাও হয়। কিন্তু বিস্বাদ। পাহাড়ীরাও খায় না। ঘরের ছাদে কুমড়ো। পাশেই ঝরনা, নয়ত জলের ধারা। ছোট ছেলেমেয়ে তেমনি ধুলো মেখে খেলা করে। ঘড়া কলসী মাথায় জল নিতে মেয়েরা গা দুলিয়ে চলে। রাস্তার ধারে বেঞ্চে বা ঘরের দাওয়ায় বসে পুরুষেরা জটলা করে, তামাক টানে। শব্দ করে ধুলো উড়িয়ে বাস ছুটে চলে। যেন, তাচ্ছিল্যভরে। ওদের সঙ্গে সম্পর্ক নেই। হঠাৎ আকাশ চিরে যেন উল্কাপতন।—মুখ তুলে গ্রামবাসীরা তাকায়। মেয়েরা পথ ছেড়ে পাহাড়ের গায়ে সরে দাঁড়ায়। ছোট ছেলেমেয়ে খেলা ফেলে অবাক হয়ে দেখতে থাকে। তাদের মুখের চিরন্তন তীর্থবুলি হারিয়ে গেছে। আগেকার দিনে যাত্রীরা এলেই গ্রামবাসীদের পরম আত্মীয় হয়ে উঠত, তাদের নিঃস্বার্থ সেবাযত্ন পেত। যাত্রীমাত্রেই সঙ্গে আনতেন বান্ডিলভরা সুঁচ-সুতা, পাই-পয়সা, টিপ। এই দেওয়া-নেওয়াও ছিল এ-তীর্থপথের আনন্দ। যেন পূজার সময় বিদেশ থেকে গৃহস্বামীর গ্রামে ফেরা—সবারই জন্যে উপহার নিয়ে। চটি আসবার আগেই ছুটে আসে ছোট ছেলেমেয়ের দল, যাত্রীদের ঘিরে চলে,—দে সুইতাগা, পাই-পয়সা! তরুণী যুবতীরাও সুঁচ-সুতা চায়। নাকে কানে বুকে গলায় একরাশ গহনা দুলিয়ে খিলখিল করে হেসে ওঠে, মেয়েদের কাছে হাত পাতে—সুই বিভিনি দেও রানী।

কী-ই বা তখন ছিল সুঁচ-সুতার দাম? একটা পাই পয়সাতেই তারা খুশি। শহরবাসীর হাতে যেমন মোহর। পাহাড়ী পুরুষদেরও টুপিতে বা জামার গায়ে সুঁচ গাঁথা থাকত। কে জানে, কখন দরকার হয়। বেশভূষা, কাপড়-চোপড় বদল করার অবস্থা কম লোকেরই। যা পরে, নিজেরাই বোনে। রিপু ও সেলাই—এদের নিত্যকর্ম। A stitch in time saves nine—এদের জীবন্ত মন্ত্র।

রুদ্রপ্রয়াগের নাম শুনলেই এখন জিম করবেট-এর নাম মনে হয়। ১৯২৮ সালে যখন যাই তাঁর নাম জানা ছিল না। যদিও তার বছর তিনেক আগে সেই দুর্ধর্ষ মানুষখেকো বাঘটাকে তিনি মারেন। তখন পথে যেতে শুধু শুনি এ-সব অঞ্চলে বাঘের বাস, তাদের উৎপাতের রোমাঞ্চকর গল্প। সাহেবরা আসে শিকারে, বাঘও মারে। যাত্রীদের ফেরবার একটা পথ ছিল রামনগর হয়ে। টেরাই-এ নেমে সে-পথে গরুর গাড়িতে যেতে হত। তখন শুনতাম, জঙ্গলের মধ্যে অলক্ষ্যে বাঘ গরুর গাড়ি অনুসরণ করত, সুযোগ পেলেই যাত্রীদের ধরে নিয়ে যেত, গরুগুলিও প্রায় তাদের খোরাক হত।

কয়েক বছর পরে পড়ি করবেট-এর বই। তখন পরিচিত গ্রাম, চটির নাম, নদীর পুলের কথা বই-এ পাই। নিখুঁত বর্ণনার মধ্যে বাঘ-শিকারের রোমাঞ্চ ও

বিস্ময় অনুভব করি। অথচ, পথ চলতে সে সময়ে মনে ভয়ই জাগে নি, লোকমুখে শোনা কাহিনী গল্পকথা মনে হত।

পরে ভালো ভাবে নজর করি রুদ্রপ্রয়াগের দু মাইল আগে গুলাবয়ার চটি। চটির ঘরগুলি ছেড়ে এলে বাঁ হাতে সেই প্রসিদ্ধ আমগাছ। ওরই উপর বসে করবেট বাঘটাকে মারেন। এক সময়ে সেই গাছের পাশে লোহার দুটি রড-এ একটা হাতে আঁকা বেশ বড় ছবিও টাঙানো হয়—সাহেব গাছে বসে গুলি করে বাঘ মারছেন, ছবির নীচে তারই সংক্ষিপ্ত বিবরণ।

বছরের পর বছর ঘোরে। আবার দেখি, সেই রড ভেঙেচুরে দুমড়ে পড়ে আছে গাছের তলায়। ছবি অদৃশ্য হয়েছে। আমগাছ তেমনি আছে, তার গৌরব-ইতিহাস লোপ পেয়েছে।

বাস-ট্রাক-এর অ্যাকসিডেন্টে ভাঙল, অথবা বিদেশী সাহেবের কীর্তিচিহ্ন স্বাধীন দেশের স্বদেশিয়ানায় লোপ পেল,—সে কথা সঠিক জানতে পারি না।

॥ ৮॥

রুদ্রপ্রয়াগ! হাঁটাপথে রুদ্রকান্তিই ছিল বটে। যে-দিকে তাকাই মাথা-উঁচু বিরাট পাহাড়। ভিড় করে পাশাপাশি দাঁড়িয়ে। আশপাশে গাছপালার ঝোপ। কেমন একটা থমথমে অন্ধকার আবহাওয়া। Pilgrim's Progress-এর সেই ভীষণাকৃতি দৈত্য—Apollyon—স্বর্গপথ রোধ করে দাঁড়ায়।

সেই গিরিপ্রাচীর ভেদ করে দু দিক থেকে খরস্রোতা দুই নদী নেমে আসে। অলকানন্দা ও মন্দাকিনী। একদিকে একটা ছোট ঝরনাও। সঙ্গমে নামার জন্যে খাড়া পাহাড়ের গায়ে পাথর কাটা উঁচু ধাপ। স্তরে স্তরে নেমে যায়। নীচে দুই নদীর সংঘাতে প্রচণ্ড তোড়। উন্মত্ত তরঙ্গ সহস্র ফণা তুলে প্রলয়নৃত্য করে। উপর থেকে দেখতেও মাথা ঘোরে। স্রোতের হুঙ্কার দিগন্ত মুখরিত করে কামানের গর্জন তোলে।

আর এখন? রুদ্রপ্রয়াগ পৌঁছুবার আগে ডানদিকে পাহাড়ের উপর কলেজের ঘরবাড়ি। পাহাড় কেটে ঘুরে জিলাপী-পাকে প্রশস্ত পথ নেমে আসে। হাসপাতাল, ডাকবাংলো ছাড়িয়ে বাজারে এসে বাস-স্ট্যান্ড। পাহাড় ও জঙ্গল কেটে প্রকাণ্ড এলাকা। বড় বড় দোকানপাট, হোটেল ইত্যাদি। অলকানন্দার উপর নতুন বড় পুল। ওপারের পাহাড় ফুঁড়ে টানেল। পুল পার হয়ে টানেলের মধ্যে দিয়ে বাস পাহাড়ের অপর দিকে মন্দাকিনীর ধারে আসে। সেই নদী ধরে ছুটে চলে কেদারের পথে গুপ্তকাশীর পানে।

বদরীনাথের পথ অলকানন্দার পুল পার হয় না। নদীর বাম তীর ধরে এগিয়ে যায় বদরীর পথে।

রুদ্রপ্রয়াগ বাস-এ বসে পার হতে এখন যাত্রীরা জানতেও পারেন না, এই

শহরের উন্নতি আনেন এক সর্বত্যাগী সাধু। এখনও সঙ্গমের কাছে তাঁর আশ্রম ও মন্দির আছে। এককালে বহু যাত্রী সেখানে আশ্রয় পেতেন। পরম আনন্দে রাত্রি কাটাতেন। স্বামীজীর সৌম্যমূর্তি। সহাস্য বদন। মধুর ভাষণ। সস্নেহ আচরণ। অথচ, দৃষ্টিহীন। জন্মান্ধ। তবুও, শাস্ত্রজ্ঞ। হেসে বলেন, চোখের দৃষ্টি পাছে বাইরে অন্যদিকে যায়, তাই তিনি কেবল অন্তরেই তাকাতে বলেন।

—বলতেন বটে তাই, কিন্তু দৃষ্টি তাঁর সদাই জাগ্রত জগতের সেবায়। আশ্চর্য কর্মযোগী পুরুষ। তিনিই প্রতিষ্ঠা করেন, যাত্রীদের সেবায় দাতব্য চিকিৎসালয়। স্থানীয় পাহাড়ীদের শিক্ষার উদ্দেশে সংস্কৃত পাঠশালা। ক্রমে তাঁরই চেষ্টায় হাসপাতাল ও কলেজ গড়ে ওঠে। অন্ধ হয়েও কি করে তিনি এই প্রতিষ্ঠানগুলি চালাতেন, ব্যয়ভারও বহন করতেন, কোথা থেকে টাকা আসত, কেউ জানে না। গাছের ছায়ায় শ্রান্ত পথিক যেমন নির্ভাবনায় আশ্রয় পায়, ছায়ার অভাব বোঝে আবার তপ্ত রোদে পথ চলতে চলতে, তেমনি রুদ্রপ্রয়াগ-বাসীরা অভাব বুঝল, হঠাৎ স্বামীজীর দেহাবসানের পর। অর্থের অনটন তখন প্রকট হয়ে ওঠে। এখন গভর্নমেন্ট হাসপাতাল ও কলেজ চালান। দুটি প্রতিষ্ঠান স্বামী সচ্চিদানন্দের নামের পুণ্যস্মৃতি বহন করে।

এই রুদ্রপ্রয়াগে মাঝে কয়েক বছর এক বাঙালী ডাক্তার ছিলেন। যাওয়া-আসার পথে পরিচয় হয়। ঘনিষ্ঠতাও জন্মে। তাঁর বাড়িতে বার কয়েক কাটাইও। পরম আনন্দে ও নিঃস্বার্থ আদরযত্নে। এ-সব দুর্গম দূরদেশে সাধারণত এক বছর পরেই বদলি হওয়ার নিয়ম কিন্তু এই ডাক্তারের ক্ষেত্রে তার ব্যতিক্রমও ঘটে। তাঁর কাজের একাগ্রতা ও সুনামই এর কারণ। নিজের নানান অসুবিধা সত্ত্বেও বদলির অর্ডার আসে না। দু বছর কেটে যায়। ভদ্রলোক চিন্তিত হয়ে একবার সেই কথাই বলছিলেন। দুজনে আমরা চলেছি রুদ্রপ্রয়াগের বাজারের মধ্যে দিয়ে। তখনও বাসস্ট্যান্ড এত বড় হয় নি। বাজারের দোকানগুলির উলটোদিকে পাহাড়ের গায়ে ছোট গুহা মতন। সেখানে এক সাধু থাকতেন। দেখলে মনে হয়—ভিখারি। রুক্ষ কাঁচাপাকা চুল, দাড়ি। শুকনো রোগা লিকলিকে শরীর। কালো রঙ। গা-ভরা মরামাস। একরাশ ছেঁড়া কাগজপত্র, ময়লা কাপড়ের টুকরা চারপাশে জড়ো করা। গায়ে কখনও হয়ত শতচ্ছিন্ন কম্বল। গুহা ছেড়ে নামেন না। কেউ গিয়ে চা, খাবার দিলে খান। বিড়ি দিলেও টানেন। অনর্গল কি যেন বিড়বিড় করে বলেন। কখনও বা চেঁচিয়েই কথা কন—আপন মনে। শুনে মনে হয়, অসংলগ্ন, পাগলের প্রলাপ। অথচ, স্থানীয় লোকেরা তাঁকে শ্রদ্ধা করে, প্রণাম করে। বলে, উচ্চকোটীর সাধক। অশেষ ক্ষমতা ধরেন। বাইরে দেখে কিছুই বোঝা যায় না।

কতবার তাঁকে দেখেছি। ভাবি, কি জানি, হয়ত হবে বা!

সেবার ডাক্তারের বদলির কথা দুজনে আলোচনা করতে করতে চলেছি।

সাধুর গুহার কাছাকাছি আসতেই ডাক্তার বলেন, একটু আস্তে চলুন, ঐ শুনুন সাধুজী কী বলছেন।

দুজনেই বেশ শুনতেই পাই, সাধুজী হি-হি করে হাসেন আর হিন্দিতে বলেন, ডাকদার—ডাকদার—চলেছে—খুব ভাবছে—বদলি—বদলি—কেন হয় না! হা হা—বদলি বদলি—খবর এলো—এবার আসছে, আসছে—ডাক্তার চলল—এইবার বদলি হল—হাঃ হাঃ!

প্রকৃতই তার কয়দিন পরেই বদলির অর্ডার এসে যায়!

পরের বছর গিয়ে দেখি সাধু নেই, গুহাও নেই। স্ট্যান্ড বড় হয়েছে, পাহাড়ের সে-অংশ ভেঙে দেওয়া হয়েছে।

সাধুকে কিন্তু সরাতে হয়নি। তিনি আপনা থেকেই চলে যান। কয়দিনের অসুখেই দেহান্ত হয়। সঙ্গমে তাঁর মরদেহের সলিল-সমাধি হয়। কিন্তু তাঁর গুহা পরিষ্কার করতে লোকজন ঢুকে দেখে, সেই রাশীকৃত আবর্জনার মধ্যে হাজার দুই তিন টাকা—নোট, পয়সা ইত্যাদি! জঞ্জালের সঙ্গে একাকার হয়ে মিশে আছে!

রুদ্রপ্রয়াগ থেকে মাত্র মাইল দুই দূরে কোটীশ্বর শিবের গুহা। যাত্রাপথে নয়। অলকানন্দার পুল পার হয়ে কেদারের পথ যায় বাঁ দিকে ঘুরে। কোটীশ্বরের পথ ডান হাতে। অলকানন্দার দক্ষিণ তীর ধরে সোজা পথ। চড়াই উৎরাই নেই। মামুলী পাহাড়ী পথ। মাইল দুই যাবার পর ডান দিকে নদীর ধারে নেমে যায়। সুন্দর ধর্মশালা, মন্দির। অল্প এগিয়ে জলের ধারে পাহাড়ের গায়ে গুহা। সমতল মেঝে, তারই উপর অগণিত ছোট বড় শিবলিঙ্গ। নিশ্চিন্ত মনে পা ফেলা দায়। এই বুঝি বা শিবের মাথায় পড়ে! কি করে কে গড়েছেন বোঝা শক্ত নয়। নদীর স্রোতের কয়েকটি ধারা গতির উচ্ছ্বাসে গুহার মধ্যে আসে, ঘুরে ঘুরে আবার বেরিয়ে যায়। আবার নতুন ধারা আসে, তেমনি চক্রাকারে ঘুরে ফিরে বার হয়ে যায়। এই স্রোত চলাচলের ফলে পাথর কাটে, বহু শিবলিঙ্গের আকার নেয়। গম্ভীর গুহা, কালো পাথর। তারই মধ্যে জলের ধারার গতি-চঞ্চল উচ্ছলতা। সাদা ফেনার হীরক দ্যুতি। ঘুরে ঘুরে শব্দ তোলে। গুহার মধ্যে প্রতিধ্বনি ওঠে। গঙ্গাদেবী যেন সহস্র হাতে কোটি শিব গড়েন, হাতে তালি দিয়ে ব্যোম্ ব্যোম্ রব তোলেন।

হিমালয়ে শিবের জটাজালে গঙ্গা পথ হারান, আবার সেই হিমালয়ের অলকানন্দার স্রোতের ধারাজালে কোটি শিব ধরা দেন!

॥ ৯॥

রুদ্রপ্রয়াগ ছাড়িয়ে পাহাড় ঘুরে সেকালের পায়ে হাঁটা কেদারনাথের পথ যেত সাবলীল সরল রেখায়। সোজা পথ। পাশেই মন্দাকিনী। নদীর স্বচ্ছ নীলধারা।

কলস্বরে বহে চলে। মাঝে মাঝে দুএকটা দড়ির ঝোলা পুল। ওপারে গ্রামে যাতায়াতের পথ। কেদার-যাত্রীদের সে-পুল পার হতে হয় না। অপর পারে ধানক্ষেত। ক্ষেত উঠে যায় পাহাড়ের গা বেয়ে ধাপে ধাপে। এ-পারেও পথের পাশে পাহাড়। সরলরেখা পথের উপর স্নিগ্ধ ছায়া ফেলে দাঁড়িয়ে থাকে দু পাশে গাছের সারি। তীর্থযাত্রীদের সম্বর্ধনায় স্থির হয়ে দাঁড়িয়ে সবুজ নিশান উড়িয়ে। আনন্দ জাগে মনে এ-পথ চলতে।

ছতোলী, মঠচটি, রামপুর ছেড়ে এসে অগস্ত্যমুনি। ওরই মধ্যে বড় চটি। প্রাচীন মন্দির, ধর্মশালা। মন্দিরের সামনে রুদ্রাক্ষের বড় গাছ। নদীর ধারে প্রশস্ত ময়দান। কিছুদিন প্লেন নামাবার চেষ্টা হয়েছিল।

অগস্ত্যমুনিতে প্রায়ই যাত্রীর ভিড়। তাই এগিয়ে চলি। পথে অন্য চটিতে আশ্রয় নিই।

একবার দেখি, মাইল দেড়েক গিয়ে সুন্দর নতুন একটি বাড়ি ওঠে। পরের বছর দোতলাও হয়। ছিমছাম পরিচ্ছন্ন বাড়িখানি। রাস্তা থেকে দু-তিনটা ধাপ উঠে সামনে বাঁধানো আঙিনা। একপাশে পাথরের মন্দির। গাছের ছায়া। তারই পিছনে বাড়ির একতলায় সারি সারি ঘর। দোতলার ঘরের দরজা-জানলায় রঙ করা। সামনেই পথের অপর দিকে মন্দাকিনীর ধারা। বাড়ির গায়েও ছোট্ট এক পাহাড়ী নদী। তারই উপর পথের পুল। দূরে নীল আকাশের গায়ে মাথা তুলে বরফের চূড়া,—কেদার-শিখর।

ভাবি, এমন বাড়ি, এমন মনোরম স্থানে করলেন কে!

পরিচয়ও সহজেই হয়। গৃহস্থ নন, অথচ সুন্দর গৃহ রচনা করেন। নিজের সুখ-স্বাচ্ছন্দ্যের লোভে নয়। সাধুসেবায়। বিশিষ্ট যাত্রীদের পথ-কষ্ট লাঘবে আশায়।

কৌপীন-ধারী এক সাধুর প্রচেষ্টা। মন্দিরে শিবের নাম 'হর হর মহাদেও', সাধুর মুখেও সদা ঐ নাম, তাই তাঁরও নামকরণ হয়—'হর হর মহাদেও মহারাজ'। এক সেবককে নিয়ে থাকেন। পেশীবহুল সবল দেহ। পাহাড়ের কোলে শাকসবজি ও লেবুর বাগান। গরুও রাখেন। যাত্রী আশ্রয় নিলে সযত্নে সেবা করেন। বলেন, তীর্থযাত্রী দেবতারই অংশ। দোতলায় হলঘর, দেবদেবীর রঙিন ছবি ও মূর্তি দিয়ে সাজানো। যাত্রীদের নিয়ে ভজন ও সৎসঙ্গ হয়।

কিন্তু পরিবর্তনশীল জগতের নিয়মই এই—সংসারও যেমন, সাধুর গড়া আশ্রমও তেমনি। দুদিনের সাজগোছ, আশা-আকাঙ্ক্ষা। উৎসাহ-উদ্বেল। বর্ষায় নদীর দুকূলব্যাপী বন্যার তোড়।

এখন বাস চলে ধূলা উড়িয়ে সেই আশ্রম ও মন্দিরের সামনে দিয়ে। তাকিয়ে থাকি উৎসুক নয়নে। কখনও হয়ত হঠাৎ তাঁকে অঙ্গনে দেখতে পাই। মনে হয়, অতি শীর্ণ দেহ, বাড়ি-ঘরেরও সে-উজ্জ্বলতা নেই। যাত্রীদেরও প্রয়োজন ফুরিয়েছে।

চন্দ্রাপুরী।

কে কবে চটির নাম রাখে জানি না। পাহাড়ী নদী—চন্দ্রা। তাই থেকেই নামকরণ। ছোট নদী,—তবু পাহাড়ে জলের ঢল নামলে পার হয় কার সাধ্য। একবার বর্ষাকালে দেখি সাময়িক পুল,—পারাপারে পয়সা নিতে লোক দাঁড়িয়ে। না হলে, কুলকুল করে জলের ক্ষীণধারা বয়ে চলে। নদীর বুকে পাথর ছড়ানো। অনায়াসে পায়ে হেঁটে যাত্রীরা পার হয়। অল্প দূরে মন্দাকিনীর সঙ্গে সঙ্গম। সঙ্গমের কাছে ছোট বসতি।

প্রথম যে-বছর আসি, সন্ধ্যার মুখে চটিতে পৌঁছই। মন্দাকিনী যেদিক থেকে নেমে আসেন সেইদিকে সন্ধ্যার আকাশে মেঘের ফাঁকে দিগন্তজোড়া কেদারনাথের চূড়া। যেন মেঘলোকে 'সন্ধ্যারাগে-ঝিলিমিলি ঝিলমের স্রোতখানি বাঁকা'। দূরে পাহাড়ের গায়ে পাইনের সারি।

পূর্ণিমা রাত। ছোট চটিতে শুয়ে শুয়ে বরফের দৃশ্য দেখি। চোখে ঘুমের আবেশ জাগে, তন্দ্রার মধ্যেও সে-রূপ দেখি। হঠাৎ জেগে বসি। দেখি, অতন্দ্র প্রহরী তেমনি জ্যোৎস্না-স্নাত হয়ে মাথা তুলে দাঁড়িয়ে।

অন্ধকার গিরিতটতলে
দেওয়ার-তরু সারে সারে;
মনে হল, সৃষ্টি যেন স্বপ্নে চায় কথা কহিবারে,
বলিতে না পারে স্পষ্ট করি—
অব্যক্ত ধ্বনির পুঞ্জ অন্ধকারে উঠিছে গুমরি।

সারারাত মন-ভরা আনন্দে জেগে কাটাই।

এর কয় বছর পরের কথা। চন্দ্রাপুরী বড় হয়ে ওঠে। তিনতলা নতুন বাড়ি মাথা তোলে। রেলিঙ দেওয়া বারান্দা। সবুজ রঙ-এর টিনের ছাদ। উপরের বারান্দায় শুয়ে বরফের পাহাড় দেখে আমার রাত কাটে।

আবার বছর ঘোরে। ফিরে আসি। সেই তিনতলা ধর্মশালাতেই উঠি। এবার কেদারনাথ-যাত্রাপথটুকু কয়টি বন্ধু সঙ্গ নেন। তাঁদের সঙ্গে রাত কাটে। এবারও বিনিদ্র রজনী। কিন্তু ভিন্ন কারণ। শয্যা নেবার একটু পরেই বন্ধুরা উসখুস করেন,—আঃ উঃ বিরক্তির শব্দ তোলেন। উঠে বসেন। টর্চ জ্বালান, হুঙ্কার দেন। এই দেখ! চারপাশে কী ভীষণ ছারপোকা!—আর এক বন্ধু বলে ওঠেন, ওদিকে কি? এইদিকে দেখ না—সার বেঁধে আসছে, চতুর্দিক থেকে!

দেওয়াল বেয়ে নামে, ছাদ থেকে পড়ে—অক্ষৌহিণী সেনাবাহিনী।

দেহের ক্লান্তিতে অগত্যা আবার ঘুমের চেষ্টা করেন। নিষ্ফল প্রয়াস। বাধ্য হয়ে উঠে বসেন। রাগে ও বিরক্তিতে কয়েকটিকে পিষে মারেন। 'এঃ! কী দুর্গন্ধ!' বলে মুখ বাঁকান। কিন্তু রক্তবীজের দল আসতেই থাকে ঝাঁকে ঝাঁকে।

চুপ করে শুয়ে থাকি আমি। ওপাশ ফিরে নিঃসাড় হয়ে। ওঁদের সব মন্তব্য

শুনি। ছারপোকার কামড়ও সহ্য করি। হা-হুতাশে বা বসে থেকে লাভ কি? ভাবি, শুনেছি যোগীদের নাকি গায়ের উপর দিয়ে বিষাক্ত সাপ চলে যায়, তবু নড়েন না। আমার গায়ে এ তো সামান্য ছারপোকা!

চন্দ্রাপুরীতে আর এক রাতের কথাও মনে পড়ে।

সে-বছর হঠাৎ প্রচণ্ড ভিড় পাই। নিরিবিলি একান্তে কোথাও জায়গা মেলে না। তিনতলা ধর্মশালাও ভর্তি। কিন্তু উপরতলায় লোকের সাড়াশব্দ পাই না। খবর নিতে শুনি, কে এক পুলিশের কর্তা আসবেন, তাঁর দলবলের জন্যে তালাবন্ধ। অগত্যা দোতলায় সিঁড়ির পাশে অল্প একটু জায়গা পেয়ে সেখানেই কম্বল বিছাই। একটা রাত্রি,—একা মানুষও, বেশ কেটে যাবে। ছারপোকা-বাহিনীরও অত্যাচার সহ্য তো করেছি!

কিন্তু তখন কি আর ভাবি, মানুষ-কীটেরও অনাচার প্রবলতর!

দেশ তখন স্বাধীনতা পেয়েছে। স্বাধীন দেশের বিপুল বিক্রম রাজপুরুষের আবির্ভাব হয় তুচ্ছ তীর্থপথে। সাঙ্গপাঙ্গ, লটবহর, লোকলস্কর। সিঁড়ি দিয়ে লোক চলাচল শুরু হয়। যেন পাহাড়ী ঝরনা। চলেছে তো চলেছেই। হাসিহল্লা, ব্যস্ততা। কম্বলের উপর মাড়িয়ে তো চলেছেই, মাঝে মাঝে গায়েও প্রকাণ্ড বুটের স্পর্শ পাই। বুটধারী দয়া করে তাকিয়ে দেখে বলে, আরে! আদমী হ্যায়—ইধার!—আর একজন করুণা দেখিয়ে মন্তব্য করেন, যাত্রী-লোগ্—যাঁহা মিল্তা,—শো যাতা!

বলি না কিছুই। রাগ নয়, বিদ্বেষ নয়, রূঢ় কথা নয়। কারও মনে ব্যথা দেওয়াও নয়। মান-অভিমানের পালা সংসার-রঙ্গমঞ্চে ফেলে আসা। পড়ে থাকি তীর্থপথের ধূলিকণার মত। আরও কুঁকড়ে শুই। হিমালয় পথে এই তো শ্রেষ্ঠ শিক্ষা।

হঠাৎ পুলিশপুঙ্গব আমারই সামনে এসে হাজির। গোল মুখ, গোল চোখ, চ্যাপটা নাক। টোল-খাওয়া বেলুন। খাঁকি সাজ। হাতে ছোট বেটন—রুলার। কার কাছে আমার পরিচয় পান। এসেই ভদ্রতা করে বলেন, তাই তো আপনার থাকার একটু অসুবিধে হচ্ছে দেখছি। 'কুছ্ সেবামে' আসতে পারি তো জানাবেন নিশ্চয়।

তবু বলেন না, ওপরের হল-এ একটু জায়গা দেব,—চলুন।

আমিও বলি না। শুধু জানাই, খাসা আছি। যাত্রা-পথ। একটা রাত। কেটে যাবে আনন্দেই।

তাঁরই মুখে শুনি, শীঘ্র বদলি হবার সময় চলে এসেছে, তাই তীর্থ ও ইনসপেকশন দুটো কাজই তাড়াতাড়ি সেরে নিচ্ছেন। এই সুযোগে আত্মীয়স্বজন, বন্ধুবান্ধব সবাইকে সঙ্গে নিয়ে চলেছেন। বদলি হয়ে গেলে এমন সুযোগ তো আর মিলবে না,—বলে মুখ টিপে হাসেন।

ভাবি, ঠিক বটে!

আবার সবিনয়ে 'কুছ্ সেবামে' জানিয়ে উপরে ওঠেন।

পশ্চিমে ঘোরাফেরার ফলে 'কুছ্ সেবামে'র অর্থ আমার জানা। রাষ্ট্রভাষায় ওটা পোশাকী বিনয়। যখন এর গূঢ় মর্ম জানা ছিল না, শুনে তখনই হয়ত কোন সাহায্য বা কাজের কথা তুলেছি। দেখেছি, তখনই 'সেবা'র ইচ্ছা কোথায় উবে যায়। ওটা ভদ্রতা-সূচক বিনয় প্রকাশ। ইংরেজিতে যেমন, থ্যাঙ্ক ইউ, স্যরি।

এই ধরনের আর এক বিনয়-বাক্য ভারতের অন্য প্রান্তেও শুনি। নতুন গিয়েছি সেখানে। স্থানীয় এক বন্ধুর সঙ্গে কয়েকজনের বাড়ি গিয়ে পরিচয় করি। যার কাছেই যাই, তিনি তখনই বলেন, আসুন, ভাত খাবেন, রুটি খাবেন।—প্রথম পরিচয়। তবু একেবারে আহারের নিমন্ত্রণ! শুনতে ভালো লাগে। বন্ধুকে বলি, এখানকার লোকজন তো খুব অতিথি-সেবায় উৎসুক।

বন্ধু প্রথম বুঝতে পারেন না। তার পর বুঝে হেসে বলেন, ওঃ! ওটা তো কথার মাত্রা। ঐ রকম বলাই হল সদাচার। কি ভাগ্যিস আপনি বলেন নি যে নিমন্ত্রণ নিতে রাজি। তাহলে ওরা অবাক হয়ে ভাবত, লোকটা সভ্যতা জানে না!

আমাদের বাংলাদেশেও তো প্রবাদ আছে, অতিথি চলে যাবার সময় গঙ্গায় নৌকা ঠেলে দিয়ে বলা,—আর একদিন থেকে গেলে হত না!

পুলিশ-অফিসারটির সেবাধর্মের দৌড় পরে আরও প্রকাশ পায়।

চটির বাইরে সাময়িক সারি সারি পায়খানা। সেখানকার চৌকি ও টিনগুলি সাফ হয়ে তিনতলায় চালান যায়—কর্তাদের দলের সুবিধার জন্যে। জমাদার দুজনাও সেইখানে হাজিরা দেয়। ফলে চটি-ভরতি যাত্রীদের করুণ দুর্দশা, অসীম নিগ্রহ।

ভাবি, যাত্রার সময়ে এই ধরনের অফিসার-পুঙ্গবদের সফর নিয়ম করে বন্ধ করাই উচিত,—অন্তত যতদিন না তাঁদের কর্তব্যবুদ্ধি সচেতন হয়।

॥ ১০॥

সেকালের হাঁটাপথ চন্দ্রাপুরী ছেড়ে নদীর ধারে ধারে ক্ষেতের পাশ দিয়ে আরও মাইল চার সোজা যেত। এখনও সেই পথ ধরে বাস চলে। কিন্তু বাস চলে যায় সোজা কুণ্ডচটি পর্যন্ত। নতুন পুলে নদীর অপর পাড়ে গিয়ে চটি। সেইখান থেকে গুপ্তকাশীর চড়াই শুরু। হাঁটা পথ ভীরীচটির কাছে ছোট লোহার পুলে নদী পার হত, ঐ পার দিয়ে এগিয়ে যেত কুণ্ডচটিতে।

পাণ্ডার দেওয়া গাইড-বই-এ লেখা থাকত—"কুণ্ডচটি—শীত লাগে।"

তার আগে দশদিন হিমালয়ের পথে কাটে, তবু গ্রীষ্মকালে শীত থাকে না। বিজনীর চড়াই-এ পাহাড়ের কিছু উপরে ওঠা, না হলে পথ আসে নদী ধরে—উপত্যকা দিয়ে, তাই শীতও নেই।

গুপ্তকাশী এদিকের প্রথম চড়াই। তবে এমন কিছু নয়।

এখন সেটুকুও নেই। বাস-এ বসেই গুপ্তকাশী পৌঁছানো।

গুপ্তকাশী এই যাত্রাপথে রমণীয় স্থান। যদিও যাত্রীর ভিড় প্রায়ই থাকে। স্থানাভাবও হয়। ৪,৮৫০ ফুট উঁচুতে পাহাড়ের গায়ে বড় চটি বা গ্রাম! চন্দ্রশেখর মহাদেব ও অর্ধনারীশ্বরের মন্দির। সুন্দর কারুকার্য। সামনে একদিকে দূরে দেখা যায় চৌখাম্বা বা বদরীনাথের তুষারশিখর। সেইদিকেই মদমহেশ্বরের পাহাড়। আবার পাহাড়ের বাঁক ঘুরলেই চোখে পড়ে কেদারনাথের বরফচূড়া।

নীচে মন্দাকিনীর উপত্যকা। অপর পাড়ে পাহাড়ের গায়ে উখীমঠ। ঘরবাড়ি, মন্দির। ৪,৩০০ ফুট। উখীমঠ কেদারতীর্থের একটি প্রধান কেন্দ্র। শীতের সময়—অর্থাৎ বছরের ছয়মাস—যখন কেদারনাথ মন্দির বন্ধ থাকে, উখীমঠেই পূজা হয়। শুধু কেদারনাথেরই নয়, মদমহেশ্বরেরও। অথচ, উখীমঠ কেদারের পথে পড়ে না। গুপ্তকাশীর এক মাইল দূরে নালাচটি। কেদার থেকে ফিরতি পথে যাত্রীরা এই নালাচটি থেকে মন্দাকিনীর তীরে নামতেন, পুল পার হয়ে ওপারে চড়াই উঠে উখীমঠ পৌঁছুতেন। তারপর তুঙ্গনাথ দর্শন করে চামোলীতে বদরীনাথের যাত্রাপথ ধরতেন।

এখন কেদার-ফেরত অধিকাংশ যাত্রী গুপ্তকাশীতে এসে বাস ধরেন। সোজা বদরীনাথ চলেন বাসে-এ বসে।

উখীমঠ অবহেলিত পড়ে থাকে।

কেদারনাথের গদি ঐ উখীমঠে। তাই রাওয়াল বা প্রধান পুরোহিতও থাকেন ঐখানে। আগেকার দিনে এঁরাই ছিলেন কেদারনাথের মোহন্ত-স্বরূপ, সর্বেসর্বা। এখন মন্দিরগুলি কমিটির তত্ত্বাবধানে। রাওয়ালও তার অধীনে।

ঐ উখীমঠেই আলাপ হয় এক রাওয়ালজীর সঙ্গে।

সন্ধ্যাবেলা। আরতি শুরু হয়। ওঁকারনাথ মন্দিরের আরতি শেষে অন্যান্য মন্দিরেও দীপ নিয়ে আরতি করে চলেন পূজারী। পিছনে আসেন রাওয়ালজী। বেনারসী জরির বেশভূষা। মাথার উপরও জরির উত্তরীয়। তরুণ বয়স। শ্যাম বর্ণ। কপালে চন্দনের প্রলেপ,—দীপালোকে উজ্জ্বল দেখায়। আয়ত নয়নে স্নিগ্ধ দৃষ্টি যাত্রীদের দিকে তাকিয়ে মৃদু হাসেন। হাত তুলে আশীর্বাদ করেন। আরতি-শেষে নিজের ঘরে চলে যান। কেন জানি না, কিছু পরে তাঁর সেবক এসে আমাকে ডেকে নিয়ে যায়। দেখি নিজ গদিতে বসে, সেই জরির বেশভূষা একপাশে জড়ো করা। গেরুয়া চাদর গায়ে। মাথায় জটা। গলায় প্রকাণ্ড রুদ্রাক্ষের মালা। যেন কিশোর শিবমূর্তি। মৃদু হেসে বলেন, এ-সব সাজ-পোশাক পরা মন্দিরের নিয়ম—'আচ্ছা' লাগে না। এখন খুলে হাঁফ ছাড়ছি। কোথা থেকে আসছেন? কোথায় উঠেছেন?

কাছে বসিয়ে আলাপ করেন। সেই প্রথম পরিচয় ক্রমে ঘনিষ্ঠতায় পরিণত হয়।

প্রতি বছরই আসা-যাওয়ার পথে তাঁর কাছে কয়েক দিন কাটাই। দাক্ষিণাত্যের শরীর। লিঙ্গায়েত শ্রেণী। তাই শিবলিঙ্গ সব সময়েই দেহে ধারণ করেন। কখনও মাথার জটার মধ্যে, কখনও বা বুকে ঝোলানো রূপার গোল কৌটার মাঝে।

পরম আত্মীয়ের আদর-যত্ন পাই তাঁর কাছে। থাকবার ব্যবস্থা তো সব করেনই, নিজের হাতে রান্না করে তাঁর পাকশালায় বসিয়ে একই সঙ্গে আহার করেন। "আউর লেও, আউর লেও,—কুছ্ভী খাতে নাহি" "অন্নং ব্রহ্ম" বলে জোর করে পাতে দেন, হেসে বলেন, হিমালয়ে ঘুরবে, দেহকে অভুক্ত রাখবে না,—মনও তবে ঠিক থাকবে, সাধনভজনও ঠিক চলবে।

প্রীতিপূর্ণ আলিঙ্গন করে অভ্যর্থনা করেন, বিদায়ও দেন। আসার সময় প্রসাদী গোলাপ, এলাচ দিয়ে শুভকামনা জানান, আবার আসতে বলেন। সেবকের দিকে ফিরে ইশারা করেন। আমি বুঝতে পারি। হেসে বলি, সঙ্গে সেই রাত্রে-রাখা পায়েসটা দেওয়া হচ্ছে বুঝি? আমি চাই যত ভার নামাতে, সাধু হয়ে আপনি দেন আবার বোঝা বাড়িয়ে!

তিনিও হাসেন। প্রকৃত সাধুর শিশুসুলভ হাসি।

সংস্কৃত ও হিন্দি জানতেন। পড়াশুনা শাস্ত্র-আলোচনায় আনন্দ পেতেন। মদমহেশ্বরে দীর্ঘকাল কঠোর যোগসাধনাও করেন। সেখানকার কয়েকটি অনুভূতির কাহিনীও শুনি। তাঁরই উৎসাহে ও প্রেরণায় আমার মদমহেশ্বর যাত্রা। কাছে বসিয়ে বহু কঠিন যোগাসনের পদ্ধতিও দেখান।

একবার চিঠি পাই, অসুস্থ বলে। শীতের সময় দক্ষিণে তাঁদের মঠের কাছে হাসপাতালে আছেন।

পরের বছর আবার উখীমঠে দেখা হয়। বলেন, দেহ এখন একটু ভালো।

তারও পরের বছর। আবার যাত্রার আগে চিঠি দিই। উত্তর আসে না। গুপ্তকাশী পৌঁছুই। স্থানীয় এক গাড়োয়ালী বন্ধু দেখা করতে আসেন। তাঁরই মুখে খবর শুনি। বিষণ্ন মুখে জানান, শোনেন নি এখনও? শরীর যে তাঁর খুবই খারাপ। দেখতে গিয়ে আর কি করবেন। যাবেন না।

শুনে বলি, অতই যখন অসুখ, দেখতে যাওয়া তো আরও উচিত।

বন্ধু বলেন, গিয়ে বা দেখে কোনই লাভ নেই, শুধু মনেই কষ্ট পাবেন, তিনিও যদি চিনতে পারেন, আরও কাতর হবেন, তবে তার সম্ভাবনা নেই।

খুঁটিয়ে জিজ্ঞাসা করি। জানতে পারি, কিছুকাল আগে দেহ একটু সুস্থ হয়, কাজকর্মও শুরু করেন। যোগাসনও আবার আরম্ভ করেন। একদিন শীর্ষাসন অবস্থায় হঠাৎ পড়ে যান। গুরুতর আঘাত পান। ঘাড় এখন বেঁকে গেছে। বুকের উপর মাথা ঝুলছে। মস্তিষ্কেরও বিকৃতি ঘটেছে। কোন কিছুর সম্বন্ধেই প্রায় জ্ঞান থাকে না। আহার নিদ্রা বন্ধ। একমুখ দাড়ি-গোঁফ। জটার বিপুল ভার। গায়ে সারাক্ষণ তেল মাখেন। নোংরা ময়লা কাপড় জড়িয়ে পড়ে থাকেন। মুখে অনবরত

একই বাণী—'শিবোহহম্' 'শিবোহহম্'। মানুষ দেখলে চিনতে পারেন না। হঠাৎ কাউকে চিনতে পারলে হয়ত কেঁদেই ফেলেন, নয়ত হাসেন কিংবা রেগে গালি দিতে থাকেন।

বন্ধু বলেন, উঃ! দেখা যায় না—এমন বীভৎস দৃশ্য! তাই কিছুদিন থেকে আর তাঁর কাছে যাই না। ব্যবস্থা হচ্ছে, দাক্ষিণাত্যে তাঁদের মঠের কাছে সেই হাসপাতালে আবার তাঁকে পাঠাবার জন্যে।

একটু চুপ করে থেকে মৃদুস্বরে বলেন, সেই লোক! অমন সাধুপুরুষ! সবারই সঙ্গে কী আনন্দময় ব্যবহার—আদর যত্ন। সদাপ্রসন্ন। কত লোকের কত উপকারই না করেছেন,—হঠাৎ থেমে আমার মুখের পানে তাকান, বলেন, আপনাকে আর বলব কি—আপনি তো তাঁর আপনজন—তবু যাবেন না, করবার আর কিছুই নেই, হয়ত আপনাকে দেখেও চিনতে পারবেন না—চিনলেও আরও কষ্ট পাবেন।

বন্ধু আবার চুপ করেন। দূরে বরফের পাহাড়ের দিকে তাকান। ধীরে ধীরে গম্ভীর স্বরে বলেন, কতদিনের আমার পরিচয়! কত ঘনিষ্ঠতা! তবু যাই না কেন, জানেন? দেহের সঙ্গে তো ভালোবাসা নয়, ভালোবাসা ছিল তাঁর মনের সঙ্গে। সেই হৃদয়—সেই মনই যখন তাঁর হারিয়ে গেছে—শুধু ঐ দেহটাকে দেখতে গিয়ে কি হবে? কাছে গিয়ে করবারও তো কিছুই নেই। এখন কেদারনাথ যতশীঘ্র সেই ভাঙা দেহের মুক্তি দেন—মঙ্গল। তাই-ই কেবল প্রার্থনা জানাই।

নির্বাক হয়ে শুনি। কোথায় কি যেন হারাই! ভাবি, সাধু-শরীরেরও ক্ষয়, সেও কি এমনি করেই হয়!

॥ ১১ ॥

গুপ্তকাশীর পর পাহাড়ের গা দিয়ে সোজা পথ। বহু নীচে মন্দাকিনীর উপত্যকা। মদমহেশ্বর গঙ্গার সঙ্গম। সেইদিকে নীল আকাশের বুকে বদরীনাথের বরফ-চূড়া। পথে আরও এগিয়ে দূরে সামনে কেদার-তুষার শিখর। পথের দুপাশে রামদানার ক্ষেত। রক্ত-রাঙা শিষগুলি বাতাসে ঢেউ খেলে। পাহাড়ীদের ছোট ছোট ঘর। ছোট ছেলেমেয়ে দল বেঁধে পথের উপর ছুটে আসে। হাত পেতে সুঁই তাগা পাই-পয়সা চায়। নেচে নেচে ঘিরে চলে। সুর করে গান ধরে। তারই কয়টা কলি এখনও কানে বাজে। তীর্থযাত্রীর বিবরণ:

কোই খায় হালুয়াপুরি বরফি মিলাইকে
সাধু খায় সুকড়া টুকড়া চিমটা বজাইকে
কোই যায় হাতিঘোড়া পালকি সাজাইকে
সাধু যায় পাঁও পাঁও চিমটা বজাইকে।

গানের সুর যাত্রীর পায়ে যেন চলার ছন্দ তোলে।

এক মাইল এগিয়ে নালাচটি। দুপাশে সারি সারি ঘর, মাঝে সোজা পথ। পথের মুখে প্রকাণ্ড এক গাছের ছায়া। চটির দাওয়ায় বা চায়ের দোকানের বেঞ্চে যাত্রী বসে, কেউ বা লাঠি হাতে বোঁচকা মাথায় ধীরে এগিয়ে চলে। আরও মাইলখানেক গিয়ে ডাইনে সরু পথ কালীমঠে নেমে যায়। কেদারের পথ পাহাড়ের গায়ে ঘুরে ঘুরে চলে ভেতাদেবী, নারায়ণকুঠি।

এখন সেখানে জেগে ওঠে মোটরের নতুন পথ। চওড়া, ধুলোভরা। দলে দলে মজুরেরা কাজ করে। পাহাড় ভাঙে, পাথর ভাঙে। সভ্যতার যান আসবে, তারই জন্যে ব্যস্ততা, বিপুল আয়োজন। নালাচটি পড়ে থাকে নীচে। ফেলে-দেওয়া ছেঁড়া চটির মতন!—পাহাড়ী ছেলেমেয়ে ভিক্ষা করতে ছুটে আসে না। বইখাতা হাতে পড়তে চলে স্কুলে। মেয়েদের পরনে শহরের ফুলকাটা রঙিন শাড়ি। চালচলনে সভ্যজগতের ছাপ।

হাঁটা পথ বিয়ঙ চটির কাছে নেমে যায়। তারপর, মৈখণ্ডার চড়াই।

বিয়ঙ পার হতে একবার এক বৃদ্ধ পাহাড়ী সঙ্গ নেয়। ভিক্ষা চায়, গরিব ব্রাহ্মণ, খেতে পাই না।

প্রতি বছরেই তাকে দেখি। ঠিক একই জায়গায় এসে পিছু ধরে। একই বাঁধা-বুলি বলে ভিক্ষা করে। একবার স্থানীয় পরিচিত এক পাহাড়ীর সঙ্গে এইখানে দেখা। গল্প করে এগিয়ে চলেন। বুড়া ঠিক এসে হাজির। মুখে সেই একই বুলি। পকেটে হাত পুরি। সঙ্গী দেখে নিষেধ করেন। তাকে ধমক দেন। তখন শুনি, বৃদ্ধের সচ্ছল অবস্থা। জমিজমা, ঘরবাড়ি আছে। তবুও স্বভাব, ভিক্ষা করা। যাত্রী দেখলেই হাত পাতে।

ভাবি, কি জানি, একেই হয়ত দেখেছি প্রথমবারে,—ছোট্ট ছেলে নেচে গেয়ে ভিক্ষা করে। এখন সে ছেলেমেয়ের দল গেছে, কিন্তু বৃদ্ধবয়সেও এর সে-স্বভাব আছে।

পরের বছর। তাকে দেখি না। সেই পথ পার হতে থমকে দাঁড়াই। ফিরে গিয়ে চটিওলার কাছে খবর নি। সে হেসে জানায়,—ওঃ! সেই বুড়ো? মারা গেছে কমাস আগে। বাবুজীর মনে আছে, দেখছি!

বোঝানো যায় না, সে-ও কেমন করে এই যাত্রা পথের অংশ হয়ে থাকে।

বাস-পথ নতুন তৈরি হচ্ছে। বিয়ঙ-মৈখণ্ডার উৎরাই-চড়াই এড়িয়ে পাহাড়ের উপর দিয়ে অনেকখানি ঘুরে চলে আসছে ফাটাচটিতে।

বহু রাত্রি কেটেছে এই ফাটায়। নিরিবিলি সুন্দর ডাকবাংলো। বাঁ দিকে দূরে কেদারের বরফ। সামনের পাহাড়ে সবুজ বন। সেখানে খোলা মাঠে নিশ্চিন্তে হরিণ চরে। ডাইনে পাহাড়গুলির মধ্যে দূরে মাথা উঁচু করে তুঙ্গনাথের চূড়া। বাংলোর সামনে লন-এ ইজিচেয়ার পেতে চুপ করে বসে থাকি। সামনে আঁকা

ছবির মত দেখি। অকারণে কিসের টানে দু-তিনদিন কাটাই। মনে হয় নিজের ঘরে আছি। বৃদ্ধ চৌকিদার আপনজনের মতো কাছে এসে বসে। সুখদুঃখের কথা শোনায়। নিজের ঘর থেকে শাকসবজি, দুধ-দই আনে।

দু-বছর আগে গিয়ে দেখি, নতুন চৌকিদার। খবর নিয়ে জানি, বুড়ারই ছেলে। বাপ শয্যাশায়ী।

বুঝতে পারি, মহাকাল এগিয়ে চলে। শুধু হিমালয়,—নির্বিকার, তেমনি দাঁড়িয়ে। ধ্যানমগ্ন উদাসীন ঋষি।

॥ ১২॥

রামপুর চটি। ধর্মশালার দোতলার এক পাশের ঘরে উঠি। অক্টোবর মাস। যাত্রীর ভিড় নেই। হঠাৎ অনেক লোকজনের গলা শুনি। সশব্দে উপরে আসে। আর একদিকের ঘরগুলি দখল করে। নীচে ডাণ্ডি, কাণ্ডিওয়ালাদের সাড়াশব্দ। বুঝতে পারি, বড় দল। একটু পরেই এক সেবা-প্রতিষ্ঠানের কর্মচারী ঘরে ঢোকেন। বলেন, আপনি চলেছেন, নীচে চৌকিদারের কাছে জানলাম। একটু সাহায্যের আশায় এসেছি। এক বড় শেঠ এসেছেন তীর্থ করতে, তাঁরই সঙ্গে যাবার ও দেখাশোনার ভার পড়েছে।

আমি বলি, এই দলবল এল, টের পেয়েছি।

তিনি জানান, না, না, এটা সে-দল নয়, তবে তাঁদেরই লোকজন বটে। শেঠের আরও ভারী দল, কেদারের পথে এগিয়ে গেছেন। সেই সঙ্গে আমিও ছিলাম। তারপর হঠাৎ এল এই টেলিগ্রাম।

টেলিগ্রামখানা হাতে দেন। তাতে লেখা,—পথে অপেক্ষা করো, আমি আসছি;—নির্মলা।

ভদ্রলোক বলেন, এখন ব্যাপারটা শুনুন। শেঠের এমনিতেই ভীষণ মেজাজ। তার ওপর টাকার গরম। তাঁর ধারণা, টাকা দিলে সব কিছু হয়, এ-পথেও সবকিছু পাওয়া যায়। তা কি সম্ভব? না পেলেই রাগ। স্ত্রীর সঙ্গেও সব সময়ে খটাখটি। প্রতি চটিতেই কোন না কোন ঘটনা ঘটছেই। এমনিতেই হয়রান হয়ে আছি। তার ওপর এই টেলিগ্রামটা আসতেই তিনি তো ক্ষেপে আগুন। স্ত্রীও রেগেমেগে বলেন, 'যাব না আমি তোমার সঙ্গে; আমি লোকজন নিয়ে একাই চললাম এগিয়ে,—থাকো তুমি এখানে। পথে দাঁড়িয়ে সে এক তুমুল কাণ্ড। স্ত্রী দলবল নিয়ে এগিয়ে যান ডাণ্ডি চড়ে। শেঠও ঝগড়া করতে করতে তাঁরই পিছু নেন। চুপিচুপি আমাকে হুকুম দেন, রুদ্রপ্রয়াগে ফিরে গিয়ে এই নির্মলাকে সঙ্গে করে আনতে। তাই এখন নিয়েও চলেছি তাঁরই দলবল। কিন্তু শুনছি, ইনি শেঠের উপপত্নী!—মহাঝঞ্ঝাটে পড়েছি। হৃষীকেশে আমার কর্তাদের যদি একটু জানান, এঁদের সেবার ভার থেকে আমাকে যেন মুক্তি দেন।

কিছুক্ষণ পরের ঘটনা। এক তরুণ ব্রহ্মচারীর সঙ্গে সিঁড়ির উপর দেখা। দেখি, তিনি আমাকে চেনেন। নিজের পরিচয় দিতে সংকোচ করেন। পরে চিনতে পারি। তাঁর বাল্যকালে তাঁকে দেখা, তারপরে শুনেছিলাম, আশ্রমে যোগ দিয়েছেন। ভদ্র, সুশ্রী, ধীর, শান্ত যুবক। এখন মুণ্ডিত কেশ। পরনে সাদা ধবধবে ছোট থান। নিষ্পাপ, নির্মল মূর্তি। দেখে আনন্দ পাই। সাদরে ঘরে এনে তাঁর যাত্রার খোঁজখবর জানি।

আশ্রম থেকে একাই এসেছেন। হিমালয়ে এই তাঁর প্রথম আসা। বৃদ্ধ স্বামীজীরা সাবধান করেন, এ-সময়ে শীতের মুখে যাত্রী থাকে না, চটিও সব সময়ে খোলা পাবে না, বনজঙ্গলের পথ,—একা এই সময়ে না গেলেই হত!

সাহস দিয়ে বলি, এই তো আমিও চলেছি একা। ভয় কীসের? কোন অসুবিধে হচ্ছে না তো?

তিনি জানান, এখন যেভাবে চলেছি, অনেক সুবিধে হলেও অস্বস্তি বোধ করছি। বাস ছেড়েছি রুদ্রপ্রয়াগে। সেইখানেই ধর্মশালায় দেখা এক শেঠের দলের সঙ্গে। শেঠের মহিলা অতি ভদ্র। আমাকে একা দেখে নিজে থেকেই ব্যবস্থা করলেন, তাঁদের দলের সঙ্গে চলতে। আমি কোনমতেই রাজি হই না, তিনিও শুনবেন না। মায়ের মতো জোর করেন। তাঁদেরই কুলি আমার যা সামান্য লোটাকম্বলের বোঝা, তাঁর হুকুমে বইছে। খাওয়ার ব্যবস্থাও তিনি করেন। অতি আদরযত্নে চলেছি। ভদ্রমহিলার বয়স বেশি নয়। যেমন রূপ, তেমনি আচার-ব্যবহার, নম্র। ধনী বলে কোন অহঙ্কার নেই। শুদ্ধাচারে মন্দিরে মন্দিরে দর্শন পূজা করে চলেছেন। তাই, পথের কষ্ট আমার নেই। কিন্তু, এত আরাম-স্বাচ্ছন্দ্য আমার মোটেই ভালো লাগছে না। হিমালয়ের তীর্থ পথের স্বাদ যেন পাচ্ছি না।

নির্মলার প্রকৃত পরিচয় কী,—কে জানে? কিন্তু শেঠের সঙ্গে তার সম্পর্কের কথা প্রকাশ করতে মনে কোথায় যেন বাধে। বলার প্রয়োজনও দেখি না। শুধু বলি, এ-পথে সত্যিই যদি আনন্দ পেতে চাও, একাই যাত্রা করো। দরকার নেহাত যদি মনে হয়, এখান থেকে পাহাড়ী একটি লোকের ব্যবস্থা করে দিই, সঙ্গে যাবে, তোমার সামান্য বোঝা বইবে, ডালভাত যা হয় রেঁধে দেবে। দেখবে, পথের কষ্ট, অসুবিধা যাই থাক, কত গভীর আনন্দে মন ডুবে থাকবে।

তাই ব্যবস্থাও হয়। দু মাস পরে তাঁর চিঠি পাই কলকাতাতে। লেখেন, ঠিকই বলেছিলেন। পরম আনন্দে যাত্রা শেষ করে ফিরেছি। কিন্তু জানি, এ শেষ নয়, হিমালয়ের সঙ্গে সত্যকার পরিচয়ের এই সবে শুরু।

ফাটার কিছু পর থেকে মাঝে মাঝে গভীর বনের ছায়া। রামপুরের পরও সেই বনপথের অংশ ছড়িয়ে থাকে। বড় বড় গাছ। পাহাড়ের বাঁকে জটলা করে দাঁড়িয়ে। গাছের গুঁড়ি ও ডাল পাক খেয়ে জড়িয়ে ওঠে সবুজ গুল্মলতা। দুই

পাহাড়ের মাঝে পাহাড়ী ছোট নদী। কাঠের পুল। সবুজ পাতার সামিয়ানার তলা দিয়ে ঘুরে ঘুরে পথ ওঠে, নামে। স্যাঁৎসেঁতে আবহাওয়া। ভিজে পাতা, মাটির সোঁদা গন্ধ। জলের কলকল শব্দ। হঠাৎ হয়ত গাছের উপর খসখস শব্দ ওঠে। কয়েকটা কালো সিভেট ল্যাজ দুলিয়ে ছুটে গাছে চড়ে। মুখে সাদা দাগ। চকিত কোথায় নাম-না-জানা কি এক পাখী শিস দিয়ে অলক্ষ্যে উড়ে যায়। ডালপাতার শব্দ ওঠে। একা পথ চলি আনমনে। হঠাৎ মৃদুস্বর ভেসে আসে। সুমধুর কৃষ্ণভজন। বনের অন্তরে, পাতার মর্মরে, ঝরনার কলতানে সে-ধ্বনি যেন সুর মেলায়।

পাহাড়ের বাঁক ঘুরতেই সামনে দেখি দীর্ঘদেহ এক বৈরাগী। পরনে মোটা সাদা কাপড়। কোমরের দুদিক ঘিরে বুক ঢেকে গলার পিছনে গিঁট দেওয়া। খালি পা, খালি গা। কামানো মাথায় ও দাড়িতে কদিনের না কামানো খোঁচা খোঁচা সাদা চুল। যেন কদমফুল। ফর্সা রঙ। মুখে মৃদু মধুর হাসি। গান গেয়ে পথ বেয়ে এগিয়ে আসেন হেলেদুলে। কাছে এলে দুজনেই দাঁড়াই। তাঁর উজ্জ্বল আনন্দ আমার অন্তরে দীপ্তি ছড়ায়। মুখে আনন্দের হাসি ফোটায়। দুই করতল তুলে বুকের উপর আমার দৃষ্টি টানেন। গলা থেকে ঝোলানো ঝুলায় তার বুকে দোলে ছোট্ট সিংহাসন। পিতলের, কিন্তু দেখায় যেন সোনার। তারই মাঝে ছোট্ট এক বালগোপালের মূর্তি। হামা দিয়ে চলতে গিয়ে থমকে যেন থেমে গেছেন—ছোট্ট তাঁর ডান হাতখানি তুলে। মাথায় হেলানো অতি ছোট্ট ময়ূরের পালক। আকারে সবই অতি ক্ষুদ্র, কিন্তু মনে হয় সারাবিশ্ব যেন কেন্দ্রীভূত হয়ে তারই মধ্যে স্থান পায়। একবিন্দু শিশিরে সূর্যের আলো।

বৈরাগী কথা বলেন না। আমিও নয়। ক্ষণিক দাঁড়িয়ে তেমনি হেসে, দুলে, গান গেয়ে বনের পথে এগিয়ে চলে যান।

সেই পথ-চলা কবে শেষ করেছি। কিন্তু কৃষ্ণভজনের সেই সুর কানে শুনি আজও। বালগোপালের সেই মধুর মূর্তি চোখে ভাসে আজও এখনও।

॥ ১৩॥

ত্রিযুগীনারায়ণ। কেদারের ঠিক পথে নয়। পথ ছেড়ে চড়াই ভাঙতে হয় খানিকটা। রামপুর ছাড়িয়ে সীতাপুর। আগে এখানে কোন চটি ছিল না। একবার দেখি একটা চালাঘর। এক পাহাড়ী উনুনে দুধের কড়া চাপিয়ে জ্বাল দেয়। ক্রমে চায়ের সরঞ্জাম আসে। এক এক নতুন ঘরও ওঠে। জলের পাইপও বসে। এখন ভালো চটি। অনেক যাত্রী এইখানেই রাত কাটানো সুবিধা মনে করেন। সীতাপুর ছাড়িয়ে গিয়েই পথের বাঁদিকে পাহাড়ের গায়ে কাঠের ফলকে লেখা—ত্রিযুগীনারায়ণ মার্গ—৩$\frac{1}{2}$ মাইল। ধীরে ধীরে সে-পথ ওঠে। চড়াই শেষে শাকম্ভরী বা মনসা দেবীর মন্দির। দেবীকে পরিধেয় বস্ত্র—অন্তত কাপড়ের টুকরা দান পাণ্ডাদের

বিধান। মন্দির অর্ধচন্দ্রাকারে ঘিরে পথ ঘোরে। মাইলখানেক বনের মধ্য দিয়ে সমতল পথ। সামনের পাহাড়ে সে-পথ শেষ হয় ত্রিযুগীনারায়ণের মন্দির ও বসতিতে। উঁচু জায়গা। প্রায় ৬০০০ ফুট। শীত আছে, জোর বাতাসও বয়।

ত্রিযুগীনারায়ণের চড়াই। কিন্তু একবার উৎরাই করে নামি এইখানে। সে-বছর গঙ্গোত্রীর পথ থেকে পাওয়ালির চড়াই শেষ করে এইদিকে নেমে আসি ত্রিযুগী-নারায়ণে। ভাগীরথীর উপত্যকা থেকে মন্দাকিনীর উপত্যকায়। দিন দশেক লাগে সে-পথে আসতে। পাওয়ালির দুরূহ চড়াই-এর প্রসিদ্ধি আছে। আবার তেমনি আছে গহনবনের শ্যামশোভা। নির্ঝর কল্লোলমুখর উপত্যকা। শৈলশিরে কোমল কচি ঘাসের স্নিগ্ধ প্রভা। নানা রঙের ফুলের অতিবিচিত্র বর্ণবিন্যাস। ও-পথে যাত্রী যাতায়াত অতি বিরল।

কেদারনাথ মহাদেব। কিন্তু ত্রিযুগী—নারায়ণ। প্রবাদ, এইখানে শিব-পার্বতীর বিবাহ হয়। নারায়ণ সাক্ষী থাকেন। যজ্ঞ করেন। যজ্ঞের সেই অনির্বাণ হোমাগ্নির শিখা আজও জ্বলে। যাত্রী মাত্রেই তাতে কাঠ ফেলে আহুতি দেন।

ফেরবার পথের শেষের অংশ ভিন্ন মুখে। এগিয়ে এনে কেদারের পথে নামিয়ে দেয় শোনপ্রয়াগে। শোনগঙ্গা বা সোমগঙ্গা ও মন্দাকিনীর সঙ্গম। এই শোনগঙ্গার উৎপত্তি বাসুকিতালে, তাই বাসুকিগঙ্গাও বলে।

শোনপ্রয়াগে পুল পার হয়ে কেদারনাথের চড়াই আরম্ভ। এই পর্যন্তই আপাতত মোটরের পথ আনবার পরিকল্পনা। কেদারনাথ এখান থেকে প্রায় মাইল দশ।

খানিকটা চড়াই উঠে মুণ্ডকাটা গণেশের মন্দির। আরও এগিয়ে গৌরীকুণ্ড। আবার ৬,৫০০ ফুট-এ আসা। বড় চটি, ধর্মশালা। গরম জলের কুণ্ড। গৌরীদেবীর মন্দির।

গৌরীকুণ্ড থেকে আবার চড়াই। ধীরে ধীরে গেলে কষ্ট নেই। ছায়াশীতল বনময় পথ। চার মাইল দূরে রামওয়াড়া। ৮০০০ ফুট।

১৯২৮ সালের যাত্রায় এইখানে রাত কাটে। খান তিন-চার মাত্র ছোট চালাঘর ছিল। তাও সামনে খোলা। আশেপাশে বরফ পড়ে। হিমালয়ে সেই প্রথম হাতে-পায়ে বরফের স্পর্শ পাওয়া। নিকটেই মন্দাকিনীর তুষার-গলা ধারা। নদীর উপরও স্থানে স্থানে তুষার-আচ্ছাদন। অলক্ষ্যে জলের ধারা ছোটে। নদীর আকার ছোট, কিন্তু প্রচণ্ড হুঙ্কার। পাথর থেকে পাথরে লাফিয়ে জল নামে পাহাড়-পথে। ও-পারে গভীর জঙ্গল। দু-একটা হরিণ ঘোরে।

চটির তিনদিকেই পাহাড় ঘেরা। পাহাড়গুলির মাথায় বরফ। কেমন যেন ভিজা ভিজা আবহাওয়া। রোদের নামগন্ধ নেই। দিনের বেলাতেও ঘোলাটে ভাব। কনকনে শীত। শীতের রাতে যেন কে ভিজে কম্বল জড়িয়ে দিয়েছে গায়। বৌদিদির—সঙ্গী পূর্ণদার স্ত্রীর—হার্টের অসুখ। তবুও সাহস করে যাত্রায় আসেন। কিন্তু কেদারনাথ আরও তিন হাজার ফুট উঁচুতে,—১১,৭৫০ ফুট। তাই, সেখানে

রাত কাটানোর ভরসা হয় না। ঠিক হয়, ভোরে রওনা হয়ে কেদারনাথ দর্শন, পূজাদি সাঙ্গ করে আবার এইখানে ফেরা ও রাত কাটানো। সেইমত করাও হয়।

তারপর কেদারে কতবারই যাই। কত রাতই কাটাই সেখানে। প্রচণ্ড শীতও পাই। নতুন তুষারপাতও হয়। কিন্তু কখনও দৈহিক কোন ক্লেশ বা অস্বস্তি বোধ হয় না। অনাবিল আনন্দে মন ভরে থাকে। দেহের ধর্ম, অভ্যাসে সবই সহ্য হয়।

রামওয়াড়াতে রাত কাটিয়ে সকালে কেদার যাওয়ার অনেক সুবিধা। সাধারণত, তাই আমি করি।

রামওয়াড়াতে এখন বড় বড় চটির পাকা ঘর, ধর্মশালা। সকালে আবহাওয়া পরিষ্কার থাকে। বিকালে এ-সব অঞ্চলে প্রায়ই বৃষ্টি, শিলাপাত হয়। রাত্রের বিশ্রামের পর দেহের নবীন উদ্যম, মনের স্নিগ্ধ প্রফুল্লতা পথ-চলার প্রেরণা আনে। কেদারের প্রসিদ্ধ চড়াইটুকু শেষ করতে কোন অবসাদই আসে না। সবাইকে সেই কথাই বলি। একবারের এক ঘটনা।

রামওয়াড়াতে পৌঁছে দেখি, বন্ধুবান্ধব ও আত্মীয়স্বজনের দু-তিনটি দল হঠাৎ একই সঙ্গে সেদিন সেখানে হাজির। দুর্গম তীর্থপথে আকস্মিক মিলনের আনন্দ আছে। সকলে হৈ-চৈ করে তারই উচ্ছ্বাস প্রকাশ করেন। কিন্তু বিবাদ ঘটে দেখি পরের দিন দুই বন্ধুর মধ্যে।

ধর্মশালার দোতলায় সারি সারি ঘর। তারই মধ্যে রাত্রে শোওয়ার আয়োজন হয়। দুজন কিন্তু কোনমতেই সেখানে শুতে রাজি হন না। সামনে ঢাকা লম্বা বারান্দা,—ঘরেরই মত। পাশাপাশি বিছানা পেতে শোন। দুজনেরই মুখে একই কথা, ঘরের মধ্যে একসঙ্গে শোওয়ার অসুবিধা আছে।

ভোরে উঠে দেখি, দুজনেই বিছানায় বসে মুখ গম্ভীর করে দুদিকে ফিরে। দুজনারই মুখে-চোখে গভীর বিরক্তি, সারারাত না-ঘুমোনোর চিহ্ন। অভিযোগ দুজনেরই এক।

ব্যাপারটি শুনি। একজন বলেন, ঘুম হবার কি উপায় আছে? একটু তন্দ্রা আসে, পাশে শুনি বিরাট নাসিকাধ্বনি! ঠেলে জাগিয়ে দিয়ে বলি, একটু পাশ ফিরে শোন,—নাকটা একটু কম ডাকবে। অত বিকট শব্দে ঘুম আসে কখনও?

অপর বন্ধু বলেন, এমন কি আর শব্দ আমার? সবে একটু ঘুম আসছে উনি ঠেলে ভাঙিয়ে দেন, ধড়মড় করে উঠে বসতে হয়। দেখি উনি আমার কাঁচা ঘুমটি ভাঙিয়ে নিজে পড়লেন শুয়ে। তারপরই, সে কী নাকডাকা—মন্দাকিনীর আওয়াজও ডুবে যায়! করি কি? অগত্যা ডেকে তুলে দিয়ে বলি, মশাই, এবার আপনি চিৎ না হয়ে পাশ ফিরবেন? সারারাত কি ঘুমুতে দেবেন না?

এবার সে-ভদ্রলোকের ধড়মড়িয়ে উঠে বসা, অপর বন্ধুর আবার শোওয়া, সঙ্গে সঙ্গে ঘুম, নাকডাকা। এ-বন্ধুর আবার ঠেলে জাগিয়ে দেওয়া।

এইভাবেই দুজনের সারারাত না ঘুমিয়ে কাটে।

এই দুর্ভোগের জন্যে কে যে দায়ী তার নিষ্পত্তি হয় না। দুজনেই অভিযোগ করেন।

রামওয়াড়া থেকে কেদারনাথ মাত্র তিন মাইলের একটু বেশি। কিন্তু, চড়াইও তিন হাজার ফুটের উপর। হিমালয়-পথে চলার অভ্যাস না থাকলে দেহের ও শ্বাসের একটু কষ্ট হওয়াই স্বাভাবিক। সব ক্লেশ হরণ করে—এ-পথটুকুর অপরূপ শোভা। গাছপালা ক্রমে শেষ হয়ে আসে। ছোট ছোট ঝোপঝাড়। নানা রঙের ফুল। শিলাখণ্ডগুলিরও বর্ণবিন্যাস। মন্দাকিনীর স্বচ্ছ জলের উচ্ছল ধারা। অপর পারের পাহাড়ের গায়ে ছোট ছোট গহ্বর। তারই ভিতর থেকে কলকল রবে জলের ধারা নামে,—নিকষ কালো গাই-এর সোনালী বাঁট থেকে যেন দুধ ঝরে, পাত্র ভরা সাদা ফেনা জমে, গড়িয়ে পড়ে। সারি সারি ধারা নেমে গিয়ে মেশে মন্দাকিনীতে। চারিপাশে মাথা-উঁচু পাহাড়—বরফের চূড়া। পাহাড়ের গা বেয়ে পথ ওঠে—এঁকে-বেঁকে। বহু উপরে দেখা যায় দেও-দর্শনের দু-একটা ঘর। যাত্রী চলে—দূর থেকে মনে হয় পিঁপড়ের সারি। উপর থেকে ফিরতি যাত্রী নামে তাড়াতাড়ি। মুখে তৃপ্তির হাসি। নীচে থেকে যাত্রী ওঠে অতি ধীরে। হাতের লাঠির উপর ভর দেয়। সশব্দে দীর্ঘশ্বাস ফেলে। হাঁফ লাগে। খানিক দাঁড়ায়। ক্ষণিক বসে। চোখে মুখে করুণ চাহনি। ফিরতি পথের যাত্রীরা উৎসাহ দেয়। বলে, আর তো দূর নেই—এই তো চলে এলে! বোলো—কেদারনাথজী কী জয়!

নিস্তব্ধ পাহাড় যেন চমকে ওঠে। অবসন্ন যাত্রীর তন্দ্রা ছোটে। উৎসাহে এগিয়ে চলে। কে যেন অলক্ষ্যে হাত ধরে সস্নেহে নিয়ে চলেন। পথের পাশে ফুলেরা হাসে। নদীর স্রোত গান গায়। নীল আকাশে স্বর্গের আভাস দোলে।

দেও-দেখনী। অর্থাৎ, দেব-দর্শন।

পাহাড়ের মাথায় ছোট্ট চটি। কিন্তু যাত্রীর মনে সুগভীর স্বস্তি। চড়াই-পথের পরিসমাপ্তি। যেন দীর্ঘপথের শেষে অদূরে ফুটে ওঠে আপন ঘরের বাতায়নে ক্ষীণ আলোকশিখা।

চটি ছেড়ে অল্প গিয়ে পাহাড়ের বাঁক। পথ ঘুরতেই সামনে যেন রঙ্গমঞ্চের যবনিকা ওঠে। সুমুখে আকাশ জুড়ে বিশাল তুষারশিখর। কেদারের গিরিশ্রেণী। ২২,৭৭০ ফুট। সূর্যের কিরণ বরফের চূড়ায় রূপার মুকুট পরায়। তিনদিক পাহাড়ে ঘেরা। নদীর উপত্যকা যেন ভস্মস্তূপে ছাওয়া। পাহাড় থেকে গড়িয়ে পড়া শিলাখণ্ডের রাশি—debris। তারই মাঝে ছোট ছোট কয়েকটা ঘরবাড়ি, মন্দিরের চূড়া। পাশে ক্ষীণকায়া মন্দাকিনীর ধারা। মন যেন সেই দূর থেকে লুটিয়ে পড়ে মন্দিরের দ্বারদেশে। অবাক হয়ে যাত্রী দেখে। ভুলে যায় আপনাকে। এখন, যাত্রা-শেষের তৃপ্তি নয়। নিজেকে বিলিয়ে দেওয়ার, অসীমের মাঝে হারিয়ে যাওয়ার সুগভীর আনন্দ।

চড়াই নেই। মাইল খানেক সোজা ময়দান। কোথাও ফুলে ছাওয়া, কখনও বরফে ঢাকা, মাঝে মাঝে জলের ধারা।

মন্দাকিনীর উপর ছোট পুল। বাঁধানো ঘাট। সারি সারি বাড়ি। পথের শেষ প্রান্তে কেদার-মন্দির। পিছনেই তুষার-শিখরের পটভূমি। মন্দিরের কয়েকটি ধাপ। বিশাল আকার নন্দী। ধূলাপায়ে মন্দিরে দেব-দর্শন করি।

একবার ভোরে এসে পৌঁছাই। দ্বার খোলা পাওয়ার কথা নয়। সিঁড়ি উঠে বাইরে থেকে প্রণাম করি। মুখ তুলেই দেখি মন্দিরের সেবক দাঁড়িয়ে। হাসিমুখে স্বাগত জানান,—আবার এসে গেছেন! এত সকালে! চলে আসুন। ওদিকের দরজা খুলে মন্দির পরিষ্কার করছি। ভেতরে দর্শন করুন।

নিস্তব্ধ মন্দির। যাত্রীশূন্য। দীপের স্তিমিত আলোক। কেদারনাথের সেই প্রাচীন, তবুও চির-নূতন—পাষাণ দেহ। একরাশ ফুলের আভরণ। ধূপ-চন্দন-ঘৃতের স্নিগ্ধ শীতল সুবাস।

সারা দেহমন দিয়ে সাষ্টাঙ্গে প্রণাম করি। বুকে ধরে আলিঙ্গন করি।

কী নিবিড় শান্তি!

॥ ১৪ ॥

কেদারনাথ। ভারতের প্রসিদ্ধ তীর্থ। দ্বাদশ জ্যোতির্লিঙ্গের অন্যতম। 'হিমালয়ে তু কেদারম্'।

তবু, লোকবসতি কম। ১৯২৮ সালে দেখি মাত্র আট-দশটি ঘর। দোকানপাটের বালাই নেই। পাণ্ডার বই-এ লেখা—'পথ বিষম চড়াই ও বরফাচ্ছন্ন।' যাত্রীরাও অনেকেই ভয় পান। সকালে পৌঁছে পূজা সেরে আবার গৌরীকুণ্ডে নেমে যান। হাঁফ ছাড়েন। নিশ্চিন্ত হন। শীতের প্রকোপ আছে, ঠিকই। অতি নিকটে বরফের পাহাড়। কনকনে হাওয়া। রৌদ্রের তেজেরও তেমন উত্তাপ থাকে না। সূর্যের মুখ দেখা গেলেই, লোকে আমেজে রোদ পোহায়। কাপড়-জামা লেপ-কম্বল গরম করে।

মে মাসে—যাত্রার প্রথম দিকে—প্রায়ই, শীতকালে পড়া বরফ তখনও কিছু জমে থাকে। ১৯২৮ সালে পথের আশপাশে বাড়িগুলির বাইরে আনাচে-কানাচে অনেক জমে ছিল। জুন-জুলাই থেকে সেপ্টেম্বর পর্যন্ত বরফ না পাওয়ারই কথা। অক্টোবরে আবার বরফ দেখা দেয়। হঠাৎ বেশি বৃষ্টি হলে প্রচুর তুষারপাতও হয়। তখন সারা শহর সাদা চাদরে যেন ঢেকে যায়। রৌদ্র উঠলে বরফ গলা শুরু হয়। বাড়ির ছাদে জমা বরফের স্তূপ—গড়িয়ে হয় সশব্দে নীচে পড়ে, না হলে জল হয়ে ফোঁটা ফোঁটা ঝরতে থাকে। ছাদ থেকে বারান্দার গায়ে বরফের ঝুরি সারি সারি ঝোলে, টপটপ করে জল পড়ে। যেন বৃদ্ধ বটের গায়ে সাদা ঝুরির পাকা জটা, বৃষ্টির পর তাতে জল ঝরে। কেদারনাথে কষ্ট করে দুদিন কাটিয়েও এ দৃশ্য দেখার মাধুর্য আছে।

বরফের পাহাড়ের পটভূমিকায় কারুকার্যময় পাথরের সুন্দর মন্দির। যেন, হিমগিরির একান্তে সৌম্যকান্তি এক তপস্বী, ধ্যানাসনে স্তব্ধ নিশ্চল।

আর এখন? মন্দিরের পথে দুই পাশে বাড়ি ও দোকানের সারি। ভিড় করে মন্দিরের চাতাল পর্যন্ত এগিয়ে যায়। আশপাশেও আরও নতুন ঘর ওঠে। বছর চারেক আগে মন্দিরের কাছে এক বাড়ি থেকে লাউডস্পীকারে গান শুনে চমকে উঠি। বম্বে ফিল্ম-এর 'লারে লাপ্পা লারে লাপ্পা'—ঐ ধরনের গান। উত্ত্যক্ত হয়ে অনধিকার প্রবেশ করি। শুনি, গভর্নমেন্টের কোনও এক প্রচার বিভাগ। হাত জোড় করে সবিনয়ে জানাই, ঐ উৎকট শব্দটা দয়া করে বন্ধ রেখেই প্রচার-কার্য চালান। এখানে কি ও-সব মানায়?

ভদ্রলোক বললেন, এ যে খুব 'পপুলার' গান! সবারই মুখে চলছে।—পরে ভালো ভজনও দেবো।—

ভাবি, এবার কি শ্মশান-যাত্রার পথেও চলবে সিনেমার গান!

মন্দিরের পিছনেও প্রকাণ্ড আর এক মন্দিরের সূচনা দেখি। শঙ্করাচার্যের সমাধি-মন্দির।

প্রবাদ, শঙ্করাচার্য এই কেদারনাথেই দেহরক্ষা করেন। মন্দাকিনীর ধারার নিকটে—মন্দির থেকে কিছু দূরে, একপাশে—একটা খোলা জায়গা দেখাতেন পাণ্ডাজীরা। মাঠের মধ্যে একটি শিবলিঙ্গ। একবার একটা টিনের ছাউনিও ওঠে। পরের বছরই তুষারপাতে ভেঙে পড়ে। এখন স্মৃতি-মন্দির উঠছে কেদারমন্দিরের ঠিক পিছনেই। শঙ্করের সমাধি-মন্দির গড়া পুণ্য কাজ। বিরাট কিছু হওয়াও স্বাভাবিক। কিন্তু ভাবনা হয়, তুষার-পটভূমির অন্তরাল ঘটিয়ে কেদারের মন্দির উঠবে না তো?

কেদারনাথে কয়েকটি কুণ্ড আছে। উদক, রেতস, রুদ্র, হংস, ঋষি। রেতস কুণ্ড, মাঠের মাঝে। পাথরের ছোট মন্দির। জলের পাশে দাঁড়িয়ে চেঁচিয়ে কথা বললে বা হাততালি দিলেই জলে বুদ্বুদ ওঠে। উদক কুণ্ডে নাকি পারদপদার্থ—mercury আছে।

কেদারনাথের পূর্বদিকে পাহাড়ের মাথায় অল্প উঠে ভৈরব-মন্দির, ভৈরব-শিলা। যাত্রীরা অনেকেই যান। উপর থেকে নীচে কেদার-শহরের দৃশ্য ভালো দেখায়।

মন্দিরের পিছনে বরফের পাহাড়। মাইলখানেক মাত্র দূরে। মাঝে ভাঙাচোরা পাথরের স্তূপ—debris—ছড়ানো ময়দান। মাঝে মাঝে জলাভূমি। ছোট ছোট ধারা।

বরফের পাহাড়ের ঠিক নীচের এক অংশে খাড়া কালো পাথর,—দেওয়ালের মত। ছোট এক জলপ্রপাতও। এককালে সেই উঁচু পাথরের উপর থেকে ঝাঁপিয়ে পড়ে জীবন বিসর্জন দেওয়া স্বর্গলাভের সহজ উপায় বলে প্রসিদ্ধি ছিল। বিশেষত

সাধুদের মধ্যে। লোকে বলত,—ভৈরবঝম্প বা ভৃগুপন্থ।

ঐখানে যেতে ডানদিকের পাহাড়ের মধ্যে যে খাদ দেখা যায়—সংকীর্ণ গিরিপথের মত কোথায় অদৃশ্য হয়,—সেই শুনি, মহাপ্রস্থানের পথ। কেউ দেখান এদিক দিয়ে, কেউ বা বদরীনাথের দিক দিয়ে সেই মহাপন্থ। বদরীনাথ অর্থাৎ চৌখাম্বা গিরিশিখরের উপর বাঁ পাশ দিয়ে এই পথের যোগাযোগ,—একই পথের দুইটা মুখ, কোন্‌টা শুরু, কোন্‌টা শেষ—তাই নিয়েই মতভেদ।

শোনা যায়, একই পূজারী কেদার ও বদরীর পূজা করতেন নিত্য এই পথে গিয়ে। পূজারীর এক ত্রুটির ফলে এই পথ অগম্য হয়ে যায়,—কে জানে, হয়ত প্রাকৃতিক দুর্ঘটনায়।

এই কষ্টকল্প কাহিনীর সত্যতা বিচারে লাভ নেই। কিন্তু যা নিজ চোখে দেখা তাই লিখি।

সে-বছর কয়েকজন সঙ্গীকে নিয়ে কেদারনাথ মন্দিরের পিছনে বেড়াতে বেড়াতে বরফের পাহাড়ের পাদদেশে আসি। হঠাৎ সবারই দৃষ্টি পড়ে পাহাড়ের উপর দিকে,—সাদা বরফে এক কালো বিন্দু। নড়ে চড়ে। সাদা কাপড়ে যেন পিঁপড়ে ঘোরে। নীচের দিকে নেমে আসে। ক্রমে স্পষ্ট হয়। মানুষের মূর্তি। অবাক হয়ে সবাই তাকিয়ে থাকি। বিরাটদেহ এক সাধু নামেন। প্রকাণ্ড জটা পিঠের উপর ঝোলে। যেন চামর দোলে। দিগম্বর। কোথাও কোন আবরণের বালাই নেই। পায়ে জুতা নয়, দেহে আচ্ছাদন নয়, মাথায় টুপি নয়, হাতে লাঠিও নয়। অথচ ঐ বরফের উপর শীতবোধের কোন চিহ্নই নেই। শূন্য হাতে নেমে আসেন স্বচ্ছন্দ সাবলীল গতিবেগে। যেন, বাড়ির সিঁড়ি দিয়ে সহজভাবে নেমে আসা। এগিয়ে আসেন আমাদেরই দিকে।

রোদে ঝলসানো কৃষ্ণাভ রঙ। মুখভরা দাঁড়ি-গোঁফ। স্বচ্ছ উজ্জ্বল দৃষ্টি। কি যেন এক আলোর জ্যোতি ঠিকরে আসে—শুধু চোখ থেকেই নয়, সারা দেহ থেকে। জ্যোতির্ময়, অথচ এক শান্ত প্রসন্নতা। নির্লিপ্ত সজাগতা।

অবাক হয়ে ভাবি, হঠাৎ ধ্যান ভেঙে মহাদেবই কি হিমালয় থেকে নেমে আসেন, বাঘছাল ও ত্রিশূল ফেলে!

হেঁট হয়ে সবাই প্রণাম করি।

মানুষের কাছে দেবতা হয়ত মানুষই সাজেন। আশ্চর্য! ইশারা করে দেখান, ধূমপানের উপাদান কোন কিছু আছে কিনা। স্থানীয় এক সঙ্গী বিড়ি বার করেন। তিনি হাতে নিয়ে মুখে ধরান। একটানে নিঃশেষ হয়। ঠুকরাটা ফেলে দেন। মুখে মৃদু হাসি ফোটে।

জিজ্ঞাসা করি, কোথা থেকে এলেন? কোথা যাবেন?

মৌনী। হাত-ইশারায় দেখান—কেদার-শিখরের অপর দিক, তারপর দু হাত বিস্তার করে দেখান—কেদারনাথ মন্দিরের দিকে।

কেদার-শিখরের অপর দিকে গঙ্গোত্রী-গোমুখ। তাই, স্বভাবতই বোঝা যায়—সেই দিক থেকে এলেন, কেদার-দর্শনে। ১৯৪৭ সালে সুইস অভিযাত্রীর দল ঐদিক দিয়ে কেদার-শিখরে ওঠেন।

কিন্তু, এই বরফের পাহাড় ডিঙিয়ে কি করে এলেন এই সাধু?—খালি পায়ে, খালি গায়ে, শুধু হাতে? কোন কিছুই সাজপোশাক, সরঞ্জাম না নিয়ে—এই ভাবে! এ কি সম্ভব! অথচ চোখের উপরই তো দেখি, বরফের উপর থেকে নামতে।

তারপর, শিশুর খেলা যেন শুরু হয়।

বাইনোকুলার দেখে হাত বাড়িয়ে চেয়ে নেন। নিজেই বেঁকিয়ে চোখে লাগান। লেন্স ঘুরিয়ে ফোকাস করেন। অতি সহজভাবেই, এ যেন নিজেরই ব্যবহার করা যন্ত্র। ছোট ছেলের মত খুশিভরা মুখ।

এক সঙ্গী ফটো নেবার জন্যে উদ্‌গ্রীব হন। সাধুকে জানান। তিনি ক্যামেরার দিকে তাকান। তখনই বোঝেন, ম্যুভি ক্যামেরা। আবার ইশারা করেন, অপেক্ষা করতে। ফিরে বরফের পাহাড়ে আবার উঠে চলেন। আশ্চর্য হই, ব্যাপার কী! খানিক উঠে আমাদের দিকে মুখ ফিরিয়ে দাঁড়ান। বরফের উপর লম্বা হয়ে শুয়ে পড়েন। অল্প মাথা তুলে, হাত ঘুরিয়ে দেখান—ছবি তোলা শুরু করতে। শুয়ে গড়াতে গড়াতে নেমে আসেন glissading করে!—স্বর্গধামের এই আশ্চর্য খেলা, ধরা থাকে মানুষের হাতে গড়া বৈজ্ঞানিক যন্ত্রে।

নেমে এসে উঠে দাঁড়ান। তাকিয়ে হাসেন। মুখের হাসি তো নয়, মনে হয় হিমালয় থেকে গঙ্গার আনন্দধারা নামে, দেহমন স্নিগ্ধ ও শুদ্ধ করে। কীসের এক আনন্দে মনে শিহরণ জাগায়।

কথা নয়। ইশারা নয়। হেলেদুলে জটাভার দুলিয়ে পিছন ফিরে সাধু চলে যান—কেদার মন্দিরের দিকে।

নিষ্পলক নেত্রে তাকিয়ে থাকি।

॥ ১৫॥

প্রতি তীর্থক্ষেত্রেই নদী বা সরোবর। কেদারনাথে মন্দাকিনী। নদীর প্রধান উৎস চোরাবালিতালে। গান্ধীজীর চিতাভস্ম ও অস্থি বিভিন্ন স্থানে বিসর্জন করা হয়। এই চোরাবালিতালেও। অতএব, এর আধুনিক নামকরণও হয়—গান্ধীসরোবর।

মন্দিরের পিছনে অল্প এগিয়ে নদী পার হতে হয়। পাথরের উপর লম্বা কাঠ ফেলে পারাপারের ব্যবস্থা। তারপর, অপর পারে পাহাড়ী পথে ধীরে ধীরে বরফের পাহাড়ের দিকে উঠে চলা। কোথাও ঘাসে ছাওয়া পথ, কখন বা পাথর থেকে পাথরে লাফিয়ে হাঁটা। বরফের পাহাড়ের কোলে হ্রদ। আশপাশে বরফ। হ্রদের তীরে বড় বড় পাথর। শান্ত সুন্দর পরিবেশ। কেদার থেকে সকালে রওনা হয়ে হ্রদের ধারে বনভোজন করে স্বচ্ছন্দে বিকেলে ফেরা যায়। চড়াইও তেমন

বেশি কিছু নয়। হ্রদের একদিক থেকে নদীর জন্ম। সশব্দে নীচে নেমে চলে। যেন, সদ্যোজাত গোবৎস। জন্মের পরই লাফাতে থাকে।

নদীর বাঁদিক দিয়েও আর এক পথ আছে। হ্রদের কাছাকাছি পৌঁছে জলের ধারা পার হতে হয়। জলের গভীরতা বা তোড় বেশি থাকলে সে-পথে আসা অসুবিধা।

বাসুকিতালের পথ চোরাবালিতালের তুলনায় অনেক দুর্গম। পথের সৌন্দর্যও আরও অপরূপ।

কেদারনাথে প্রবেশ করতে নদীর উপর যে কাঠের সেতু, তার সামান্য আগেই পথের বাঁ হাতে পাহাড়ে ওঠবার পায়ে-হাঁটা সরু পথের রেখা। সেই পথ ধরে একটানা চড়াই। নদীর ওপারে নীচে মন্দির, ঘরবাড়ি, লোকজন ক্রমশ ছোট হতে থাকে। আরও উপরে গিয়ে দেখায় যেন পটে আঁকা তিব্বতী ছবি। দূরে কেদারের তুষারশিখরশ্রেণী যেন কাছে চলে আসে, সুস্পষ্ট দেখায়। নিকটেই পাহাড়ের গায়ে ছোট-বড় জলপ্রপাত। নেমে চলা ঝরনার বিপুল ফেনিল উচ্ছ্বাস। পাহাড়ের কালো রঙের উপর উজ্জ্বল সাদা-বরণ রেখা। মহাদেবের বিশাল পাষাণ বুকে যেন শুভ্র উপবীত। বহু নীচে কেদার-শহরের নকশা-আঁকা তাঁরই ব্যাঘ্রাসন।

ফিরে ফিরে তাকিয়ে দেখি। ধীরে ধীরে উঠতে থাকি। মাথা তুলে দেখে হর্ষে পুলকিত হই,—এ কী, চড়াই তো এরই মধ্যে শেষ হয়ে এল! ঐ তো পাহাড়ের মাথা।

কিন্তু, মাথা ঘুরে যায় সেখানে পৌঁছে। খানিকটা সমতলক্ষেত্র। তারপর আবার পাহাড়, আরও চড়াই! মাথা তুলে পাহাড় দাঁড়িয়ে আকাশ ছুঁয়ে। বুঝতে পারি, যাত্রা সবে শুরু, কোথায় এখন শেষ!

মনে আছে, প্রথম বাসুকিতাল যাত্রার নিষ্ফল চেষ্টা।

প্রতি বছরই কেদারনাথে আসি। ভাবি, এবার বাসুকিতাল দেখতেই হবে। কিন্তু প্রতিবারই প্রতিবন্ধক দেখা দেয়। যাওয়া কোনমতেই হয় না।

সে-বছর গঙ্গোত্রী-গোমুখ ঘুরে কেদারে পৌঁছুই জুন মাসে। এসেই জানাই, এবার যাবই। গাইড-এর ব্যবস্থা করুন।

সকলেই নিষেধ করেন। মাথা তুলে পাহাড়ের দিকে তাকান। গম্ভীর মুখে বলেন, যাবেন কোথায়? দেখছেন না, সব এখন বরফে ঢাকা? যাবার পথ পাবেন কোথায়?

জানি, যাত্রাপথ ছেড়ে অন্য কোন দিকে যাওয়ার প্রস্তাব শুনলেই, স্থানীয় অনেক পাহাড়ীরা আছেন—বিশেষ করে পাণ্ডাজীরা—কোনমতে যাত্রার ভরসা দেন না। হয়ত, পথের দুর্গমতা ও যাত্রীর অকারণ পরিশ্রমের দুর্ভোগ কল্পনা করে সদুপদেশ দেন, যাবেন না।

তাই হেসে তাঁদের জানাই, যেতে যদি না পারি, না গিয়ে ফিরে আসব। চেষ্টা করে না পারলে মনে দুঃখ থাকবে না। পরে আবার চেষ্টা করা যাবে,—যাবার যেটা ভালো সময় বলবেন তখন।

আমার হাসি দেখে অলক্ষ্যে বোধ করি নাগবাসুকিও হাসেন।

উৎসাহের প্রেরণায় প্রথম চড়াই অনায়াসে শেষ করি। সেখানে দেখি, চারিদিক বরফে ঢাকা। ধোপ-ভাঙা সাদা চাদরে পাহাড় যেন গা ঢেকে ঘুমান। আশপাশের ঝরনাও সব বরফের অন্দরমহলে। দেখা যায় না, অলক্ষ্যে গুঞ্জন শুনি। বরফে চলতে পা পিছলায়, কোথাও বা হাঁটু পর্যন্ত ডোবে। একজন সঙ্গী পিছলিয়ে গড়িয়ে চলেন নীচের দিকে। আতঙ্কে সবাই তাকাই। হাতের ছাতায় কোনমতে গতিবেগ রোধ করতে ছাতা ভাঙে, তবে নিজে বাঁচেন। কাঁপতে কাঁপতে উঠে আসেন।

গাইড বলে, আর এগুনো সম্ভব নয়, চারদিকেই সাদা বরফ। উঠতে হবে ঐ পাহাড়ের মাথার ওপর—তারপর অপর দিকে নামা—সেইখানে তাল। কিন্তু এখন বরফে সবই ঢাকা,—কোন্ দিক দিয়ে ওঠা যাবে, কিছুই বুঝছি না। ফিরে চলুন—নইলে বিপদ ঘটতে পারে—

'পারে'—নয়। বিপদ ঘটেই গিয়েছিল। যেখানে দাঁড়িয়ে তার কথা শুনছি—হঠাৎ বুঝতে পারি,—পায়ের নীচের বরফ সরছে, পা যেন ডুবে চলেছে। ভাববার বা কিছু করবার আগেই—মুহূর্তের মধ্যে দেখি, কোথায় পায়ের তলায় বরফ বা মাটি? শূন্যে ঝুলছি, নীচে দুই পা দুলছে ঘড়ির পেন্ডুল্যামের মত। নীচে crevasse—অতল গহ্বর, কালো মুখ হাঁ করে গিলতে চায়!

আকস্মিক ঘটনায় প্রাণ যায়, আবার আকস্মিক ভাবে জীবন বাঁচেও।

নীচের বরফ সরবার সঙ্গে সঙ্গেই অজানিতভাবেই দুই হাত ছড়িয়ে বিছিয়ে বোধ করি আশ্রয় খুঁজি, তাই সেই হাতেরই উপর দেহভার ঝুলে থাকে। নিমেষ মাত্র। হাতের ভরে তখনই লাফিয়ে গহ্বরমুখ থেকে বেরিয়ে আসি। সঙ্গীরা ভয়ে ঠকঠক করে কাঁপেন। কেদারনাথের উদ্দেশে দু হাত তুলে প্রণাম জানান। বলেন, আর নয়, চলুন এখনই ফিরে।

অতএব, ফিরেই আসি।

কিন্তু, আবার ফিরেও আসি ঐ বাসুকিতালের পথে পরের বছরই।

॥ ১৬॥

সেপ্টেম্বর মাস। বাসুকি যাবার প্রশস্ত সময় ঐ আগস্ট-সেপ্টেম্বরই। পাহাড়ের মাথার কাছে সামান্য হয়ত বরফ থাকে। না হলে সর্বত্রই পথে বরফ গলে যায়। অক্টোবর থেকে আবার নতুন বরফ পড়া আরম্ভ হয়।

যাত্রার পূর্বে ফলাহারীবাবার দর্শনে যাই। প্রণাম করি, আশীর্বাদ নিই।

বৃদ্ধ সাধু। কেদারনাথ তীর্থক্ষেত্রের এক অঙ্গ। বারো মাস ঐখানেই কাটান।

মন্দিরের পাশে চালাঘরে। শীতকালেও। বোধ করি, বছর কুড়ি ওখানে আসন নিয়েছেন। একবার গিয়ে শুনি, প্রায় তুষার-সমাধি হওয়ার উপক্রম হয়েছিল। সে-বছর শীতকালে অস্বাভাবিক রকম বেশি বরফ পড়ে। দু মাস পরেও কেদারে পৌঁছে তার প্রমাণ দেখি। তখনও চারিধার সাদা বরফ ঢাকা। ফলাহারীবাবা বলেন, এত বরফ এখানে কখনও দেখা যায় নি। ছোট কুটিয়া বরফে চাপা তো পড়বেই। দরজা খোলবারও উপায় নেই। আলো বাতাস—সব বন্ধ। বোঝা গেল,—দেবতার ইচ্ছা, ঐভাবেই সমাধিস্থ হওয়া। তাই হোক। বাইরেও জমাট বরফ, ভেতরেও সারাক্ষণই ধ্যান। জানা নেই,—কদিন পরে বাইরে শব্দ শোনা যায়। লোকজন ভাবিত হয়ে নীচে গৌরীকুণ্ড থেকে চলে আসে। বরফ ভেঙে, সরিয়ে, কুটিয়ার দরজা খোলে। আবার আলোবাতাসে এ শরীর বেরিয়ে আসে;—এও তাঁরই লীলা! আটকও করেন তিনি, মুক্তিও দেন তিনি।—বলে হাসতে থাকেন, সরল শিশুর মতন। সামনে ধুনির জ্বলন্ত কাঠের মুখে খোঁচা দিয়ে ছাই সরান। গায়ে একটা কালো কম্বল জড়ানো! মুখে খোঁচা খোঁচা কাঁচাপাকা দাড়ি, গোঁফ। রোদে পোড়া, হিমে ফাটা মুখের ও হাতের কালচে রঙ। সজাগ স্নিগ্ধ চোখের চাহনি। দর্শনে গেলেই সাদরে কাছে বসান, ভস্ম অথবা শুকনো ফল প্রসাদ দেন। বারো মাসই ঐ একই আহার, তাই নামও ফলাহারীবাবা। নিজের জন্য ভাবনা নেই, কিন্তু ভক্তদের ভাবনা তাঁর জন্য। তাই পরের বছরই ভক্তরা কুটিয়া দোতলা করে দেন, বেশি বরফ পড়লেও যাতে উপরের ঘরে থাকতে পারেন। তিনি দেখেন। হাসেন।

সে-বছর বাসুকিতাল যাওয়ার আগে তাঁরই কাছে যাই। খুশি হয়ে বলেন, এই তো ঠিক সময়। ঘুরে এস নিশ্চিন্ত মনে। আনন্দ পাবে। গেল বছর গিয়েছিলে,—ও-সময়ে কি কেউ যায়!

সঙ্গে কে যাচ্ছে জিজ্ঞাসা করায় বলি এক গাইড ও স্থানীয় এক সাধু।

চেনেন দুজনকেই। বলেন, গাইড হুঁশিয়ার লোক আছে, সাধুটিও সৎসঙ্গ। সবকিছুর মধ্যেই তো তাঁরই করুণা।

মাথা বেঁকিয়ে বাসুকিতালের পাহাড়ের উপর পানে তাকান। চুপ করে থাকেন। মন যেন উড়ে যায় চোখের খাঁচার দুয়ার খুলে সেইখানে। মুখে অল্প হাসির আভাস ফোটে। আনন্দ দীপ্তি। পুবগগনে ভোরের আলোর অস্ফুট প্রকাশ।

ভাবি, ভাবেন কি?

প্রশ্ন করতে হয় না। নিজেই অতি ধীরে ধীরে বলেন, যেন আপন মনেই—কি নিঃসীম নিস্তব্ধতা ঐখানে! এই তো সেদিনের কথা, এখনও শরীরে তার শিহরণ জাগে। জ্যোতি-দর্শনের নিবিড় অনুভূতি। সে বছর বাসুকিতালের ধারে একাই দিন কাটে। এক তো নয়,—এ শরীরের যেন কোন সত্তাই নেই। যোগাসনে সারাক্ষণই কাটে। হঠাৎ কিসের চমকে চোখ খোলে। তাকিয়ে দেখি, সন্ধ্যা নামে। চারিদিকে

পাহাড়ে কালো ছায়া। হ্রদের জলে দিনের শেষ আলো। কোনদিকে কোন সাড়াশব্দ চাঞ্চল্য নেই। এমন কি হাওয়া-বাতাসেরও সামান্য কাঁপনও নেই। নিঃশব্দ, নিস্তব্ধ। হঠাৎ জলে শিহরণ ওঠে হ্রদের ঠিক মাঝখানে। জলে পাথর ফেললে যেমন ঢেউ ওঠে, গোল হয়ে ছড়িয়ে পড়ে,—তেমনি যেন ঢেউ দেখায়। অবাক হয়ে দেখি। জলের আলোড়ন বাড়তে থাকে। ক্ষণিকের মধ্যে বিরাটকায় নাগবাসুকি ভেসে ওঠেন। আকাশে মাথা তুলে ফণা বিস্তার করেন। ফণার উপর উজ্জ্বল মণি। জ্বলতে থাকে স্থির বিদ্যুতের মত। সারা পৃথিবীতে যেন জ্যোতি ঠিকরে পড়ে। অসীম সমুদ্রের মাঝখানে যেন আলোকস্তম্ভ।—সে কি বিরাট রূপ!—

ক্ষণিক চুপ করে থেকে অতি মৃদুস্বরে বলেন, সেই একদিন এক মুহূর্তের দর্শন,—তবুও এখনও মন আলো করে আছে—

চুপ করে শুনি। কেন জানি না, কোন তর্ক বা প্রশ্ন জাগে না মনে।

শুধু মনে হয়, সীমাহীন সমুদ্রের বেলাভূমিতে বসে যেন শুনি অজানা সুরের কোন্ এক সংগীত-ধ্বনি।

সে-বছর বাসুকিতাল-যাত্রা অতি সহজ ও সুন্দর হয়। দুর্গম চড়াই অনায়াসে উঠে চলি। পাহাড়ের মাথায় সামান্যই বরফ। গতবারের তুষার ক্ষেত্রের সেই বিভীষিকা দুঃস্বপ্নের মত হারিয়ে যায়। পাহাড়ের গা বেয়ে বহু জলধারা নামে। ফেনিল তরঙ্গ ভঙ্গে। নটরাজের জটার যেন বাঁধন খুলে পড়ে। পাথরের আশেপাশে ছোট ছোট গাছ—অজস্র ব্রহ্মকমল ফুল। যেমন রূপের ছটা, তেমনি উগ্র গন্ধের আকুলতা। যেন দেবতার পূজার অর্ঘ্য হওয়ার নীরব ব্যাকুলতা।

শ্রাবণ-ভাদ্রে কেদারনাথের সাজপূজা এই ব্রহ্মকমলেই হয়।

চড়াই-এর পর আবার চড়াই। তাও শেষ হয়। পাহাড়ের মাথায় শিলাস্তূপ। কোথাও বা তুষার। অপর দিকে খানিক উৎরাই। সেইখানেই হ্রদ। সওয়া মাইল চওড়া, মাইল দেড়েক লম্বা। পাহাড়ে-ঘেরা স্বচ্ছনীল জল। জলে পাহাড়ের ছায়া দোলে। কোথাও গাছপালার চিহ্ন নেই। দূরে হ্রদের অপর দিকে হ্রদ ছেড়ে জল নেমে চলে। বাসুকি-গঙ্গার ঐ উৎপত্তি। নীচে নাম হয় সোন বা সোম নদী। সোনপ্রয়াগে মন্দাকিনীতে মেশে।

হ্রদের চারিপাশে মহান মৌনতা। অপার শান্তি। মন-প্রাণ স্নিগ্ধ করে।

হিমালয়ের শৈলশিরা, গিরিনদীর তীরে তীরে অগণিত মনোহর মন্দির। কিন্তু কেদারতীর্থের ন্যায় প্রাকৃতিক শোভা আর কোথাও আছে কিনা জানি না। এই দুর্গম নিভৃত পর্বতাঞ্চলে এমন মনোমুগ্ধকর আবেষ্টনে কার কবিচিত্তে প্রথম মন্দির প্রতিষ্ঠার পরিকল্পনা জাগে ইতিহাসে তার প্রমাণ নেই। তবে জনপ্রবাদ আছে। মহাভারতীয় যুগের সেই প্রচলিত উপাখ্যান।

ধর্মক্ষেত্রে কুরুক্ষেত্রে পাণ্ডবগণ বিজয়ী হয়েছেন। কিন্তু আত্মীয়স্বজন বন্ধুবান্ধব

গুরুজনের হত্যার পাপে মর্মান্তিক মানসিক পীড়া। পাপমুক্তির আশায় তীর্থে তীর্থে ঘোরেন। হিমালয়েও আসেন। দেবাদিদেব মহদেবের দর্শন আকাঙ্ক্ষায় খুঁজতে থাকেন। এই কেদারভূমিতে তাঁর সন্ধানও মেলে। মহাদেবও পাণ্ডবদের এড়াবার জন্যে মহিষরূপে এইখানে মেদিনীমধ্যে আত্মগোপনের চেষ্টা করেন। বিপুল বিক্রমে ভীমসেন নাকি তাঁকে পিছন থেকে জাপটিয়ে ধরেন। পাণ্ডবগণ শিবের আরাধনা করেন, তাঁরই কৃপায় পাপমুক্তও হন।

সেই উপাখ্যানেরই সাক্ষ্য দেন কেদারনাথ। প্রথম মন্দির প্রতিষ্ঠাও করেন পাণ্ডবগণ। তাই মন্দিরের গায়ে পঞ্চপাণ্ডবের প্রতিকৃতি।

তারপর, হয়ত সেই মহাভারতীয় যুগ থেকেই শুরু হয় হিমালয়ের এই সুদুর্গম সুদূর তীর্থযাত্রা।

মন্দিরের ভিতরেও সেই কাহিনী পাষাণে রূপায়িত।

সেখানে আরাধ্য দেবতার প্রতীকও সেই মহিষেরই পশ্চাৎ অংশ। কালো এক শিলাখণ্ড। কেদারলিঙ্গ। রূপহীন, অঙ্গপ্রত্যঙ্গ আকারবিহীন। পঞ্চকেদারের প্রধান কেদার।

কেদারনাথে এই শিলাখণ্ডেরই পূজা হয়। পূজারী অরূপের রূপসজ্জা করেন। বসনভূষণ পুষ্পমালায় সাজান। ধূপদীপ জ্বলে। কাঁসর ঘণ্টা শিঙা বাজে। ব্যোম ব্যোম ধ্বনি ওঠে। সুগম্ভীর মধুর সুরে পূজামন্ত্র পাঠ চলে। ভক্ত যাত্রীর দল নিবিষ্ট মনে ধ্যান করেন। পূজাশেষে দুই বাহু মেলে কেদারনাথকে নিবিড় আলিঙ্গন করেন। মনে অপূর্ব শিহরণ জাগে। কেন জাগে, কী জাগে,—সেই এক পরম রহস্য।

মানুষের গড়া সেই পাথরের মন্দিরের বাহিরেও প্রকৃতির বিরাট অপরূপ মন্দির। সেখানে দিগন্তব্যাপী সুনীল আকাশ—মন্দিরের চূড়া। চারিপাশে গগনচুম্বী গিরিশ্রেণী—মন্দিরপ্রাকার। তুষারমৌলি কেদারশৈলশৃঙ্গ—জ্যোতির্ময় শিবলিঙ্গ। মন্দাকিনীর ধারা যেন পারিজাতের মালা। দেবতার চরণতলে কেদারমন্দির—যেন প্রস্ফুটিত ব্রহ্মকমলের অঞ্জলি। মেঘের পুঞ্জ ধূপধুনার ধূমায়িত কুণ্ডলী। অসীম গগনে চন্দ্রসূর্য গ্রহতারার লক্ষ প্রদীপ জ্বালা।

প্রকৃতির এই মহান অনন্ত রূপেরও আর এক পরম রহস্যময় আকর্ষণ। দেশকাল অতীত সেই গোপন রহস্যের মহিমা। মানুষের ক্ষুদ্র অন্তর কোন্ এক অজানা গভীর অনুভূতির স্পর্শ পায়।

যুগের পর যুগ কাটে। মানব-সমাজের আচার-ব্যবহারে বিপুল পরিবর্তন আসে। যাত্রা-পথ সহজ সুগম হয়। সভ্যতার যানবাহন চলে। নতুন যুগের মানুষের মনে নবীন ভাবধারার প্রেরণা নামে। যাত্রাপথের বিচিত্র নতুন সাজসজ্জা। নূতন বেশে নবীন যাত্রী।

কিন্তু, পথের ও পথিকেরই শুধু রূপভেদ। পথশেষের সেই চিরন্তন তীর্থপুরী জ্যোতির্ময় রূপ নিবাত নিষ্কম্প দীপশিখার মতো উজ্জ্বল থাকে। একাল সেকাল সেখানে প্রভেদ আনে না। অন্তহীন যাত্রার প্রবাহ চলে। সত্য শিব সুন্দরের অমৃতময় প্রশান্ত রূপের সন্ধানে যাত্রী চলে দলে দলে, ফিরে আসে বারে বারে— এই অমর অমরাপুরীতে।

Pilgrim's progress-এর সেই মুক্তিকামী জীবন-পথযাত্রীর অমোঘ মন্ত্র :

I'll fear not what men say,
I'll labour night and day
TO BE A PILGRIM.

মদমহেশ্বর

॥ ১ ॥

মদমহেশ্বর।

হিমালয়বাসী এক দণ্ডীস্বামীজীর মুখে নামটি প্রথম শুনি।

হিমালয়ের পথে পথে ঘুরে বেড়াই। মনে প্রাণে দেহের প্রতি লোমকূপে অপরূপ রোমাঞ্চ বোধ করি। স্বামীজীর সঙ্গে অকস্মাৎ সাক্ষাৎ। মুখে শিশুসুলভ নির্মল প্রফুল্লতার দীপ্তি। ভাগীরথীতীরে একমনে বসে থাকেন গঙ্গারই দিকে চেয়ে। মধুর হাসি হেসে বলেন, দেখেছ গঙ্গার লহরি। লহরির পর লহরি। সারাক্ষণই বয়ে চলেছেন। জল তো নয়, জননীর বুক ভরা মধু। নীচে ধেয়ে নামেন। সন্তানদের অন্নপাত্র হাতে। বিশ্রামের অবসর নেই। চিরচঞ্চল প্রবাহ। সুমধুর সুরধ্বনি।

কথার মাঝে হঠাৎ গম্ভীর হন। টানা চোখ দুটি অল্প বুজে ক্ষণিক স্থির হয়ে বসেন। আবার হাসির আভাস জাগে। যেন, মেঘের ফাঁকে জ্যোৎস্না ফোটে। অতি ধীরে অস্ফুট-স্বরে বলেন, কিন্তু স্থির শান্ত অচল মদমহেশ্বর। যেমন সাধন উপযোগী নির্জনতা, তেমনি প্রাকৃতিক রমণীয়তা। নাম শোনো নি কখনও? যাও নি এখনও? দর্শন করে এসো।

চুপ করে কি যেন ভাবেন। আবার প্রায় নিঃশব্দে বলেন, যেয়ো নিশ্চয়। অতি প্রশান্ত পরিবেশ। সেখানকার অনুভূতি,—ভোলবার নয়।

তারপর, প্রতিবছর পাহাড়ী বন্ধুদের কাছেও মদমহেশ্বরের কথা শুনি। যাবার পরামর্শও সকলেই দেন। কিন্তু পথঘাটের খবর জানতে গিয়ে প্রকাশ পায়, পাহাড়ীরাও অনেকে যান নি। নাম শুনেই দু হাত তুলে কপালে ঠেকান। গম্ভীর হন। ভয়ভক্তি মেশানো স্বরে শান্তভাবে জানান, মদমহেশ্বর! উনি তো আমাদের ভাগ্যবিধাতা। রক্ষাকর্তা। সারা কেদারখণ্ডের দেখাশুনা তিনিই তো করেন। জাগ্রত দেবতা। অসীম ক্ষমতা। রোগীর রোগ দূর করেন, সন্তানহীনকে সন্তান দেন, দুঃখীর দুঃখ হরণ করেন। এমন কি বিবদমান পরিবারের বিবাদ পর্যন্ত মিটিয়ে দেন। মনে শান্তির প্রতিষ্ঠা হয়। থাকেনও তেমনি অতি দুর্গম স্থানে। অনেক জায়গায় পথই নেই। চড়াই ওঠার কষ্ট,—সে তো আছেই। বিপদের আশঙ্কাও আছে। তবে হ্যাঁ—যদি সত্যিই বিশ্বাস আর ভক্তি থাকে, ভয় নেই, ঠিক চলে যাবেন। দর্শনও মিলবে। সব কিছু কষ্ট সার্থকও হবে।

কেদারনাথের রাওয়ালজীর কাছেও কথা পাড়ি। শুনে উৎফুল্ল হন। প্রচুর

উৎসাহ দেন। বলেন, পঞ্চকেদার দর্শন না হলে কেদার-যাত্রা পূর্ণ হল কই। মদমহেশ্বর মধ্যম কেদার। শিবভূমির যেন মধ্যমণি। কেদারখণ্ডে লেখা আছে, গৌড়দেশীর এক ব্রাহ্মণ সেখানে তীর্থ করতে যান। ফেরবার পথে অতিকায় বীভৎস এক ব্রহ্মরাক্ষস জরা-রোগগ্রস্ত হয়ে পড়ে আছে দেখতে পান। মদমহেশ্বর তীর্থের এমনি মাহাত্ম্য যে, সেই তীর্থ-প্রত্যাগত পুণ্যবান ব্রাহ্মণের দর্শন পেয়ে রাক্ষসও মোক্ষ লাভ করে।

রাওয়ালজীর তত্ত্বাবধানে এই দেবস্থান। কয়েক বারই গেছেন। একটানা কয়েক মাস সেখানে থেকে সাধনভজনও করেছেন।

রাওয়ালজী থাকেন উখীমঠে। কেদারনাথের মন্দির শীতকালে বন্ধ হলে উখীমঠে পূজা হয়।

মদমহেশ্বরের পূজার প্রথাও একই। এখন পূজার্চনা ও মন্দিরগুলির রক্ষণাবেক্ষণের ভার কেদার-বদরী মন্দির কমিটির উপর। রাওয়ালজীও এখন সেই কমিটির অধীনে।

উখীমঠে বসেই গল্প শুনি। আইন অনুযায়ী কমিটির পত্তন হয়। হিমালয়ের বিভিন্ন অঞ্চলে ছড়ানো মন্দিরগুলি একে একে কমিটি দখল নেন। মদমহেশ্বরেও যাওয়া প্রয়োজন। এঁর মতো ধনসম্পত্তিশালী দেবতা নাকি এ-অঞ্চলে আর নেই। সোনারূপার অজস্র গহনা, তৈজসপত্র। মন্দিরের মধ্যে ছড়িয়ে পড়ে থাকে। এখন কমিটির দায়িত্ব। তাই লিস্ট করাও প্রয়োজন। দুর্গম পাহাড়ের চড়াই উঠে সরকারী কর্মচারী মদমহেশ্বরে পৌঁছায়। গভীর নিশীথে হঠাৎ ঘুম ভেঙে আর্তস্বরে চিৎকার করে ওঠে। ভয়ে ঠকঠক করে কাঁপে। বলে, স্পষ্ট দেখি রুদ্রমূর্তি মহেশ্বর। ত্রিশূল তুলে সুমুখে দাঁড়িয়ে। রাগে রাঙা চোখ। বজ্রনাদে হুকুম দেন, দূর হও এখনই এখান থেকে। আমার সম্পত্তি রক্ষার জন্যে এসেছ তুমি? রক্ষা করার ক্ষমতা নেই আমার? দূর হও এখনি—

কর্মচারী কাজ ফেলে ভয়ে ফিরে আসে। রিপোর্ট দেয়, অক্ষমতার। অফিসার শুনে হাসেন। তিরস্কার করেন, ভীতু! স্বপ্ন দেখে ভয় পায়! কাজ ছেড়ে পালিয়ে আসে!

সাহসী অপর এক কর্মচারী আবার চড়াই ভেঙে উৎসাহভরে যায়। তিনদিন পরে তেমনি ফিরে আসে,—কাজ ফেলে। ত্রিশূলধারী মহেশের ক্রুদ্ধ মূর্তির একই কাহিনী শোনায়।

শুনি, কয়েকবার চেষ্টা সত্ত্বেও তখনও নাকি সম্পত্তির তালিকা করা সম্ভব হয়নি!

হিমালয়ের নিভৃত দুর্গম অঞ্চল।

এগারো হাজার ফুটের উপর উঁচু পাহাড়। তারই চূড়ার অল্প নীচে মন্দির। আশপাশে কোথাও লোকালয় নেই। নিকটতম গ্রাম—গৌণ্ডার। ঘণ্টা ছয়েকের পথ। দেবসেবার জন্যে থাকেন শুধু এক পূজারী, তাঁর এক সহকারী ও এক

সেবক। সেবকটি আসে গৌণ্ডার গ্রাম থেকে দুই সপ্তাহের আহার নিয়ে। দুই সপ্তাহ পরে আর একজন আসে, এ নেমে যায়। এই ভাবেই ছয় মাস মন্দিরের দেবসেবা, দেখাশুনা চলে। ক্বচিৎ কখনও দু-চারজন পাহাড়ী যাত্রী বা সাধু সন্ন্যাসী আসেন।

ধূর্ত মানুষ ভাবে, দেবতার উপরও কারসাজি চলে। প্রস্তরখণ্ড বই তো নয়। না আছে চোখ, না আছে হাত-পা। তিনি আবার সামলাবেন নিজের ধন সম্পত্তি! তার উপর হিসাবও তো নেই। দু-একটা সরালে জানতে পারবেই বা কেমন করে, ধরবেই বা কে?

গল্প শুনি, এক বছর শীতের পর ভোগমূর্তি উখীমঠ থেকে মদমহেশ্বরে ফিরবেন। যাত্রার সব আয়োজন প্রস্তুত। সাজানো ডুলি তোলা যায় না। বিগ্রহ কেবলই হেলে পড়েন। সকলে উদ্বিগ্ন হয়। বোঝা যায়, কোথাও বিঘ্ন ঘটেছে! দেবতা যাত্রায় অসম্মত। যাত্রার লগ্ন বয়ে গেলে সমূহ বিপদ ঘটবেই। আতঙ্কে সবাই ত্রুটি খোঁজে। কাঁপতে কাঁপতে এসে এক পরিচারক ডুলির কাছে লুটিয়ে পড়ে। কেঁদে ক্ষমা ভিক্ষা চায়। দেবতার একটি অলঙ্কার অপহরণ করেছিল সে!

বিগ্রহ স্থির হয়ে বসেন। ডুলি আবার সহজভাবেই ওঠে। দেবতার যাত্রা শুরু হয়।

আর একবারের কাহিনী।

মদমহেশ্বর থেকে দু-একটি জিনিস চুরি করে একজন চলে আসে। কেউ জানতে পারে নি। কিন্তু গ্রামে ফেরবার কয়েক দিনের মধ্যেই তস্করের গৃহে পর পর কয়েকটি বিপদ ঘটে। দুইটি সন্তানের হঠাৎ মৃত্যু হয়। ভয়বিহ্বল হয়ে মদমহেশ্বরে আবার সে ফিরে যায়। অপরাধ স্বীকার করে। অপহৃত দ্রব্যও ফিরিয়ে দেয়। বিপদজাল কেটে মুক্তিও পায়।

এমনি আরও কত কি ঘটনা শুনি।

মনে আশার আলো জ্বেলে যাবারও দিন গুনি।

॥ ২॥

কেদারনাথের যাত্রাপথে গুপ্তকাশী। এক মাইল দূরে নালাচটি। পাহাড়ের অপর দিকে উখীমঠ। গুপ্তকাশী ও উখীমঠের মাঝখানে মন্দাকিনীর উপত্যকা। সেইখানে দেখা যায় উত্তর-পূর্ব দিক থেকে আর একটি পাহাড়ী নদী নেমে এসে মেশে মন্দাকিনীতে। মদমহেশ্বর গঙ্গা। কেদারনাথের যাত্রাপথ ছেড়ে এই নদীর ধারাপথ ধরে যেতে হয় মদমহেশ্বরে। গুপ্তকাশী থেকে সেই নদীর উপত্যকার মধ্যে দিয়ে দূরে দেখা যায় চৌখাম্বা বা বদরীনাথ। গগনচুম্বী তুষারমৌলি বিরাট শিখর। তারই পাদমূলে মদমহেশ্বর পাহাড়।

যাত্রা শুরু হতে পারে দুই দিক থেকে। উখীমঠ; অথবা নালাচটি ছাড়িয়ে ডান হাতে কালীমঠের পথ ধরে। দুই পথই রাশুগ্রামের কাছাকাছি এসে এক হয়।

প্রায় মাইল কুড়ি পথ। যাবার সময় চড়াই। তাই দেড় দিন লাগে। ফেরবার সময় একদিনে নেমে আসা যায়।

ঘুরতে ঘুরতে প্রতি বছরই উখীমঠে যাই। কিন্তু মদমহেশ্বর যাত্রা ঘটে না। যাবার ইচ্ছা থাকে, চেষ্টাও করি। তবু, কোথায় যেন যোগাযোগ হয় না। বেশ বুঝি, সময় হলেই আশা পূর্ণ হবে। হয়ও তাই।

১৯৫৪ সাল। গঙ্গোত্রী-গোমুখ হয়ে পাওয়ালির প্রসিদ্ধ চড়াই ভেঙে আবার ত্রিযুগীনারায়ণে নেমেছি। তারপর কেদারনাথ দর্শন করে উখীমঠে পৌঁছুই। রাওয়ালজী দেখে খুশী হন। বুকে জড়িয়ে ধরেন। উৎফুল্ল হয়ে জানান মদমহেশ্বর-যাত্রার সব ব্যবস্থা তৈরি। কাল বিশ্রাম করে পরশু বেরিয়ে পড়ুন। সঙ্গে যারা যাবে, তাদের জানিয়ে দিই।

দল ভারী হয়। মদমহেশ্বরের পূজারীর ছেলেরই শুধু যাবার কথা। বছর কুড়ি বয়স। বাপ দাক্ষিণাত্য থেকে পূজারীর কাজ নিয়ে কেদারখণ্ডে আসেন। পরে গাড়োয়ালী বিবাহ করে সংসার পাতেন। ছেলে স্কুল ফাইন্যাল পাস করে এখন চাকরির আশায় বসে আছে।

ছেলে এসে জানায়, তার সম্পর্কে এক মামাও যেতে যায়। তা ছাড়া, মদমহেশ্বরের পাণ্ডা শ্রীকৃষ্ণজী তো চলেছেনই।

রাওয়ালজী রাজি হন। হেসে বলেন, প্রায় সমবয়সী সব। আজকালকার লেখাপড়া শেখা ছেলে। বন্ধু-বান্ধব আমোদ-প্রমোদ একটু না হলে স্ফূর্তি পায় না। তা সঙ্গে চলুক। যা দুর্গম পথ,—দু-একজন সঙ্গী বেশি থাকা ভালো।

৯ই জুন, ১৯৫৪।

ভোরবেলায় যাত্রা করার কথা। চারটেয় উঠে তৈরি হয়ে অপেক্ষা করি। পূজারীর ছেলের দেখা নেই। অগত্যা অনুসন্ধান করে তার বাড়িতে যাই। ডাকাডাকি করে বার করি। তখনও তৈরি নয়। রাস্তা দেখিয়ে বলে, এই পথ ধরে হাঁটতে আরম্ভ করুন। কিছুক্ষণের মধ্যেই ধরে ফেলব।

অথচ, তাঁরাই হলেন আমাদের পথপ্রদর্শক!

গ্রাম ছাড়িয়ে পায়ে-চলা প্রশস্ত পথ। বাঁ দিকে পাহাড়ের ঢালু গা নীচে নদীর দিকে নেমেছে। ডান দিকে পাহাড় উপরে উঠে গেছে। সেইদিকে পথের ধারে খানিকটা সমতলক্ষেত্র। বোর্ডে লেখা পশুকেন্দ্র। কিন্তু জীবজন্তুর চিহ্ন দেখি না। তিনখানি ঘর। তাও তালা লাগানো। সরকারী ব্যাপার।

পূজারীর ছেলের দল এগিয়ে আসে। দূর থেকে সমবেত কণ্ঠের সংগীত শোনা যায়। যাক,—সিনেমার গান নয়। শিব-স্তোত্র। শান্ত প্রভাতে পাহাড়ের পথে অতি মধুর লাগে। কাছে এসে লজ্জা পেয়ে চুপ করে। সঙ্গী শিশিরবাবু উৎসাহ দেন, থামছ কেন? গাইতে গাইতে চল,—বেশ লাগছে।

তারা বলে, এইদিকে এসে ঝুঁকে একটু দেখুন,—ভয় নেই। পড়বেন না,—

ঐখানে প্রকাণ্ড একটা গুহা দেখছেন? পাহাড়ের মধ্যে অন্ধকার কালো? প্রবাদ, ওরই ভেতর দেবতার গুপ্ত ধন আছে। কেউ যেতে পারে না ওর মধ্যে।

পাহাড়ের পথ ঘুরে এঁকে বেঁকে চলে। বাঁ দিকে নীচে মদমহেশ্বর গঙ্গা। ওপারে আরও উঁচু পাহাড়। তারই মাথার কাছে বিশালকায় কালো পাথর। সকালের আলোয় চকচক করে। গায়ে যেন তেল মাখানো। শিলাজতু গড়িয়ে পড়ে। পাহাড়ীরা বলে শিলাজিত। নানান রোগের ওযুধের কাজ করে। পাণ্ডা শ্রীকৃষ্ণজী বলেন, ঐ হল কালশিলা বা কালীশিলা। কালীমঠ থেকে যাওয়া যায়। কঠিন যাত্রা। ভারি চড়াই। ওরই নীচে দিয়ে কালীমঠ থেকে মদমহেশ্বরের রাস্তা। চামুণ্ডাদেবী ঐখানে মহিষাসুর বধ করেন। এ-সবই দেবীর স্থান।

শুনি, এক সাধু মহাত্মা থাকেন ঐ কালশিলায়। নিকটে কোথাও কোন জনবসতি নেই। ক্বচিৎ কখনও কেউ গেলে তাঁর দর্শন পায়। থাকেন একাকী। নিভৃত এক গুহায়। শীতেও নীচে নামেন না। কেমন করে থাকেন, কি খান, কোথাইবা পান—এসব সমস্যার সমাধান মেলে না।

শ্রীকৃষ্ণজী বলেন, শোনা যায় ওঁর নাকি বাঙলার শরীর। বহু বছর হল আসন নিয়েছেন ঐখানে।

বাঙালী সাধু! শক্তির এই পীঠস্থানে! মায়ের ছেলে মায়েরই কোলে!

অনাবিল এক আনন্দে ও গৌরবে মন ভরে ওঠে। দূর থেকে প্রণতি জানাই।

কিছুদূর এসে দেখা যায় রাস্তার উপর প্রকাণ্ড এক পাথর ঝোলে। তারই তলা দিয়ে পথ। শুনি, একবার শীতের আগে মদমহেশ্বরের দেবতা যথারীতি নেমে চলেন উখীমঠে। এই জায়গায় সহসা ভয়ঙ্কর শব্দ শোনা যায়। সবাই তাকিয়ে দেখে বিশাল একখানি পাথর উপর থেকে খসে গড়িয়ে আসে। নিশ্চিত মৃত্যুর আশঙ্কায় সবাই শঙ্কিত হয়। কিন্তু নিমেষ মাত্র। যাত্রীদের মাথার কাছে এসে পাথরের গতি হঠাৎ থামে। যেন, দেবতারই নির্দেশে। সেই থেকে এখনও তেমনি ঝুলে আছে।

শ্রীকৃষ্ণজী বলেন, এ-পথে দেখবেন সর্বত্রই দেবতার অসীম করুণা ও অশেষ ক্ষমতার চিহ্ন ছড়িয়ে আছে।

জনহীন পথ। তাই হঠাৎ দেখে চমকে উঠি, পাশাপাশি আর এক পাহাড়ী চলেছে। কখন পিছন থেকে ক্ষিপ্র গতিতে এসে সঙ্গ নিয়েছে। আলাপ হয়। উখীমঠের শ্যামলাল। বছর পঞ্চাশ-ষাট বয়স। ছোটখাটো মানুষ। পরনে লম্বা কোট মাথায় গোল টুপি। এই পথে মাইল পাঁচেক দূরে মানসুনা গ্রাম। ৪,৮৫৭ ফুট উঁচু। সেইখানে তাঁর ক্ষেতি, বাগিচা ও দোকান আছে। কাজকর্ম দেখতে চলেছেন।

নিমন্ত্রণ করেন, আজ ঐখানেই রাত কাটিয়ে যান।

রাজি হই না। বলি, তীর্থপথে অযথা দেরি করতে নেই। আগে যাত্রা পূর্ণ হোক।

সাতটায় গ্রামে পৌঁছই। শ্যামলাল ছাড়েন না। অতি যত্ন করে চা তৈরি করেন। সকলকে খাওয়ান। আমরাও তৃপ্ত হই। তিনিও আনন্দ পান।

গ্রাম ছাড়িয়ে ধাপে ধাপে ক্ষেত। পায়ে হাঁটা পথ সরু হয়ে আলের মধ্যে হারিয়ে যায়। শ্যামলাল পথ দেখিয়ে চলেন। উখীমঠ থেকে যাত্রা করে এতক্ষণ প্রায় সমতল পথ। এইবার উৎরাই শুরু। পাহাড়ের গা বেয়ে ঘুরে ঘুরে রাস্তা নামে। হাজার খানেক ফুটেরও বেশি মনে হয়। শ্যামলালকে বলি, এইবার গ্রামে ফিরুন। পথ ভোলার আর সম্ভাবনা নেই।

তিনি শোনেন না। জোর করে সঙ্গে চলেন। বলেন, নদী পর্যন্ত এগিয়ে দিয়ে আসি।

নদীর ধারে এসে পৌঁছুই। খরস্রোতা পাহাড়ী নদী। প্রচণ্ড বেগে নেমে চলে। তারই উপর দড়ির ঝোলা। তিন-চারশ হাত লম্বা। দুই তীরে দুটি করে পাইন গাছের গুঁড়ি খাড়া করানো। তারই সঙ্গে উভয় পাড়ে লম্বালম্বি চারগাছি মোটা দড়ি ঝোলানো। উপরের দড়ি দুটি দু হাতে রেলিং-এর মতো ধরা চলে। কিন্তু নদীর মাঝামাঝি এসে সে-দুটি প্রায় হাঁটুর কাছে পর্যন্ত নেমে যায়। নীচের দড়ি দু:টি সমান্তরালে টেনে দুই তীরে বাঁধা। তারই মধ্যে ছোট ছোট ডাল ও কাঠ গুঁজে দেওয়া। এরই উপর পা রেখে, হাতে অন্য দড়ি দুটি ধরে পার হতে হয়।

শ্যামলাল সাবধান করেন, তাড়াতাড়ি করতে যাবেন না। ধীরে ধীরে পার হবেন। কে আগে যাবে?

আমি বলি, বলেন তো আমি যেতে পারি।

শ্রীকৃষ্ণজী পাণ্ডা। এ-পথে মাঝে মাঝে আসতেই হয়। এগিয়ে এসে বলেন, আগে আমি চলি। দু হাত পেছনে বাবুজি আসুন। ওপারে নামবার সময় হয়ত সাহায্য করতে হবে।

দুজনে পার হতে শুরু করি। যত এগিয়ে যাই ঝোলা ততই জোরে দুলতে থাকে। পায়ের দিকে দৃষ্টি রাখি। বাঁকাচোরা ডালের ফাঁকে দেখা যায়, প্রায় ত্রিশ ফুট নীচে উদ্দাম বেগে নদীর ধারা ছুটে চলে। পাথরে আঘাত পেয়ে স্রোতের জল ছিটকে ওঠে। সহস্র বাহু তুলে হুঙ্কার দিয়ে যেন আমায় ডাকতে থাকে। জল ছোটে, ঝোলা দোলে, তার উপর পা-ও চলে,—মনে হয় যেন চক্রাকারে সবই ঘোরে, ওপারের গাছগুলিও যেন মাথা নেড়ে হেলে ওঠে। জানি, এ-সময়ে অন্য কোন দিকেই তাকাতে নেই। শুধু পা দুখানির উপর একাগ্র দৃষ্টি রেখে চলাই নিয়ম। নিয়ম বলেই অবাধ্য দৃষ্টি ছুটতে চায় অন্য দিকে। অবোধ শিশুর মত।

তবু, কেন জানি না, মনে ভয় জাগে না। সানন্দে সোৎসাহে সন্তর্পণে পা-ফেলে এগিয়ে চলি। নদীর মাঝামাঝি। ঝোলা পুল সজোরে দোলে। হঠাৎ বাঁ হাতের দড়িতে কোন জোর পাই না। হাত চারেক দূরে শ্রীকৃষ্ণজী প্রাণভয়ে চিৎকার করে ওঠে। দেখি, বাঁ হাতের দড়ি ছেঁড়া। ঝুলছে। তার সঙ্গে বাঁধা

পা-রাখার দড়িও সোজা হয়ে গেছে। চক্ষের পলকে অজানিতভাবে দু হাত দিয়ে ডান দিকের দড়ি শক্ত করে ধরি। পায়ের নীচে একটা দড়ির উপর দেহের ভার সামলে রাখি। মাথা ঘুরিয়ে পিছন দিকে তাকাই। নদীর পাড়ে সবাই উদ্‌গ্রীব হয়ে কি যেন চিৎকার করেন, হাত নাড়েন দেখি।

জিজ্ঞাসা করি, ওপারে যাব? না, এপারে ফিরে আসব?

শ্যামলাল উচ্চৈঃস্বরে বলেন, ফিরতে পারবেন?

শক্ত করে দু হাতে সেই একগাছি দড়ি ধরি। শরীর ঘুরিয়ে ধীরে ধীরে দুজনে এপারে ফিরে চলি। মনে কৌতুক বোধ হয়। ছেলেবেলায় সার্কাস দেখার কথা মনে পড়ে। সেই তাঁবুর অনেক উপরে তারের উপর দিয়ে মেমসাহেব রঙিন ছাতা হাতে ব্যালান্স রেখে কেমন এগিয়ে যেত পেছনে আসত। হাসি আসে।

তীরে পা দিতেই শিশিরবাবু ও শ্যামলাল জড়িয়ে ধরেন। তখনও ভয়ে শ্যামলালের মুখ শুকনো, চোখ ভিজে। উচ্ছ্বসিত হয়ে বলেন, মদমহেশ্বরের বহুৎ কৃপা! দড়ি ছিঁড়তে দেখেই আমি তো চোখ বুজেছিলাম। জানতাম, আর রক্ষে নেই। প্রতি বছর এমনি করে ঝোলা ছিঁড়ে দু-একজনের প্রাণ যায়। এ-বছর এখনও যায় নি। সেই জন্যেই সঙ্গে এ পর্যন্ত এসেছিলাম ভালোভাবে পার হওয়া দেখে ফিরব বলে। উঃ! কি রক্ষাই না পেয়েছেন! জয় মদমহেশ্বর জী!—বলে প্রণাম জানান।

শ্যামলালের কাছে ঝোলা পুলের কাহিনী শুনি।

নিকটে তিন-চারটি গ্রাম। সেই গ্রামবাসীদের যাতায়াতের—এবং বিশেষ করে মদমহেশ্বর দেবতার বার্ষিক অভিযানের জন্যেই এই ঝোলার প্রয়োজন। হিমালয়ের নিভৃত অঞ্চলে এই সামান্য প্রয়োজন গভর্নমেন্টের দৃষ্টি আকর্ষণ করতে পারে নি। উৎসাহী শ্যামলাল কয় বছর ধরে পত্রিকায় অনেক লেখালেখি করছেন, তাতেও ফল হয় নি। গ্রামবাসীরা নিজের চেষ্টায় ও খরচায় এই দড়ির অস্থায়ী পুল তৈরি করে। খড় পাকিয়ে দড়ি করা। প্রতি বছর বৃষ্টির জলে ও শীতের বরফে ভিজে পচে যায়। যতক্ষণ না ছেঁড়ে, কাজ চলে, লোকের তাগিদ থাকে না। তারপর, একদিন দুর্ঘটনা ঘটে। হঠাৎ ছিঁড়ে যাত্রী পড়ে। পড়লে বাঁচার কোন কথাই ওঠে না। শুধু কয়েকজনের হাহাকার ওঠে। আবার নতুন ঝোলা তৈরি হয়। হিমালয়ের কোন্ অখ্যাত অঞ্চলে সাধারণ পথযাত্রীর মৃত্যু—কেই বা তার খবর রাখে, জগতের কোন্ কাজেরই বা তাতে ক্ষতি হয়!

শ্যামলাল বলেন, আপনারা পাঁচদিন পরে ফিরছেন তো? তার মধ্যে নতুন ঝোলার ব্যবস্থা করা যাবে। ইতিমধ্যে দৈনিক কাগজে দুর্ঘটনার খবরটা বড় করে ছাপাতে হবে।

আমি বলি, দুর্ঘটনা ঘটল কই? বেঁচে তো রয়েছি। কৃপা করে কাগজে এ-সব প্রচার করবেন না। দেশে আত্মীয়-স্বজন বন্ধু-বান্ধবের নজরে পড়লে অকারণ

চিন্তিত হবেন। কিন্তু, ফেরবার পথে নতুন ঝোলার কথা বলছেন,—আপাতত এখন পার হওয়া যাবে কি করে?

তিনি আশ্বাস দেন, নদীর নীচের দিকে আধ মাইলটাক গেলে এক জায়গায় এ সময়ে জল কিছু কম থাকে—কোমর-জলও হয়ত হবে না—হাত ধরাধরি করে সেইখানে পার হবার চেষ্টা করতে হবে, চলুন।

এই দুর্ঘটনার সঙ্গে আর এক ঘটনার অদ্ভুত যোগাযোগের কথা কয় মাস পরে কলকাতায় ফিরে এসে শুনি। সে-বছর যখন হিমালয় যাত্রা করি, মা তখন জগন্নাথ পুরীধামে। যাত্রার পূর্বে পুরীতে যাই। মায়ের অনুমতি নিই। মাত্র এক বছর আগে কাশ্মীরে মেজদার আকস্মিক মৃত্যু ঘটে। সেই নিদারুণ শোকের তীব্র জ্বালা তখনও মাতৃহৃদয় দগ্ধ করে। তবুও দুর্গম তীর্থযাত্রায় বাধা দেন না। পায়ের ধূলা নিয়ে মাথায় নিই। সজল চোখে মুখের পানে তাকান। চিবুক ধরে বলেন, সাবধানে পথ চোলো।—মাথায় হাত রেখে জপ করেন। মায়ের আশীর্বাদ নিয়ে চলে আসি।

তীর্থশেষে কলকাতায় ফিরে এক বন্ধুর কাছে শুনি, সপরিবারে তিনি পুরী বেড়াতে গিয়েছিলেন। একদিন সকালে মার সঙ্গে তাঁর স্ত্রীর হঠাৎ দেখা জগন্নাথ মন্দিরে সত্যনারায়ণ চত্বরে। আমার তীর্থযাত্রা প্রসঙ্গে মা তাঁকে বলেন, মনটা কেমন করছিল, তার নামে তাই আজ সত্যনারায়ণের পূজা দিতে এলাম। ভালোয় ভালোয় ঘরে ফেরে যেন।

বন্ধুর সঙ্গে দিন হিসাব করে দেখি, ঠিক যেদিন যে-সময়ে হিমালয়ে ঝোলা ছিঁড়ে ঝুলি; হাজার মাইল দূরে মায়ের মনের গভীরে দুশ্চিন্তার ছায়া ঘনায়। মঙ্গল কামনায় মন্দিরে পূজা দিতে বসেন স্নেহময়ী জননী।

॥ ৩॥

হেঁটে নদী পার,—নতুন কিছুই নয়। সেই তুষার-শীতল জল। স্রোতের সেই প্রচণ্ড টান। পা স্থির রাখাই দায়। তিন-চারজন একসঙ্গে হাত ধরাধরি করে পার হই। অপরূপ বেশ! উপর অঙ্গে গরমজামা, নিম্নাঙ্গে স্নানের ড্রেস। খালি পা, শুধু আন্ডারওয়্যার! এক ঘণ্টার উপর বেশি লেগে যায় এই ঘোরা পথে নদী পার হতে। শ্যামলাল ওপার থেকে হাত নাড়েন। যতক্ষণ দেখা যায়, দাঁড়িয়ে থাকেন।

এপারে আবার পথ ধরি। ধীরে ধীরে চড়াই উঠতে থাকি। পথ তো নয়। পদচিহ্ন মাত্র! পাহাড়ীরা উপরে ভেড়া ছাগল চরাতে যায়, তাদেরই পায়ের রেখায় আঁকা। অকূল পাথারে যেন আলোর ইঙ্গিত। মাঝে মাঝে তাও হারায়। তাই তো পথ-প্রদর্শকের প্রয়োজন।

বেলা বাড়ে। এগারোটা বাজে। খানিকটা উৎরাই। পাহাড়ী পথের এই রীতি। এই ওঠা, এই নামা। জল-পড়ার শব্দ আসে। বাঁক বেঁকে দেখি, চারদিকে প্রকাণ্ড

কালো পাথর। তারই মধ্যে উপর থেকে জলধারা লাফিয়ে পড়ে। বারিরাশির বিপুল কলোচ্ছ্বাস। অবিরাম প্রবল জলপ্রপাতের ফলে পাথরের বুকেও অপরিসর জলকুণ্ডের সৃষ্টি হয়। প্রায় এক কোমর গভীর। গতিশীল চঞ্চল ঝরনার জল। সেই কুণ্ডে যেন ক্ষণিক বিশ্রাম নেয়। আবার কলহাস্যে ছুটে নেমে চলে পাহাড়ের আরও নীচে। অপরূপবর্ণা সুন্দরী ঝরনা। কিন্তু, আশপাশে বীভৎস কালো পাথর। যেন চেড়ীবেষ্টিত দেবী সীতা।—এক পাশে প্রকাণ্ড গুহা। শুনি, বিরাট এক অজগর সাপের বাস ছিল ঐখানে। নিঃশ্বাসের জোরে পথচারী ছোট ভেড়া ছাগলকে টেনে নিত। গুহার মধ্যে নিয়ে মেরে খেত। মাত্র বছর তিন-চার আগে গুলি করে তাকে মারা হয়।

ভাবি, আহা! এখনও থাকলে বেশ দেখা যেত।

হিমালয়ের পথে একবারই দেখি—অজগর সাপ। কৈলাস মানস সরোবর থেকে ফিরছি। খেলাগ্রাম ছাড়িয়ে আরও নেমে এসেছি। দিন দুপুর। পাহাড়ের একটা বাঁক ঘুরতেই সামনেই দেখি, পথ জুড়ে বিরাট সর্পরাজ। রাস্তা পার হয়। অতি-মন্থর গতি। মনে হয়, নিশ্চল। কিছু দূরে দাঁড়িয়ে দেখতে থাকি। একবার করে দেহে একটু টান পড়ে, লম্বা মতো হয়। মোটা রবার টেনে যেন লম্বা করা। ছাড়লেই আবার গুটিয়ে আসে। আবার টানে, একটু লম্বা হয়। তারই মধ্যে একটু এগোয়। এই তার চলন। রাজেন্দ্র গতিই বটে। বেশ সময় নেয় সামান্য পথটুকু পার হতে। অপর দিকে পাহাড়ের ঢালু গায়ে বড় একটা হেলানো গাছ। তারই গুঁড়িতে ধীরে ধীরে জড়াতে থাকে। ছোট সাপ কিলবিল করে চলে। দেখলেই মনে ঘিনঘিনে ভাব জাগে—কেমন যেন creeping sensation. এই প্রকাণ্ড সাপ দেখে কিন্তু সেদিন সেই ভাব মনে জাগে নি। অবাক হয়ে তাকিয়ে দেখেছি, ভয় পাবার কথাও বোধ করি ভুলেছি। আজ ভাবি, এমন করেই কি অজগর সাপ মোহাচ্ছন্ন করে মুখে গ্রাস পোরে?

আবার চড়াই। পাইনের বন। গাছের নীচে পাইন-পাতা needles ছড়ানো। পথ চলতে রবারের জুতো কেবলই পিছলে যায়।

বেলা বারোটা বাজে রাশুগ্রামে পৌঁছুতে। ৬,৪৬০ ফুট। উখীমঠ থেকে মাত্র নয় মাইল। নানান কারণে পথে বিলম্ব ঘটেছে। সেই ভোরে যাত্রা শুরু। মনে হয়, যেন সারাদিন কাটে। রোদের তেজও প্রখর লাগে। অথচ, গ্রামবাসীদের দেখি ভিন্ন মনোভাব। হিমালয়ের শীতপ্রধান অঞ্চলের বাসিন্দা তারা। দিন শুরু হয় বিলম্বে। জীবন চলে ধীর-মন্থর গতিতে। মন্দাক্রান্তা ছন্দে। তাই দেখি, এখন আরামে বসে রোদ পোহায়। লেপ কম্বল রোদে দেয়। ঘটনা-বিরল অতিশান্ত দিনগুলি তাদের। হঠাৎ কয়েকজন আগন্তুকের আগমন চাঞ্চল্য জাগায়। সবাই সাগ্রহে সানন্দে অভ্যর্থনা করেন। মন্দিরের আবৃত চত্বরে কম্বল বিছিয়ে বসান। পূজারী দই এনে ঘোলের সরবত করে দেন। একজন ঘি আনেন। কেউ বা শাক-সবজি। ছোট একটি মেয়ে আসে। ছিন্ন মলিন বেশভূষা। মুখের টুকটুকে রঙ। গোলাপী গোল গাল।

যেন, ঝোপজঙ্গলের মধ্যে সুন্দর ফুল। লজ্জায় গাল আরও রাঙা করে কোঁচড়ে হাত পুরে কয়টা শিম বার করে রাখে। তাকিয়ে দেখি, ভাবি, এ-যেন অজানা অচেনা গ্রাম নয়। আমারই ঘরবাড়ি। আমারই আত্মীয়স্বজন, পরম বন্ধুবান্ধব। হঠাৎ খবর না দিয়ে প্রবাসী ছেলে ঘরে ফিরেছে, তাই চারিদিকে এই আনন্দের উচ্ছ্বাস। ছোট মেয়েটি যেন বাড়িরই নাতনি। শিশিরবাবু আদর করে কাছে ডাকেন, ঝোলা থেকে লজেন্স বার করে দেন। জিজ্ঞাসা করেন, নাম কি তোমার? তোমার বাবা কে?

মেয়েটি আড় চোখে একজন পাহাড়ীর দিকে তাকায়। সে হেসে জানায় আমারই লেড়কী।

শিশিরবাবু বলেন, বাঃ! ভারী সুন্দর দেখতে। এই একটিই মেয়ে নাকি?

গর্বভরে পিতা জানায়, না, একটা হবে কেন? পাঁচ ছেলেমেয়ে ছিল। এখন আছে তিনটে। দুটো অসুখে মারা গেছে।

শিশিরবাবু আমার দিকে ফিরে হাসেন, বলেন, ছোকরা বলে কি! পঁচিশ-ছাব্বিশ তো বয়স হবে! এরই মধ্যে!

কিন্তু, এ-সব অঞ্চলে দেখি, সংসার-জীবনের এই-ই রীতি। গ্রামে মেয়ে-পুরুষের তুলনায় ছোট ছেলেমেয়ের সংখ্যা অনেক বেশি। মনে হয়, বালখিল্যদেরই রাজ্য। যেমন জন্মায়, তেমনি রোগভোগে অকালে মরে। শিশু-মৃত্যু বাপ-মার শোকের তেমন কারণও হয় না। 'জন্মিলে মরিতে হবে, অমর কে কোথা কবে'—শিশু সম্পর্কে এই যেন ভাব।

অথচ, স্ত্রী-বিয়োগে দুঃখ আছে। সে-শোক কেমন তাও দেখি।

বছরখানেক পরে এখানকার পূজারীর এক চিঠি পাই কলকাতায়। দুঃসংবাদ জানান, স্ত্রী শিশুসন্তান রেখে হঠাৎ সপ্তাহ খানেক হল মারা গেছে। অশেষ বিপদগ্রস্ত। মন্দিরের কাজ, তার ওপর সংসারের এই গুরুভার। অবিলম্বে আর একটা বিয়ে করতেই হবে। ব্যবস্থাও হয়েছে। কিন্তু সামাজিক মতে জানানা-কিনতে যে অর্থের একান্ত প্রয়োজন তারই অনটন। অর্থ-সাহায্যের জন্যে ব্যাকুল মিনতি জানান।

সদ্য-মৃত্যুর সংবাদ থাকলেও চিঠি পড়ে হাসি পায়, দুঃখও জাগে। ভালোমন্দ বিচার করি না। যা পারি পাঠিয়ে দিই। এরা থাকে দেশ-কালের বাইরে। আদিম মানুষের প্রকৃতিগত দোষ-গুণ দুর্বলতা নিয়ে। সনাতন সভ্যতার মূল হারিয়েছে, নতুন সভ্যতার সন্ধানও রাখে না।

পূজারী জনানন্দ সঙ্গে করে মন্দির দেখান। প্রাঙ্গণে একটি বড় ঝোলা। কেদারনাথ-পথে মৈখাণ্ডার ঝোলার মতো। মন্দির-অভ্যন্তরে প্রকাণ্ড ধুনি। সারাক্ষণই জ্বলে। যেমন আছে ত্রিযুগীনারায়ণে। প্রধান বিগ্রহ—দেবীর। নাম রাকেশ্বরী। তাই থেকে গ্রামের নাম রাশু। জনানন্দ দেবীর কাহিনী শোনান।

সেবার দুর্দান্ত গ্রীষ্ম। রাত্রেও গরম কাটে না। পাহাড়ী সুন্দরীরা অনাবৃত দেহে ঘরের বাইরে বিচরণ করেন। গগনে পূর্ণচন্দ্র চোখ গোল করে তাকান। লুব্ধ হয়ে তাঁদের অঙ্গে জ্যোৎস্নার রশ্মি ফেলেন। রাগে ও লজ্জায় মেয়েরা অভিভূত হন। অত্রিমুনির কাছে নালিশ জানান। মুনি অভিশাপ দেন। চন্দ্রে কলঙ্ক লাগে। ভীত কলঙ্কিত চন্দ্রিমা এইখানে শিবের কঠোর তপস্যা করেন। শাপমুক্তও হন। সেই থেকে রাকাদেবীর এইখানে প্রতিষ্ঠা। রাকা—প্রতিপদযুক্ত পূর্ণিমা তিথি।

মন্দিরের ভোগ-পূজার ব্যবস্থাভার গ্রামবাসীর উপর। প্রতি বাড়ি থেকে এক একদিন করে এক সের চাল পাঠানোর নিয়ম। এখন গ্রাম পঞ্চায়েত হয়েছে। ব্যবস্থা তাঁরাই করেন।

খাওয়াদাওয়া সারতে বেলা তিনটে বাজে। ঘণ্টাখানেক বিশ্রাম। আবার যাত্রা। খানিক উৎরাই নেমে আবার চড়াই। তারপর হুড়হুড় করে নেমে চলা। পথের কোনই চিহ্ন দেখি না। শ্রীকৃষ্ণজী বহু নীচে নদী দেখিয়ে বলেন ঐখানে নামতে হবে। পাইনের বনের মধ্যে দিয়ে নেমে চলুন। সোজা হবে।

পাহাড়ের গা বেয়ে প্রকৃতই সোজা নীচে নামা। কিন্তু নামা তো সোজা কথা নয়। পাইনের আবার সেই শুকনো ঝরা কাঁটা পাতা। কেবলই পা পিছলায়। সকলকেই দু-একবার ভূতলশায়ী করায়। ভয়ের অন্য কারণ নেই। পাহাড়ের ঢালু গা নীচের দিকে দেহভার টানতে থাকে, সারাক্ষণই দেহ-মনও সন্ত্রস্ত থাকে।

অবশেষে নদীর ধারে পৌঁছুই। এতক্ষণে পথের রেখাও দেখি। পাহাড়ের সাধারণ চড়াই উৎরাই শুরু হয়। কখনও ছড়ানো পাথরের উপর দিয়ে চলা, কখনও বা বড় বড় গাছের জঙ্গলের মধ্য দিয়ে ক্ষীণ-রেখা পথ। অদূরে খরস্রোতা নদী—মদমহেশ্বর গঙ্গা। দিনের আলো ক্রমে নিবে আসে। ধীরে সন্ধ্যার ছায়া নামে। জনশূন্য পথ। স্তব্ধ গিরিশ্রেণী। শুধু পার্বত্য নদীর অবিরাম জলধ্বনি।

সন্ধ্যা সাতটা। গৌণ্ডার গ্রাম। ৫,৫৪০ ফুট। খানকয়েক মাত্র বাড়ি। স্কুল আছে। ছোট একটা ধর্মশালাও। তারই উপরের ঘরে উঠি। শ্লেট পাথরের ছাদ, তার উপর ফুস—অর্থাৎ ঘাস ছাওয়া। জানলা-দরজা নেই। মুক্ত প্রবেশপথ দিয়ে যেটুকু আলো-বাতাস যায়। নীচু ছাদ, মাথা তুলে দাঁড়াবার উপায় নেই। বাইরে সন্ধ্যার আবছায়া। ঘরের ভিতর জমাট অন্ধকার। উৎকট গন্ধ। এসব গ্রামে সকালে দিন যেমন শুরু হয় দেরিতে, রাতও তেমনি নামে সকাল সকাল সন্ধ্যার সঙ্গেই। তাই গ্রামে ঢুকে দেখি, যেন বিজন পুরী গভীর রজনী। ডাকাডাকিতে দু-একজন মুড়িসুড়ি দিয়ে বেরিয়ে আসে। শীতভয়ে ও জড়তায় বিশেষ সাহায্য করতে চায় না। জায়গা দেখিয়ে দিয়ে সরে পড়ে। জল? সে তো নীচে ঐ নদী দেখা যায়। তথাস্তু। স্কুল-প্রাঙ্গণে সঙ্গীরা কোনরকমে রান্নার ব্যবস্থা করেন। আহার সারতে রাত ১১টা বাজে। আটজনে মিলে সেই ছোট্ট ঘরটিতে বিশ্রাম খুঁজি। কম্বল-শয্যায় শুয়ে খোলা দরজা দিয়ে বাইরে তাকিয়ে থাকি। দেখি, কখন

চাঁদ উঠেছে। পাহাড়ের শ্যাম অঙ্গে জ্যোৎস্নার রেশমী আবরণ। পাহাড়ের মাথায় শুভ্র তুষারের রূপার মুকুট। গিরিরাজ যেন ডাকতে থাকেন।

মনে পড়ে, Eric Shipton ও H.W. Tilman-এর দুঃসাহসিক অভিযানের কাহিনী। ১৯৩৪ সাল। বদরীনাথ থেকে তুষারপথে কেদারনাথ আসার উদ্দেশে যাত্রা করেন। শতোপন্থ গ্লেসিয়ার ধরে আসেন। ঐ তুষার গিরিশ্রেণী অতিক্রম করে মদমহেশ্বর ভ্যালীতে নামেন, এই গৌণ্ডার গ্রামে পৌঁছান। দু সপ্তাহ লেগেছিল। Himalayan Journal, Vol. VII-এ Tilman-এর এবং Shipton-এর Nanda Devi-তে তাঁদের রোমাঞ্চকর অভিজ্ঞতার বিবরণ আছে।

॥ ৪ ॥

শেষ রাতে সাড়ে তিনটেয় উঠি। বিছানাপত্র বেঁধে তৈরি হই। যাত্রার আগে একখানা করে রুটি খাই। গত রাত্রে রেখে দেওয়া। খালি পেটে পাহাড়ে পথ চলা নিয়ম নয়। চায়ের সরঞ্জাম খোলা হয় না। অযথা সময় যাবে। কুলিদের যাত্রা করাতে বিলম্ব ঘটবে।

পূজারীর ছেলে বলে, আপনারা এগিয়ে চলুন। আমি একটু পরে আসব—ফ্লাস্কে চা ভরে নিয়ে।

৪-৪০-এ হাঁটা শুরু হয়। আধ ঘণ্টার মধ্যেই নীচে নদীর ধারে পৌঁছুই। চৌখাম্বার তুষার-গলা ধারা। নীচে কিছু দূরে সরস্বতীর সঙ্গে সঙ্গম। সে-নদী নামছে নন্দীকুণ্ড থেকে। দুই নদীর মাঝখানে মদমহেশ্বর পাহাড়। নদীর ধারে ও জলের মধ্যে বড় পাথর। তারই উপর গাছের গুঁড়ি ফেলে পারাপারের ব্যবস্থা। সাবধানে পা ফেলে, ভার সামলে পার হই।

ওপারে অল্প গিয়ে চড়াই আরম্ভ। মদমহেশ্বরের সুপ্রসিদ্ধ পথের সঙ্গে এতক্ষণে পরিচয় হয়। পথ নেই। শ্রীকৃষ্ণজীর নির্দেশমতো পাহাড়ের গা বেয়ে কোনক্রমে ওঠা। পায়ের তলার হেলানো পাথরের উপর শুকনো ঝরা পাতা। পা রাখা দায়। তবুও উঠতে হয়। হাতের কাছে যা পাই তাই ধরি। কখনও গাছের ডাল, কখনও বা মাথার কাছে গাছের শিকড়। বড় বড় ঘাসও পাই। প্রথমে ভয় হয়, ধরলে হয়ত উপ্‌ড়ে বেরিয়ে আসবে। শ্রীকৃষ্ণজী ভরসা দেন, ভয় নেই, ধরুন।—ধরে টেনে দেখি, খুব শক্ত, মোটা দড়ির মতো। সাহস পাই। মুঠো করে ধরে উপরে উঠি। স্বস্তির নিঃশ্বাস ফেলি। কিন্তু, ক্রমান্বয়ে আরও উঠতে হয়। দম ফুরিয়ে আসে। বুকে ভার বোধ করি। পা রাখবার মত স্বল্প সমতল স্থান পেলেই ক্ষণিক দাঁড়াই। হিমালয়ের ক্লান্তিহরা বাতাসে শ্রান্তি দূর হয়। আবার উঠতে থাকি। আবার ক্ষণিক বিশ্রাম নিই। বহু নীচে নদীর ধারা ক্ষীণ থেকে ক্ষীণতর হয়। বুঝতে পারি; অনেকখানি উঠে এসেছি। মনে বল পাই, উৎসাহে এগিয়ে চলি।

বেলা আটটা। পাহাড়ের গায়ে খানিকটা খোলা মাঠ। যেন, অকূল নদীর মধ্যে

একফালি চর। তেপান্তরের মাঠের মাঝে একটুখানি ছায়া। পাথরের উপর সবাই হাত-পা মেলে বসি। পূজারীর ছেলে এসে যোগ দেয়। সকলে মিলে চা রুটি খাই।

আবার চড়াই শুরু। পাইনের বন। কোথাও বা বড় বড় পাথর। দু'হাতে ভর রেখে তারই উপর ওঠা। কোথাও বা পাথরের উপর পাথর রেখে ধাপ করা। দু-এক জায়গায় পাথরের গায়ে সিঁড়ির মতো খাঁজ কাটা। একটানা দুরূহ চড়াই দেহ মন অবসন্ন করে। ক্ষুধা-তৃষ্ণা কাতরতা জাগায়। জলের সন্ধান করি। তখন স্মরণ হয়, নদী ছাড়ার পর, কই! জল তো দেখি নি!

শ্রীকৃষ্ণজীও তখন জানান, এ পথে কোথাও জলের ধারা নেই।

শিশিরবাবু বলেন, একথা আগে জানাতে হয়। ফ্লাস্ক ভরে তাহলে শুধু জলই আনা যেত। আরও একটা ফ্লাস্ক আনতাম। কুলি দুটির অবস্থা দেখছেন? এই পথে মাল বওয়া,—কম কথা! যাত্রার সময় লোকে এখানে কি করে?

শ্রীকৃষ্ণজী দেখান, ঐ যে মাঝে মাঝে চ্যাটাল পাথর দেখছেন, তার ওপর এক এক জায়গায় গর্ত মতন করা আছে, তাতেই বৃষ্টির জল জমে থাকে, পিপাসা পেলে লোকে তাই পান করে।

সেই দিকে এগিয়ে যাই। ছোট গর্ত। হাতখানেক গোলাকৃতি। গভীরতা বিঘৎখানেকও হবে না। তারই মধ্যে অল্প জল। শেওলা পড়া। গাঢ় সবুজ রং। গাছের ঝরা পাতা ভাসে। পোকামাকড়ও ঘোরে।

শ্রীকৃষ্ণজী বলেন, এই জলই লোকে খায়।

শিশিরবাবু আঁতকে ওঠেন, যে পারে খাক, আমাদের চলবে না।

সঙ্গীরা কিন্তু গণ্ডুষ ভরে তাই তুলে মুখে দেয়, চোখে-মুখে লাগায়। মনে হয়, তৃপ্তিও পায়।

ভাবি, ক্ষুধা-তৃষ্ণার তাড়না—মানুষকে দিয়ে কী না করাতে পারে! শহরের ডাস্টবিন থেকেও তো খুঁটে খুঁটে খেতে দেখা যায়!

চড়াই-এর দুরূহতা কমে আসে। চারি পাশে গভীর অরণ্য। হিমালয়ের সেই আদিম অরণ্যানী। অতিবৃদ্ধ মহাকায় মহীরুহ। অদূরে পাহাড়ের ধারে খোলা জায়গায় দেখি প্রকাণ্ড কালো পাথর। তারই উপর স্থির হয়ে দাঁড়িয়ে একটা বড় হরিণ। আঁকাবাঁকা বিরাট শিং। মাথার উপর নীল আকাশ। বহু নীচে নদীর উপত্যকা। সুমুখে দিগন্তব্যাপী গিরিশ্রেণী। নিশ্চল হয়ে একদৃষ্টে কি দেখে। ঠিক যেন পাথর-কাটা নিখুঁত মৃগমূর্তি। কোনারক বা মহাবল্লীপুর থেকে তুলে আনা।

অবাক হয়ে তাকিয়ে দেখি। বনের মধ্যে কোথায় এক শব্দ ওঠে। হরিণের চমক ভাঙে। এদিক-ওদিক দৃষ্টি ফেলে। চকিতে ঘুরে লাফ দিয়ে বনের মধ্যে অদৃশ্য হয়।

নানান রঙের পাখি। নানান সুরে ডাকে। ঘাসের মধ্যে ছোট ছোট রঙবেরঙের ফুল। হেসে যেন মাথা দোলাতে থাকে।

শ্রীকৃষ্ণজী বলেন, নন্দাদেবীর দর্শনে চলুন।—প্রকাণ্ড গাছের বিশাল গুঁড়ি। তারই মধ্যে কোটর। সেইখানে বসানো ছোট একটি মূর্তি। নীল রং। ফুল প্রণামী, কয়েকটা বাদাম রেখে দেওয়া হয়।

দশটা বাজে। শুনি, আরও মাইল দুই বাকি। তবে, সামনে পাহাড়ী সমতল পথ,—মামুলি চড়াই উৎরাই। তবু ধীরে চলি। গাছের ডাল-পাতায় রোদ ঢাকা পড়ে। মাটির কাছাকাছিও ডাল বেঁকে নেমে আসে। ডিঙিয়ে বা মাথা হেঁট করে চলতে হয়।

অন্যমনস্কতার ফল ভোগ করি। নীচু শুকনো ডালের আঘাত লেগে কপাল অল্প কাটে। কিছু পরে মুখের দিকে শিশিরবাবুর নজর পড়ে। উদ্বিগ্ন হয়ে প্রশ্ন করেন। বলি, শিবের দেশে এলাম, রক্ততিলক পরেছি।

শিবের রাজ্যই বটে। পাশে শব্দ শুনে তাকিয়ে দেখি, প্রকাণ্ড এক সাপ। সড়-সড় করে পাশ দিয়ে চলে যায়। বলি, দেখলেন, মহাদেব দূত পাঠিয়েছেন, এগিয়ে নিয়ে যাবার জন্যে!

শ্রীকৃষ্ণজী বলেন, আর তো এসে গেলেন। এই তো বনের শেষ। দুপা এগিয়ে ঐখানে চলুন, দেখবেন, সামনে সবুজ মাঠ, দূরে মন্দিরের চূড়া।

সত্যই তাই। গাছের ডালপালার যেন সবুজ জানালা। তারই মধ্যে দিয়ে তাকিয়ে দেখি। তিন দিক গহন বনে ঘেরা গাছপালা শূন্য স্নিগ্ধ সবুজ তৃণক্ষেত্র। পাহাড়ের মাথা থেকে যেন গড়িয়ে নেমে আসে। ঘাসের মধ্যে বিচিত্র রঙের নানান ফুল। দূরে মন্দির। আরও দূরে আকাশচুম্বী গিরিশ্রেণী। তুষার-আবৃত শিখর। সাদা বরফ, রোদে আরও উজ্জ্বল দেখায়। মনে হয়, পাহাড়ের উপর সবুজ কোমল গালিচা বিছানো, এক প্রান্তে মন্দিরে ধ্যানগম্ভীর যোগাসীন দেবাদিদেব মহাদেব,—চারিপাশে শুভ্র শিরস্ত্রাণ পরে ভৈরবগণ প্রহরায় রত।

লোকে বলে গৌণ্ডার থেকে মদমহেশ্বর ছয় মাইল। এ-পথে মাইলের মাপ বুঝি না। আমাদের ছয় ঘণ্টা লাগে। ধীর পদক্ষেপে এগিয়ে চলি। দেহের অপরিসীম গ্লানি ও অবসাদ নিমেষে লোপ পায়। যেন, প্রভাত সূর্যের কিরণ-স্পর্শে রাত্রের শিশির মিলিয়ে যায়। মনে অপরূপ শান্ত ভাব। চারিদিক নিঝুম নিস্তব্ধ। বিরাট প্রকৃতির এ কী শব্দহীন দীপ্তি!

পূজারী বেরিয়ে আসেন। দেখেই চিনতে পারি। তিনিও চেনেন। হাসিমুখে দুহাত বাড়িয়ে হাত ধরেন। অতি মৃদুস্বরে বলেন, তাহলে সত্যি এলেন এতদিন পরে!

কানে কানে চুপি চুপি কথা। পাছে দেবতার বুঝি ধ্যান ভেঙে যায়, শান্তস্তব্ধ প্রকৃতির আচমকা চমক লাগে।

মর্মে মর্মে আমারও একই অনুভূতি। কথা বলতে সংকোচ জাগে। মনে হয়, সামান্য শব্দের আঘাতে এই স্বর্গীয় নিঃশব্দতা বুঝি বা কাচের বাসনের মতো ভেঙে খানখান হয়ে ছড়িয়ে পড়বে!

॥ ৫ ॥

মদমহেশ্বর।

কেউ বলে মত্ত মহেশ্বর। কারও মতে কেদার ও বদরীর মধ্যবর্তী মধ্য-মহেশ্বর। পঞ্চ-কেদারের মধ্যম কেদার। সেই মহিষরূপী মহাদেবের নাভিদেশ।

মদমহেশ্বরের সর্বোচ্চ শিখর ১১,৪৭৪ ফুট। বদরীনাথ বা চৌখাম্বার অতি নিকটে।

পাথরের বড় মন্দির। অনেকটা কেদারের মতো। দক্ষিণমুখী। চতুষ্কোণ কালো পাথরের উপর শিবলিঙ্গ। ঈষৎ উত্তর দিকে হেলানো। দ্বিখণ্ডিত। যেন কিসের আঘাতে ফেটে হেলে পড়েছেন। তারও কাহিনী শুনি। তিব্বতের দিক থেকে প্রত্যহ এখানে একটি গাভী পালিয়ে আসত। শিবলিঙ্গের উপর দাঁড়িয়ে দুধ ঢেলে দিয়ে ফিরে যেত। গরুর মালিক দুধ পায় না। সন্দেহ করে একদিন গরুর পিছু নেয়। এসে দেখে স্থির হয়ে গরু এখানে দাঁড়িয়ে, বাঁট থেকে দুধ ঝরে পড়ে। রাগে অন্ধ হয়ে গরুকে সবলে লাঠি দিয়ে আঘাত করে। চোখের পলকে গাভী সরে দাঁড়ায়। লাঠির আঘাত গিয়ে পড়ে নীচে শিবলিঙ্গের মাথায়। সেই থেকে শিবলিঙ্গ ফেটে হেলে আছেন।

মন্দিরের বাইরে এক জায়গায় পাথরের উপর চারটে খুরের মতো চিহ্ন। সরে এসে গাভীটি সেইখানে দাঁড়ায় বলে প্রবাদ। তাই সেখানেও পূজার বিধি।

এ সবই প্রাচীন কাহিনী। এখনও যেটা ঘটে তাও শুনি। উখীমঠ থেকে দেবতাকে আনার সময় গৌণ্ডার গ্রামের সব গাভীগুলি ছেড়ে দেওয়ার নিয়ম। তারপর ডুলি যখন এই দুর্গম চড়াই উঠতে থাকে, গরুগুলির মধ্যে সবচেয়ে বেশি দুগ্ধবতী যে দুটি ঠিক তারাই দেবতার সঙ্গে আপনা থেকে আসতে থাকে। কেমন করে এই চড়াই-পথ ওঠে, অন্য কোন গাভীই বা আসে না কেন,—গ্রামবাসীদেরও বিস্ময় জাগে।

বড় মন্দিরের পিছনে উত্তর-পূর্ব দিকে ছোট দুটি মন্দির। একটিতে পার্বতীর মূর্তি। মুখখানি অতি সুন্দর। অপরটিতে হরপার্বতী। এমন নিখুঁত মনোহর মূর্তি কমই দেখা যায়। কালো পাথর। হাত-দুই উঁচু। চতুর্ভুজ শিব। প্রধান হাত দুটিতে বীণা ধরে আছেন। অপর ডান হাতে ত্রিশূল। বাম কর দেবীর অঙ্গে। ডান পা উঁচু করে রাখা—উৎকুটিকাসন, যোগপট্টে বাঁধা। যোগাসীন ও বীণাধর—দুই প্রকার দক্ষিণামূর্তি শিবের বিভিন্ন লক্ষণ একই সঙ্গে এখানে দেখানো। শিবের বাম কোলে পার্বতী। তাঁর বাঁ হাতে দর্পণ, ডান হাত শিবের কণ্ঠলগ্ন। দেবীর অঙ্গে অলঙ্কার, মহাদেবের সর্প-ভূষণ। দুজনেরই মাথায় জটামুকুট। শিবের পায়ের কাছে বৃষ, দেবীর বাহন সিংহেরও অংশ দেখা যায়। দক্ষিণে কোণে গণেশ মূর্তি, বামদিকে কার্তিকেয়র মূর্তির আভাস।

হর-পার্বতীর এই ধরনের মূর্তি অতিবিরল। অনসূয়ার ভাঙা মন্দিরের মূর্তি-গুলির মধ্যেও হর-পার্বতীর মূর্তি একটা দেখেছি। কালীমঠেও একটি আছে। কিন্তু মদমহেশ্বরের মূর্তিটির বৈশিষ্ট্য আছে। মনে হয়, এগুলি খ্রিস্টীয় দশ-এগারো শতাব্দীর ভাস্কর্য।

শিবের দক্ষিণামূর্তি রূপ-পরিগ্রহের কারণ সম্পর্কে সুন্দর এক পৌরাণিক কাহিনী আছে।

ব্রহ্মার চার মানস পুত্র,—সনক, সনৎকুমার, সানন্দ ও সনাতন। প্রজাপতির সৃষ্টির কাজে সাহায্য করার উদ্দেশ্যেই তাঁদের জন্ম। কিন্তু, সে-কাজে তাঁদের কোনই আকর্ষণ নেই। নন্দনকাননে থাকেন। দেবতা ও ঋষিদের সৎসঙ্গে। পরামর্শ করেন, কোথায় কার কাছে প্রকৃত জ্ঞান শিক্ষা করা যায়? নারদ উপদেশ দেন, ব্রহ্মজ্ঞান তো ব্রহ্মাই দিতে পারেন, চলো, তাঁর কাছেই নিয়ে যাই।

সত্যলোকে ব্রহ্মার নিকটে সকলে চলেন। গিয়ে দেখেন, সরস্বতী সেখানে বসে বীণা বাজান, ব্রহ্মা তন্ময় হয়ে তাল দেন, সংগীত শোনেন।

কুমারগণ দেখে অবাক! ভাবেন, অধ্যাত্ম-তত্ত্ব শেখাবেন ইনি! স্ত্রীর কাছে বসে বাজনা শুনতে যিনি আত্মহারা!

চলো, অন্য কোথাও।

এবার চলেন বৈকুণ্ঠে। নারদের গতি সর্বত্র। চলে যান অন্দরমহলে। ফিরে এসে বলেন, ওহে! এখানে তো আরও চমৎকার! ব্রহ্মা তো স্ত্রীর কাছে বসে বাজনা শুনছিলেন, এখানে দেখি বিষ্ণু পালঙ্কে শুয়ে, লক্ষ্মী সেই শয্যার উপর বসে তাঁর পদসেবা করছেন। আর বিষ্ণু একদৃষ্টে তাঁরই দিকে তাকিয়ে। এই সংসারী পুরুষ,—ইনি দেবেন অধ্যাত্ম বিদ্যা! দেখছ একবার বাড়িঘর শহরের চেহারা। ধনরত্নে ভরা।—চলো পালাই, দেবাদিদেব মহাদেবের কাছে যাই।

কুমারগণ এবার চলেন হিমাচলে—শ্রীকৈলাসে। গিয়ে তো চক্ষুঃস্থির! দেখেন, শিবের সাঙ্গোপাঙ্গ ঘিরে বসে, মাঝখানে মহাদেব মহানন্দে দিব্যনৃত্য করেন, গৌরী তাঁর অর্ধাঙ্গিনী হয়ে কণ্ঠলগ্ন থাকেন। স্বয়ং বিষ্ণু এসে মৃদঙ্গ সংগত করেন, খঞ্জনী বাজিয়ে নৃত্যের তাল রাখেন প্রজাপতি ব্রহ্মা!

দৃশ্য দেখে কুমারগণের বিস্ময়ের সীমা থাকে না। ভাবেন, আরে ছিঃ! এ কী কলঙ্কের কথা! এখানে যে একেবারে স্ত্রীকে জড়িয়ে ধরে নাচ চলে! চলো, চলো, এখনই পালাই।

কুমারগণ ফিরতে থাকেন। করুণাময় মহাদেবের দয়া হয়। পার্বতীকে অপেক্ষা করতে বলে নিজে তপস্যায় চলেন। দেহ ধারণ করেন সুশ্রী তরুণ তাপসের। মানস সরোবরের উত্তর তটে ধ্যানে বসেন। দক্ষিণ দিকে মুখ করে চিন্মুদ্রায়। কুমারগণ ফেরবার পথে সেই যোগাসীন জ্যোতির্ময় অপরূপ মূর্তি দেখে আকৃষ্ট হন। তাঁরই শরণাপন্ন হয়ে ব্রহ্মজ্ঞান লাভ করেন; শক্তির প্রকৃত লীলারহস্যেরও উপলব্ধি হয়।

দক্ষিণামূর্তি শিবের তাই এইসব লক্ষণ,—মনোহর তরুণ মূর্তি, যোগী ; আবার, হয়ত, বীণাধর,—পার্বতী ক্রোড়াসীনা, বাহুবদ্ধা।

মদমহেশ্বরের মূল মন্দিরের গায়ে একটি শিলালিপিও খোদিত আছে। পাঠোদ্ধার হয়েছে কিনা জানা নেই। একস্থানে একটি যন্ত্রও আঁকা।

মদমহেশ্বর দেবতার মন্দির কমই চোখে পড়ে। নাসিক থেকে প্রায় চল্লিশ মাইল দূরে 'নন্দুর মদমেশ্বর' নামে এক মন্দির আছে। শুনেছি, সেখানেও সুন্দর দৃশ্য। গোদাবরী নদীর মাঝখানে দ্বীপ। হিমালয় নয়, ছোট্ট পাহাড়, তারই উপর মন্দির। বর্ষাকালে জলে ঘিরে থাকে, অন্য সময়ে নদীর শুষ্ক বালুচরের উপর দিয়ে মন্দিরে যেতে হয়। আশপাশে বহু সাপ দেখা যায়। বম্বে-আগ্রা রোড বা নাসিক-পুণা রোড—দুই পথ ধরেই পৌঁছানো চলে। নন্দুর ডাকবাংলো থেকে মন্দির মাত্র আধ মাইল।

॥ ৬॥

তিনদিন কাটে মদমহেশ্বরে। পূজারীর পাশের ঘরে থাকি। রাত্রে শুধু কম্বলে শীত ভাঙে না। গরম প্যান্ট, সোয়েটার, কানঢাকা টুপি, ফুলমোজা—সব পরে শুই। শিশিরবাবুর তো কথাই নেই। কম্বলের তলা থেকে কাঁপতে কাঁপতে বলেন, গায়ে কিছু না দিয়েই শুয়েছি নাকি?

হিমালয়। মেঘের রাজ্য। মাঝে মাঝে হঠাৎ মেঘ করে আসে। সহসা বৃষ্টি নামে। শীতও বাড়ে। মেঘের গর্জন ওঠে। পাহাড়ে পাহাড়ে প্রতিধ্বনি তোলে। যেন, মেঘজালের জটা ছড়িয়ে মত্ত মহেশ্বর নটরাজের নৃত্য করেন। হাতে গুরু গুরু ডম্বরু বাজে।

মন্দিরের সামনে ও পাশে সবুজ ঘাস-ছাওয়া মাঠ। অতি নরম মাটি। বড় বড় মাছির উপদ্রব। পালসীরা ভেড়া-ছাগল চরাতে আসে, তাই এই বিপত্তি। পূজারীর কাছে শুনি, বড় ভাল্লুক ও বাঘও মাঝে মাঝে দেখা যায়। আক্রমণ করে না, জীব-হিংসাও করে না। বলেন, প্রাচীন মহাত্মা, পশুরূপে ঘুরে বেড়ান কিনা।

মাঠে বড় হাঁসের মতো পাখি চরে দেখি। পূজারী বলেন, ভরদ্বাজ পক্ষী। ওঁরাও পক্ষিদেহ মুনিঋষি। পোকামাকড় খান না—গাছের শিকড় খেয়ে থাকেন। আশ্চর্য এই তীর্থের প্রভাব!

মনে পড়ে যায় সেই দণ্ডীস্বামীজীর কথা। মদমহেশ্বরে দীর্ঘকাল কাটাবার পর লেখেন, ভাবলাম শরীর ধারণের প্রয়োজনীয় ও প্রিয় কিছু একটা এই তীর্থক্ষেত্রে ত্যাগ করি। ভেবে পাই না, কি ছাড়ি! আছেই বা কি? তারপর ইঙ্গিত আসে অজানিতভাবে। রোজই ভোজনে বসে মনে হয়, ডালে লবণ বেশি। পূজারীকে বলি। তিনি মাত্রা কমান। তবুও বেশি লাগে। অবশেষে একদিন মনে হয়, মাত্রা ঠিক আছে। পূজারী শুনে হেসে ওঠেন, বলেন, আজ তো একেবারে লবণ দিই

নি। পেষা লবণ ঐ পাশে রয়েছে, প্রয়োজনমত নেবেন বলে। শুনে চমকে উঠি। তাঁরই নির্দেশ বুঝতে পারি। লবণ ত্যাগ হয়। এইভাবে অন্ন ও রুটিতেও রুচি চলে যায়।—এর পর বারো বছর স্বামীজীর শরীর ছিল, তবু খান নি দেখেছি।

একদিন এক সাধু যাত্রী আসেন। একা। মন্দিরের সামনে সারাদিন স্থির হয়ে ধ্যান করেন। সৌম্য মূর্তি। অল্প পরিচয় হয়। তবুও, মন খুলে কথা বলেন। নিঃসংকোচে জানান, ভুল করবেন না এই সাধুবেশ দেখে। সাধনমার্গের সাধারণ পথিকমাত্র। এখনও দেহ-মনের সব প্রবৃত্তি কাটাতে পারিনি। এখানকার জনহীন ও ব্যবহারবিরল বাতাবরণের খবর পেয়ে এসেছি। লক্ষ্যে পৌঁছুবার এরা মস্ত সহায়।

তাঁর বাইরের বেশভূষার সম্পর্কে সতর্কবাণী আর এক কাহিনী স্মরণ করায়। এক পরিচিত স্বামীজীর কাছে শোনা। তখন তিনি পূর্বাশ্রমে গ্রামে থাকেন। বাল্যকাল। নদীর ধারে গাছের ছায়ায় জটাজূটধারী এক সন্ন্যাসী এসে আসন নেন। গ্রাম ভেঙে সবাই দর্শনে যায়। করজোড়ে বসে থাকে। সেবা চড়ায়। নানারকম প্রার্থনা জানায়। সন্ন্যাসীর অলৌকিক শক্তি। সকলের চোখের সামনে বসে মুখের ভেতর এক অদ্ভুত শব্দ করেন, শালগ্রামশিলা মুখ থেকে বার হয়ে আসে। পূজার্চনা করে আবার মুখে দিয়ে গিলে ফেলেন। সবাই অবাক হয়ে দেখে। বালকও স্তম্ভিত হয়। সন্ন্যাসীর বিরাটত্ব সম্বন্ধে কারও সন্দেহমাত্রের অবকাশ থাকে না। বালক তাঁর শিষ্য হবার আকাঙ্ক্ষা প্রকাশ করে। তিনি রাজি হন না। —কয়েক বছর পরের কথা। সেই সন্ন্যাসীরই আদর্শ স্মরণ করে বালক সংসার ত্যাগ করেন। ভালো গুরুও পান। উচ্চকোটীর সাধুও হন। খ্যাতিও ছড়ায়। একদিন এক বৃদ্ধ এসে হাজির, দীক্ষা নেবেন বলে। স্বামীজী তাকিয়ে দেখে আশ্চর্য হন, চিনতে পারেন, সেই বালককালের দেখা সন্ন্যাসী! বলেন, সে কি! আপনাকে দীক্ষা দেব আমি? আপনাকে দেখেই তো প্রেরণা পাই, এ-পথে নামি। আপনি গুরুস্থানীয়।—বৃদ্ধ হেসে বলেন, তবে শোন প্রকৃত ঘটনা। পুলিশের হাত এড়াতে সন্ন্যাসীর বেশে তখন ঘুরছিলাম। ফেরারী আসামী। পেশাদার চোর। চোরাই মাল লুকোবার গর্ত ছিল গলার মধ্যে। সেইখানে শালগ্রাম শিলা রেখে সবাইকে ভুলিয়েছি। তবুও সেদিন, কেন জানি না, তোমার চোখ মুখ দেখে আমারই মনের অদ্ভুতভাবে মোড় ফিরে যায়, দীক্ষা দেওয়ার ছলনা করতে আর সাহস হল না। তীর্থে তীর্থে ঘুরতে লাগলাম, সত্যিকার সাধু হওয়ার আশায়। আজ এসেছি তোমারই কাছে দীক্ষা নিতে।

স্বামীজী গল্প শেষ করে বলেন, আশ্চর্য জগৎ! আরও আশ্চর্য মানুষের মনের গতিবিধি।

মদমহেশ্বরের আশেপাশে ঘুরে বেড়াই। পাহাড়ের উপরেও উঠি। ৭০০।৮০০ ফুট মাত্র উঁচু হবে। ঘাসের উপর ধীরে ধীরে ওঠা। মাঝে মাঝে ছোট সবুজ গাছের ঝোপ। উপর থেকে চৌখাম্বার দৃশ্য অতি সুন্দর দেখায়। পাহাড়ের মাথায় বৃদ্ধ

মদমহেশ্বরের লিঙ্গ। মন্দির নেই। নিকটে প্রায় পাঁচ-ছয় বিঘা জমি যেন লাঙলচষা। প্রবাদ শুনি, পাণ্ডবরা শিবের সন্ধানে হাল দিয়ে খুঁজেছিলেন।

একদিন ক্ষেত্রপাল ভৈরবনাথের দর্শনেও যাই। মহাদেবের দ্বারপাল ভৈরব। গৃহস্বামীর দর্শনপ্রার্থীর কাছে দ্বারীরও সম্মান প্রচুর। কিন্তু প্রধান ভৈরব থাকেন—মাইল পাঁচেক দূরে। এই শৈলশ্রেণীর শীর্ষদেশে। যেন দুর্গ-প্রাকারের মিনারে বসে প্রহরীর সুদূরে দৃষ্টি রাখা। দ্বারীর ভোগের ব্যবস্থার রীতি এখানেও দেখি। ভৈরবের পূজার অধিকার শুধু গৌণ্ডারবাসী পাহাড়ীর। তাই পূজারীর সেবক তুলা সিং সঙ্গে চলে ভোগের পরোটা তৈরি করে।

তুলা সিং!

নাম শুনেই মনে পড়ে, এরই কথা তো লেখেন সেই দণ্ডীস্বামীজী। সাত বছর আগে প্রথম এখানে এসে পঁয়ত্রিশ দিন কাটান। তিন বছর পরে আবার ফিরে আসেন। ছয়মাস এইখানে সাধনভজন করেন। দুইবারই এই তুলা সিং পথ দেখিয়ে আনে। তার সম্বন্ধে পরে আমাকে লেখেন, 'লোকটি প্রায় নিরক্ষর। কিন্তু তার সহানুভূতি আন্তরিকতা ও সেবার কথা আজও ভুলিতে পারি নাই।...ভিখারী-জীবনে ছোট-বড় অনেক দুয়ারে ভিক্ষা করিতে হইয়াছে, কিন্তু তুলা সিং ও তার মা, ভাই ও গৌণ্ডার গ্রামবাসীদের এমন স্নেহপূর্ণ উদার ঐকান্তিক সেবা বিরলই জুটিয়াছে।...ঐ দুর্গম পথে তুলা সিং আমার পিছনে পিছনে চলিত। শ্রান্ত ক্লান্ত হইয়া যেখানে ঘাস ধরিয়া পাহাড়ের গায়েই এলাইয়া পড়িতাম, সেখানে সে পিছন হইতে আমাকে ধরিয়া রাখিত—গড়াইয়া না পড়িয়া যাই। তুলা সিং-এর উপকারের কথা ভুলিবার নয়।...অথচ, বর্তমান সভ্যতার মাপকাঠিতে এরা অর্ধনগ্ন, অশিক্ষিত, অসভ্য—সভ্যজগতের পোশাক-পরিচ্ছদ পরিধান করিবার সংগতি ওদের নাই।'

সেই তুলা সিংকে এমনি অকস্মাৎ পেয়ে যেন হিমালয়ের এক রত্ন পাই। মনে অপরিসীম আনন্দ জাগে। স্বামীজীর নাম করতেই তাঁর উদ্দেশ্যে দু'হাত তুলে প্রণাম জানায়, কৃতজ্ঞতাপ্লুত কণ্ঠে ধীরে বলে, চেনেন আপনি তাঁকে? তিনি তো দেবতা! অতি মুখ্যু জংলী মানুষ আমি,—তবু কত কী-ই না শেখাবার চেষ্টা করেছেন আমাকে!

পরম আত্মীয়ের মতো স্বামীজীর খোঁজখবর নেয়।

আমি হেসে বলি, স্বামীজীর কাছে তোমার যা বর্ণনা পেয়েছি, তোমার বেশভূষা দেখে চিনতেই পারিনি!

সে লজ্জা পায়। নিজের পানে তাকায়। মুখে স্বল্প হাসি ফোটে। বলে, এটা বাইরের পোশাক,—আমার কোন কিছুই নয়, এক মিলিটারি যাত্রীর দেওয়া।—অল্প থেমে অস্ফুটস্বরে বলে, আর স্বামীজীর দান? সে এই ভেতরে আছে—দেখাবার নয়।—বলে গম্ভীর হয়ে কী যেন ভাবতে থাকে।

পরনে তার হাফপ্যান্ট। নীচে মুগুরের মতো দুই পায়ের গড়ন দেখা যায়। গায়ে বুকখোলা পুরানো তালি-দেওয়া গরম কোট, ভিতরে প্রকাশ পায় ঢেউ-খেলানো সুপুষ্ট বুকের ছাতি। মাথায় কালো গোল টুপি। দেখেই বোঝা যায়, শক্তিশালী কর্মঠ পুরুষ। তাই, মুখে কথাও বলে কম।

দেবতার দ্বারী ভৈরবের পূজার অধিকারী। পথ দেখিয়ে নিয়ে চলে সেই। নিঃসংকোচে সানন্দে তার অনুসরণ করি। ভোগ রেঁধে যাত্রা করতে ছয়টা বাজে।

মন্দিরের পেছনের দিকে পাহাড় বেয়ে ওঠা। আবার দুরূহ চড়াই। ঘাস ডাল পাথরের খাঁজ, যা পাই আঁকড়ে ধরি। অত শীতেও গায়ে ঘাম। ঘন ঘন শ্বাস। বুকের ভিতর কারা যেন হাতুড়ি পেটে। ক্ষণিক বিশ্রামে স্বস্তি পাই। আবার ক্ষণিক চলায় শ্রান্ত হই। কিন্তু মন থাকে গহন গভীরে প্রশান্ত পরিব্যাপ্তিতে। যেন সাগরের উপরে—উত্তাল তরঙ্গ, অতল গভীরে নিবিড় শান্তি। ঘণ্টা চারেক লাগে পাহাড়ের মাথার কাছে পৌঁছুতে। গুহার সামনে পাথর সাজিয়ে মন্দিরের ঘর। তারই মধ্যে ছোট ছোট মূর্তি। একটি বুদ্ধদেবের বলেই মনে হয়। শাঁখ, ঘণ্টা, খাঁড়া, ছুরি, তলোয়ার আদিও আছে।

বলে, পাণ্ডবদের অস্ত্রশস্ত্র। হিমালয়ে অন্যত্র আরও কয়েকটি মন্দিরেও এমনি দেখেছি ঘটি-ভরা তামা-রূপার মুদ্রা,—পুরানো বহু টাকা পয়সা। নানান দেশের নানান কালের। বার করে পরীক্ষা করলে যাত্রীদের ইতিহাস লেখা চলে।

তুলা সিং ভৈরবনাথের পূজা করে, ভোগ দেয়। সকলে প্রসাদ পাই।

শুনি এখান থেকে আরও কিছু দূরে কাসিমতাল। অপর দিকের পাহাড়ের মধ্যে নন্দীকুণ্ড।

ফেরার পথে ভিন্ন পথ ধরি। গিরিশিরার উপর দিয়ে আসি। পাহাড়ের শীর্ষদেশ। দুই পাশেই খাড়া ঢালু গা। বাঁ দিকে বহু নীচে মদমহেশ্বর। চোখে দেখা যায় না। ডানদিকেও গভীর খাদ। দুপাশে উপত্যকার অপর পারে আরও উঁচু পাহাড়, মাথায় বরফ ঢাকা। পিছন দিকে অতি নিকটে চৌখাম্বার গগনস্পর্শী শিখর। নীল আকাশের বুকে তুষারধবল। রোদ পড়ে দেখায়, কে যেন রূপা গলিয়ে ঢেলে দিয়েছে। সেই বিশাল পাহাড়ের গা বেয়ে নামে সারি সারি হিমবাহ। চারিদিকে প্রকৃতির শুভ্র সুন্দর রূপ। চলতে গিয়ে ক্ষণকাল দাঁড়াই। হিমালয়ের সৌন্দর্য-সুধা প্রাণ ভরে পান করি। চলার মুখে তাকাবার অবসর নেই। পায়ের দিকে সবাইকে একাগ্র দৃষ্টি রাখতেই হয়। আশেপাশে কেবলই ছোট বড় পাথরের স্তূপ,—রাশি রাশি বোলডারস। যেন আকাশ-ছোঁয়া পাঁচিলের মাথায় বোতল-ভাঙা কাঁচের অবরোধ। পায়ে ফোটে না বটে, তবে উঠে, নেমে বা পাশ কাটিয়ে এড়াতে হয়। কখনও পাথরের খাঁজে পা রেখে উপরে ওঠা, কোথাও বা বসে বসে নামা, কিংবা পাথরে হাতের ভর রেখে নীচের পাথরে লাফিয়ে চলা। হঠাৎ কখন দুই বড় পাথরের মাঝ দিয়ে সুড়ঙ্গ পথ। পাহাড়ের দুই ধারেই এক সময়ে খাড়া

ঢালু গা সোজা নেমে যায়, উপরে হাতখানেক মাত্র চওড়া একফালি লম্বা জায়গা,—দুদিকের যে-কোন দিকেই তাকালে মাথা ঘোরে, তারই উপর দিয়ে কোনমতে গুটি গুটি পা ফেলে, ভার সামলে, পার হওয়া। তুলা সিং ও সঙ্গী কুলিদের দৃষ্টি সর্বক্ষণই সজাগ। বারবার এগিয়ে আসে, হাত ধরে, উৎসাহ দেয়। তুলা সিং ছায়ার মতো সঙ্গ রাখে। বলে, বাবাজি, যেমন দুর্গম কষ্টকর পথ, তেমনি স্বর্গরাজ্য,—এই তো ভগবানের বাগিচা!

দেখিও তাই। পায়ের কাছে, চারিদিকে, পাহাড়ের খাঁজে খাঁজে—নানান রঙের ফুলের মেলা,—যেন, বিশ্বশিল্পীর অগণিত রঙের পাত্রগুলি সাজিয়ে রাখা। শুনি, জড়ি বুটিও বহুরকম পাওয়া যায়। এত বিভিন্ন প্রকারের ঔষধি আর কোথাও নাকি মেলে না।

ঘণ্টা দেড়েক চলার পর বহু নীচে মদমহেশ্বরের মন্দির দেখা যায়। এইবার নামবার পালা। বড় বড় ঘাস ও ফুলের রাজ্য। তারই মধ্যে দিয়ে অতি সন্তর্পণে নেমে চলা। দেখতে দেখতে মন্দির বড় হয়, নিকটে আসে। বেলা দেড়টার মধ্যে পৌঁছে যাই।

পরদিন। সকালে উঠে উখীমঠ অভিমুখে ফেরা। যাত্রার আগে মন্দিরে যাই। পূজারী দীপ হাতে আরতি করেন। সুর করে মন্ত্র পড়েন। অঞ্জলি পেতে প্রসাদী পুষ্প গ্রহণ করি। কপালে চন্দন-তিলক পরি। সাষ্টাঙ্গ প্রণাম করে মন্দির থেকে বিদায় নিই। দূরে বনের কাছে এসে আবার ফিরে তাকাই। অজানা কিসের এক প্রবল আকর্ষণ বার বার পিছু টানতে থাকে। সন্ধ্যার মুখে উখীমঠে পৌঁছই। দূর থেকে ওঁকারেশ্বর শিবমন্দিরে সন্ধ্যারতির ঘণ্টা শুনি। ঢাক-ঢোল বাজে। জুতা খুলে মন্দিরে প্রবেশ করি। যুক্তকরে দাঁড়াই। তাকিয়ে দেখি, শিবের আরতি শেষে তখন এখানকার মদমহেশ্বর ও পার্বতীর মূর্তির সামনে পূজারী আরতি করেন। পূজার মন্ত্র পড়েন।

প্রভাতকালের সেই আরতির দীপাবলি, ঘণ্টার ধ্বনি, মন্ত্রের রেশ—এই দূরদেশে দিনশেষের আরতির মধ্যেও যেন একটানা বইতে থাকে।

ছয়দিনের অভিজ্ঞতা। তবু মনে হয়, জীবনের একটি মুহূর্ত মাত্র। সীমাহীন কালের ক্ষণিক মুহূর্ত, তবু অনাদি, অনন্ত।

পুনশ্চ

কালস্রোতে ক্ষুদ্র তরঙ্গের মতো দিন-মাস-বছর বিলীন হয়। সুখ-স্মৃতি শুধু মনেরই তটে স্নিগ্ধ মৃত্তিকার প্রলেপ রাখে। আবার ফিরে আসি মদমহেশ্বরে। এই বছরে। ১৯৬৫ সালের মে মাসে। এখন সহজ সুগম নতুন পথ। তাই ধরি। গুপ্তকাশী থেকে কালীমঠ। মাত্র মাইল তিনেকের একটু বেশি। সন্ধ্যার আগেই পৌঁছুই। দূর থেকে

দেখি নতুন ঘরবাড়ি। গ্রামের বাইরে মাঠে জনতা। জনসভা বসেছে নাকি? এখানেও?

গ্রামে পৌঁছে শুনি পুলিশ বাহিনী এসেছে। গ্রামবাসীদের অস্ত্রশিক্ষার আয়োজন চলেছে। হোমগার্ড তৈরি হচ্ছে। দু'সপ্তাহ এখানে থাকবে। আবার অপর গ্রামে যাবে। গ্রামবাসীদের মধ্যে বিপুল উৎসাহ ও উত্তেজনা। গাড়োয়ালের চামেলী এখন সীমান্ত জেলা। তাই এই প্রস্তুতি।

নতুন ধর্মশালার একটি ঘরে রাত কাটানোর ব্যবস্থা হয়। অপর ঘরগুলি পুলিশের দখলে। কালীমঠ প্রাচীন শক্তিপীঠ। দর্শনে যাই। সন্ধ্যারতি দেখি, নদীতটে বসে শান্ত সন্ধ্যার শান্তি উপভোগ করি। ঘরে ফিরে শান্তি হারাই। হঠাৎ পাশের কামরা থেকে বাদ্য ও সংগীতের সমবেত ধ্বনি ওঠে। ভাঙা হারমোনিয়ামের কর্কশ শব্দ। বেসুরো গলার উদ্দাম চিৎকার। বোম্বাই ফিল্মের গান। যেন, ভাঙা কাঁসরের ঝনঝনানি। ভাবি, দেবীর শ্মশান-ভূমিতে বুঝি বা কাদের নৃত্য-গীতই শুরু হল।

ভোরে উঠে পথ চলি। নতুন সড়ক। চার-পাঁচ হাত চওড়া। ধীরে ধীরে পাহাড়ের উপরে উঠে চলি। কালীশিলার সেই মহাত্মার খবর নিই। শুনি, দেহাবসান হয়েছে। অপর এক সাধু মাস কয়েক হল এসেছেন।

পথের দুর্গমতা নেই। দু-একটা গ্রাম। গাছের ছায়া। বহু নীচে মদমহেশ্বর গঙ্গা। ওপারে উখীমঠের পাহাড়। সেই দড়ির ঝোলার কাছে নতুন লোহার পুল তৈরির ব্যবস্থা চলে শুনি।

আট মাইল এসে রাশুগ্রাম। পূজারী যাত্রী দেখে এগিয়ে আসেন। চিনতে পেরে দুহাত বাড়িয়ে হাত ধরেন। কম্বল বিছিয়ে সাদরে বসতে দেন। চা আনেন, দই ঘোলও আসে। ভোজনেরও ব্যবস্থা করেন।

গ্রামবাসীও দু-চারজন আসেন। মদমহেশ্বরের যাত্রী শুনে সেই ভয়বিহ্বল সশ্রদ্ধ ভাব আর প্রকাশ করেন না। অতি সহজ কণ্ঠে বলেন, ওঃ! মদমহেশ্বর! এখন আরামেই ঘুরে আসবেন। সোজা নতুন সড়ক।

বাইরের জগতের সঙ্গে এঁদের এখন পরিচয় হয়েছে। একজন বলেন, গত বছর আপনাদের কলকাতা দেখে এলাম যে। দিল্লী, বোম্বাইও গিয়েছিলাম। পাকিস্তানের নতুন হামলার খবর কি? চীনেরা আরও এগুলো নাকি?

আর একজন বলেন, জানেন? বছরখানেক আগে মদমহেশ্বরের পাহাড়ে একটি হাওয়াই জাহাজ ভেঙে পড়ে। আমাদের ভারতেরই প্লেন। লোকও মরেছে। এখনও ভাঙা, পোড়া সব জিনিস পড়ে আছে।

অপর আর একজন চুপি চুপি বলে, শুনেছেন খবর? উখীমঠ থেকে মাইল তিন-চার দূরে একটা গ্রামে ক'জন লোক ঢুকেছিল চুরি করতে। মালও কিছু সরিয়েছিল। কিন্তু লোকজনের ঘুম ভেঙে যায়,—হল্লা হয়। একটা চোরও ধরা পড়ে। ছুরি মেরে চোরটা পালায়। যে-লোকটাকে মেরেছিল হাসপাতালে মারা

গেছে। চোর ধরা না পড়লেও, একটা এয়ার-ব্যাগ পাওয়া গেছে। তার মধ্যে নাকি তালাভাঙার যন্ত্রপাতি, একগোছা চাবি, ফটো, দিল্লিতে কাকে লেখা একটা চিঠিও ছিল।—এই তো সপ্তাহ খানেক আগের কথা।

অপরজন বলেন, আর পরশুর খবর শোনেন নি বুঝি? গুপ্তকাশীর নীচে বিদ্যাপীঠে সিন্দুক ভেঙে টাকা চুরি!

দুটো খবরই গুপ্তকাশীতে শুনে এসেছি। তবুও চুপ করে থাকি। বলবার আছেই বা কি? আগে এ-সব অঞ্চলের গ্রামে তালাচাবির প্রচলন ছিল না, প্রয়োজনও ছিল না। এখন তালাচাবিও হয়েছে, ভাঙবার লোকও আসছে। গাড়োয়ালের শান্তিও চুরি হতে বসেছে!

রাশু থেকে চার মাইল গোণ্ডার। সহজ সুন্দর প্রশস্ত পথ। পাহাড়ের গা বেয়ে পাইনের ঝরা পাতায় পা সামলে আর চলতে হয় না। কাঁচি সড়ক ঘুরে ঘুরে নীচে নামে। চলার কোনই কষ্ট নেই। এক জায়গায় দেখি পথের পাশে নালার মধ্যে ধোঁয়া ওঠে, মাঝে মাঝে আগুনের শিখা। নিকটে পি. ডাবলিউ. ডি-র লোকেরা কাজ করে। জিজ্ঞাসা করি, আগুন কিসের? পাইনগাছ ধরে যাবে না?—বলে, নাঃ! আমরা রয়েছি, লাগতে দেব কেন?—এ-সব পাইনের শুকনো ঝরাপাতা। জড়ো করে জ্বালিয়ে দিচ্ছি। পথ সাফ থাকবে।

তা বটে! এ যে রাজপথ। তবু মনে হয়, অত পরিচ্ছন্ন নিষ্কণ্টক পথ হিমালয়ে মানায় না। হয়ত কিছুকাল পরে পিচবাঁধা রাস্তাই হবে।

মনে পড়ে যায়, সাঁওতাল পরগণার কথা। আদিবাসীদের সেই নিকষ কালো চকচকে গায়ের রঙ। এখনও তেমনি আছে। কিন্তু, সেই ঢেউ-খেলানো ঝাঁকড়া চুল গেছে। হাতের বাঁশিও ছেড়েছে। এখন মাথায় ঘাড়-কামানো চুলে টেড়ি। গায়ে হাতকাটা রঙিন বুস-শার্ট। মেয়েদের সেই গাঢ় নীল, লাল রঙের শাড়ি নেই, কালো খোঁপায় টকটকে লাল জবার শোভাও নেই। এ-যুগে থাকবার কথাও নয়, জানি। তবুও, মনে হয় কী যেন হারিয়ে যায়!

আগের বার গৌণ্ডার গ্রামে প্রবেশ করি নীচে নদীর দিক থেকে। এবার দেখি, নতুন পথ চলে গ্রামের কিছু উপর দিয়ে। গতবার রাত কাটাই গ্রামে ধর্মশালার ঘরে। এবার রাত কাটাব আরও খানিক এগিয়ে দুই নদীর সঙ্গমের নিকটে। পথে খবর পেয়েছি, এক সাধু সেখানে কুটিয়া তুলেছেন, যাত্রীদের সেবা-যত্নের ভার তিনিই নেন।

তাই এগিয়ে চলি। গ্রাম ছাড়িয়ে আধ-মাইলটাক এসে নীচে নদীর ধারে পথ নামে। নদীর উপর এখন রেলিঙ দেওয়া কাঠের সুন্দর সাঁকো। ওপারে দুই নদীর মাঝখানে বিস্তীর্ণ চর। এখানে ওখানে বড় বড় পাথর। ছোট ছোট গাছ, ঝোপ। পি. ডাবলিউ. ডি.-র লোকদের পরিত্যক্ত ছাউনি। মদমহেশ্বর পাহাড়ের ঠিক নীচে—শেষ চড়াই শুরু হবার আগেই—দুটো ছোট চালা ঘর। পাশেই পাথর

সাজিয়ে ছোট্ট নতুন মন্দির। ভাবি, কালের কবলে মন্দির ধ্বংস পায়, মানুষের যত্নের অভাবেও ভেঙে পড়ে। আবার নতুন মন্দিরও ওঠে দেখি মানুষেরই চেষ্টায়, সাধুদের প্রেরণায়।

কুটিয়ার পাট নেই। সামনে ঝোলানো ছেঁড়া চট। বাইরে থেকে সসংকোচে ডাক দিই, স্বামীজী!

সাধু বেরিয়ে আসেন। সশ্রদ্ধ অভিবাদন করি। জানাই, মদমহেশ্বর যাত্রী। একাই চলেছি। রাতের মতো যদি একটু আশ্রয় মেলে।

সাধুজী আমার দিকে তাকান। অতি শীর্ণ দেহ। বিশুষ্ক মুখ। মুখ-ভরা দাড়ি-গোঁফ। মাথায় জটার মতো লম্বা চুল কুণ্ডলী পাকিয়ে রাখা। পরনে নেংটি। খালি গায়ে ছেঁড়া কম্বল জড়ানো। সাদরে অভ্যর্থনা জানান। বলেন, ছোট্ট জায়গা,—আপনাদের সেবার জন্যই করা,—আপনার নিজের তকলিফ না হলেই হল,—ভেতরে আসুন—

গলার স্বর শুনে চমকে উঠি। তাঁর চোখের দিকে তাকাই।

তুলা সিংজী! আপনি!

তুলা সিং চিনতে পারেন না। মনে করিয়ে দিই, সেই ভৈরবনাথের যাত্রা,—দণ্ডীস্বামীজীর কথা।

আর এক জগতের সিংহদ্বার যেন খুলে যায়। হাত বাড়িয়ে দু'হাতে আমায় ধরেন। মুখে নির্মল আনন্দের প্রকাশ। বলেন, আমার কুটিয়া তোলা সার্থক হল। স্বামীজীই শুধু দেখে যেতে পারলেন না,—তাঁর শেষ খবর আপনি তো রাখেনই নিশ্চয়। তিনি নেই,—কিন্তু এ তাঁরই যা কিছু শেখানোর ফল।

হাত ধরে নিয়ে চলেন কুটিয়ার ভেতর।

তুলা সিং-এর বেশভূষা চেহারায় এ কী বিরাট পরিবর্তন!

মনে পড়ে, হারম্যান ব্যুল (Hermann Buhl)-এর কথা। অস্ট্রিয়ান মাউনটেনিয়ার। নাঙ্গাপর্বত অভিযানে আসেন। বয়স তখন তাঁর ২৯ বছর। তাঁর এই প্রথম হিমালয় যাত্রা। নাঙ্গাপর্বতে সেই প্রথম বিজয়-অভিযানও। ২৬,৬৬০ ফুট উঁচু নাঙ্গাপর্বত। কয়েকটি দলই, বিশেষত জার্মানরা, কয়েক বছর ধরে ওঠবার চেষ্টা করেন। প্রতিবারই প্রাকৃতিক দুর্যোগে, পাহাড়ের দুর্ধর্ষতায়, মর্মান্তিক দুর্ঘটনায় যাত্রা বিফল হয়। অভিযাত্রী দলের একত্রিশ জনের প্রাণনাশও ঘটে। নাঙ্গাপর্বত—Naked Mountain—তাঁর দুর্লঙ্ঘ্য দুর্গমতার নিষ্ঠুর গর্ব নিয়ে মাথা তুলে থাকে। যেন, সংসারী মানুষের চোখে সশস্ত্র নাগা-সন্ন্যাসী। ঘটনাচক্রে ব্যুল সেই শিখরে একাই সর্বপ্রথম ওঠেন। আশাতীত ভাবে। সঙ্গে অক্সিজেন নেই, খাদ্যের অভাব—বিশেষত জলের, সঙ্গীবিহীন, তাঁবুও নেই। শিখর থেকে ফেরবার পথে এক রাত কাটাতে হয় মুক্ত আকাশের তলায়, পাহাড়ের গায়ে কোনমতে হেলান দিয়ে, বরফের উপরে দাঁড়িয়ে—সেই প্রাণান্তকর শীতে সারারাত আচ্ছন্নের

মতো। একাকী—তবুও বার বার মনে হয়, কে যেন এক সাথী তাঁর পাশে আছেন, সঙ্গে চলেন। অপূর্ব রোমাঞ্চকর অভিজ্ঞতা। দুঃসাহসিকতার ও দেহ-মনের অসীম বলের অনন্য উদাহরণ। নীচের তাঁবুতে সহযাত্রীরা উৎকণ্ঠায় অপেক্ষা করেন। সবারই মনে ভয়াবহ আতঙ্ক, গভীর শোকের ছায়া। মানুষ কখনই এভাবে উপরে প্রাণধারণ করে থাকতেই পারে না।

দীর্ঘ একচল্লিশ ঘণ্টা কাটে। বিজলী ব্যুল নেমে আসেন প্রেতাত্মার মতন। দেখে চেনাই যায় না। দুইদিনের মধ্যেই মানুষের চেহারার এমন অসম্ভব পরিবর্তন! কোথায় সেই সৌম্যদর্শন সুশ্রী তরুণ? এ যে লোলচর্ম এক অতি বৃদ্ধ। সারা মুখমণ্ডলে বলিরেখা। টানা চোখের প্রাণময় তীক্ষ্ণ চাহনি নয়, ফুলে-ওঠা কুঞ্চিত চোখের আবিল দৃষ্টি। দুদিনেই যেন বার্ধক্য কাঁচা সবুজ মুখের উপর নির্মমভাবে লাঙল চালিয়ে গেছে!

দেশে ফিরে ব্যুল একখানি বই লেখেন। সহজ সরল ভাষায় জীবন্ত লেখা। বই-এর নামকরণ করেন, Conquest অথবা Ascent of Nanga Parbat নয়, Nanga Parbat Adventure-ও নয়,—Nanga Parbat Pilgrimage—নাঙ্গাপর্বত তীর্থযাত্রা!

বই-এ তাঁর চেহারার দুখানা ফটো আছে, একটা শিখরদেশ থেকে ফেরবার পরই তোলা, অপরটি আগেকার তাঁর স্বাভাবিক প্রতিকৃতি। দুইটা যে একই ব্যক্তির—সামান্য কয়দিনের ব্যবধানে তোলা—দেখে বিশ্বাসই হয় না।

তুলা সিংকেও দেখে সেই কাহিনী মনে পড়ে।

ব্যুল-এর বহিরাকৃতির পরিবর্তন ঘটে হিমালয়ের সু-উচ্চ তুষার-অঞ্চলের অতি-অস্বাভাবিক নিদারুণ প্রাকৃতিক আবহাওয়ার ফলে। আর, তুলা সিং-এর বিবর্তন, অলক্ষ্য অন্তর থেকে বাহিরে,—হিমালয়বাসী এক সাধুর কয়দিনের সংস্পর্শের প্রভাবে।

তাই দেখি, আজ তুলা সিং নিরক্ষর নীচজাতি সামান্য এক গ্রামবাসী নয়, যে শুধু ভৈরবজীরই পূজার অধিকারী। আজ তিনি নিজেই স্থাপনা করেন শিবমন্দির, শঙ্খ-ঘণ্টা বাজিয়ে আরতি করেন, স্তব করে পূজা করেন। মন্দির দেখিয়ে বলেন, এই সঙ্গমে পুরানো মন্দির ছিল, দেখেছিলেন কিনা জানি না। দুই নদীর বন্যায় ভেঙে যায়। তাই, এই নতুন মন্দির তোলার চেষ্টা। নাম দিয়েছি, সঙ্গমেশ্বর মহাদেব। ঠিক হয় নি? জায়গার নাম—বনতোলি। আশপাশেই তো বনজঙ্গল। নন্দীকুণ্ড থেকে ঐ নেমে এসেছেন সরস্বতী, জানেনই তো। কিন্তু অপর নদীর নাম রেখেছি সুমেরু গঙ্গা। কেমন হয়েছে বলুন। বদরীনাথ-চৌখাম্বাই তো সুমেরু,—সেখান থেকেই এ-নদী আসছেন। দুই ধারা মিলে যে নদী সেই হল মদমহেশ্বর গঙ্গা। মদমহেশ্বর পাহাড়ের তলায় যেন দেবতারই চরণামৃত।

নিজের কথাও বলেন। সংসার ছেড়েছেন। গ্রামে আর থাকেন না। এখন

কেবল যাত্রীদের সেবা। হেসে বলেন, সে-ও তো একরকম দেবতারই পূজা। সামান্য সেবক ছিলাম,—এখনও সেই সেবাই করতে চাই। আটা, চাল, আলু রাখি,—যাত্রীদের কাজে লাগে। আগে ছিলাম পাহাড়ের ওপরে, এখন থাকি পায়ের কাছে—শিবজীর চরণ ধরে।—

আনন্দে মন ভরে ওঠে তাঁর কথা শুনে। আশ্চর্য লাগে, এমন করে ভাবতে শিখলেন কি করে, কোথা থেকে?

নদীর তটে প্রকাণ্ড এক কালো পাথরের উপর একাকী স্থির হয়ে বসে থাকি। সারা বিকাল ও সন্ধ্যা কাটে। মনে হয়, দুই নদী যেন নিবিড় বাহুবেষ্টনে হিমালয়ের পরম শান্তিকে সঙ্গোপনে রক্ষা করে।

তুলা সিং সারাক্ষণই কর্মব্যস্ত। কুটিয়ার আশপাশে ক্ষেত,—দেখাশুনা করেন। কয়টা ভেড়া, গরু, মহিষ,—তাদের সেবা করেন। গরু-মহিষের দুধ দোন। জঙ্গল থেকে কাঠ কেটে আনেন। সন্ধ্যায় মন্দিরে দীপ জ্বালেন, আরতি করেন। রাত্রে আমার জন্য রুটি পাকান, আলুর সবজি করেন, গরম দুধ দেন।

হেসে বলি, মহাদেবের দ্বারী ভৈরবের ভোগ দেওয়া এখনও বন্ধ করেননি দেখছি।

তিনি হাসেন।

ভাবি, এই তো সাধুর প্রকৃত আশ্রম,—তপোবন।

পরম আনন্দে রাত কাটে তুলা সিংজীর সাধু-সঙ্গে।

ভোরে উঠে আবার যাত্রা। মনে ভয় নেই, ভাবনা নেই। দুরারোহ চড়াই ওঠার দীর্ঘশ্বাসও নেই। পথচলার উদ্দীপনাও নেই। নিরানন্দ নিশ্চিন্ততা। একটানা সহজ সরল পথ। পাহাড়ের গা দিয়ে ধীরে ধীরে উঠে চলে। পথ হারাবার কোন প্রশ্নই ওঠে না। গাইড-এরও কোন প্রয়োজন হয় না। সামান্য অংশ বনের মধ্যে দিয়ে যায়, সেইটুকুরই উপর এখনও শুকনো পাতার ঝরে পড়ার অধিকার। না হলে পাথর ও কাঁকর বিছানো সম্ভ্রান্ত পথ। সেই প্রকাণ্ড গাছের কোটর ও নন্দাদেবীর মূর্তিও কোথায় হারিয়ে গেছে। এ-পথে পড়ে না। তবে, জলাভাব এখনও ঘোচে নি। নদী ছাড়ার পর প্রায় মাইল পাঁচ গিয়ে প্রথম ঝরনার ধারা।

মদমহেশ্বরে পৌঁছুই। পূজারীজী সাদর সম্বর্ধনা জানান। তাঁর ঘরের কিছু সংস্কার হয়েছে দেখি। সেইখানে একপাশে থাকার ব্যবস্থা করে দেন। মন্দির-প্রাঙ্গণে ভাঙা এরোপ্লেনের কয়েকটা অ্যালুমিনিয়মের টুকরা অংশ। উপরে ভৈরবনাথের নিকট থেকে আনা। অন্যান্য অংশ এখনও নাকি সেইখানে পড়ে আছে। পূজারীও সাগ্রহে খবর জানতে চান, পাকিস্তানের ও চীনাদের। ঘরের মধ্যে দেখি, একটা পুরানো রেডিও। দুঃখ প্রকাশ করে জানান, দুদিন হল ব্যাটারিটা খারাপ হয়ে গেছে।—শুনে নিশ্চিন্ত বোধ করি।

সন্ধ্যায় মন্দিরের বাইরে বসি, চারিদিকে হিমালয়ের হিমগিরিশ্রেণী। নক্ষত্রখচিত আকাশে মাথা তুলে তেমনি দাঁড়িয়ে আছে। প্রকৃতির তেমনি বিরাট নিঃশব্দতা। নির্বাক নিস্পন্দ ধ্যানগম্ভীর।

সুদূর আকাশে অচঞ্চল তারকারাশির মধ্যে চলমান এক আলোকবিন্দু নজরে পড়ে। পশ্চিম থেকে পুবে নিঃশব্দে ভেসে চলে। কে জানে, হয়ত স্পুটনিকই হবে। ক'দিন থেকে রোজ সন্ধ্যায় এই সময়ে দেখতে পাই।

চকিতে মনে পড়ে পাণ্ডবদের কাহিনী। শক্তিমত্ত ভীমসেনের আলিঙ্গন এড়াতে মহিষরূপী মহাদেবের মেদিনী-প্রবেশ। পঞ্চকেদারের আংশিক পুনরাবির্ভাব।

ভাবি, আজও কি বলদৃপ্ত গর্বিত মানুষের আক্রমণে সত্য-শিব-সুন্দর হিমালয়ের এই শান্ত নিভৃত অঞ্চল থেকেও আত্মগোপনে তৎপর হয়েছেন? আবার কোথায় কোন্ রূপে দেখা দেবেন কে জানে?

পুরাণ-কাহিনী। শুধু কি রূপকথা? না, রূঢ় সত্যের অমরবাণী?

মনে পড়ে কবি শেলীর কটি লাইন :

> "The One remains, the many change and pass ;
> Heaven's Light for ever shines,
> Earth's shadows fly."

তুঙ্গনাথ

॥ ১॥

কেদারনাথের পথে যেতে গুপ্তকাশী ছাড়িয়ে এসে প্রায়ই দেখা যায়,—পিছনে দূরে নীল আকাশে মাথা তুলে দাঁড়িয়ে গাঢ়-নীল এক উঁচু পাহাড়। শিখর-দেশে কখনও বা শীতের শেষের অল্প তুষারের শুভ্র প্রলেপ। হঠাৎ বৃষ্টি হলেও হয়ত আবার নতুন বরফ পড়ে। বৃদ্ধ যেন শীতের ভয়ে মাথায় সাদা চাদর জড়ান। মেঘ ও কুয়াশায় সারা-দেহ কখন হয়ত ঢাকা থাকে। আবরণ সরে গেলেই আবার দর্শন দেন,—উন্নতশির ধ্যান-গম্ভীর শৈলরাজ।

ইনিই পঞ্চকেদারের তৃতীয় কেদার—তুঙ্গনাথ।

কেদার-বদরীর তীর্থপথে এই মন্দির সবচেয়ে উঁচু অঞ্চলে। ১২,০৭২ ফুট-এ। নামকরণও হয়ত সেই কারণেই তুঙ্গনাথ। মন্দিরের আরও প্রায় এক হাজার ফুট উপরে সেই পাহাড়ের চূড়া। চন্দ্রশিলা। মন্দিরের মাথার উপরে যেন বাসুকির ফণা। প্রায় ১৩,০০০ ফুট। কেদার-মন্দির—১১,৭৫০ ফুট, বদরীনাথ ১০,২৪৪ ফুট। মদমহেশ্বর, রুদ্রনাথ ও কল্পেশ্বরের নাম হয়ত বহু যাত্রীর কানে আসে না কিন্তু তুঙ্গনাথের নাম সকল যাত্রীরই পরিচিত। এককালে অনেকে দর্শনে যেতেনও।

কেদারের পথে গুপ্তকাশী। গুপ্তকাশীর পরের চটি—নালা। কেদারনাথের পথ ছেড়ে এই নালাচটি থেকে পায়ে-হাঁটা আর এক পথ নীচে মন্দাকিনীর উপত্যকায় নেমে যায়। নদীর উপরে সুন্দর লোহার সেতু। ওপারে চড়াই উঠে উখীমঠ।

এখন বাস-এর রাজপথ পায়ে-হাঁটা পথকে গ্রাস করে। বড় সাপ যেমন ছোট সাপ ধরে খায়। নালাচটি, নতুন বাস-পথের নীচে পড়ে থাকে, সেখান থেকে উখীমঠে যাত্রী চলাচলও বন্ধ হয়। এখন গুপ্তকাশী থেকে নেমে উখীমঠে যাওয়ার পথ।

বাস চালু হওয়ার আগে কেদারনাথ দর্শন করে সব যাত্রী নালাচটির কাছে উখীমঠের পথ ধরতেন। সেখান থেকে আরও এগিয়ে তুঙ্গনাথের পাহাড় পার হয়ে, গোপেশ্বর পেরিয়ে চামোলীতে অলকানন্দার তীরে বদরীনাথের পথ পেতেন। কেদার থেকে রুদ্রপ্রয়াগে নেমে বদরীনাথ আসার প্রশ্ন উঠত না। উখীমঠ তুঙ্গনাথ-চামোলীর পথে কেদার-বদরীর দূরত্ব অনেক কম। উখীমঠ ও তুঙ্গনাথ দর্শনও হয়।

কিন্তু এখন বাস চলাচলের যুগ। তাই, যাত্রীরাও অনেকেই কেদার থেকে গুপ্তকাশী ফিরে বাস-এ চাপেন। বাস চলে আসে একেবারে বদরীনাথে। গাড়ি

থেকে নেমেই মন্দিরে বদরীনাথ-দর্শন। হাঁফ ছেড়ে যাত্রীরা বলেন, কি সুবিধাই না হয়েছে—পাহাড়ের চড়াই-ওঠা, পায়ে হাঁটা সবখানি বাঁচল।

বাঁচে সত্যই। কেন না, তুঙ্গনাথের চড়াই সে তো সামান্য নয়।

কিন্তু, হিমালয়ে ঘুরতে এসে বাস-এর সুবিধাবোধে ও চড়াই-এর ত্রাসে এই তিন দিনের হাঁটা পথটুকুকে এগিয়ে গেলে নিজেকেই অপার আনন্দ থেকে বঞ্চিত করা হয়। তুঙ্গনাথ থেকে দিগন্তবিস্তৃত তুষার-গিরিশ্রেণীর যে অপরূপ দৃশ্য দেখা যায়, কেদার-বদরীর যাত্রাপথে আর কোথাও তেমন পাওয়া যায় না।

তুঙ্গনাথ থেকে নামার পথটিও নিবিড় অরণ্যের মধ্যে দিয়ে যায়। এমন গভীর জঙ্গলও এই যাত্রীপথে বিরল। ভয়ের কোন কারণ নেই। বন্য জন্তুর অত্যাচার নেই। সুনির্দিষ্ট পথে পথ-ভোলারও আশঙ্কা নেই। শান্ত শীতল তরুচ্ছায়া-স্নিগ্ধ, ছোট বড় পার্বত্য ঝরনার উচ্ছল-কল্লোল-মুখরিত এই আদিম অরণ্যানীরও এক মহান রূপ আছে।

অথচ, এখন যাত্রীশূন্য তুঙ্গনাথের পথ। প্রসিদ্ধ তীর্থ উখীমঠও যাত্রীবিরল।

তবে, বাস-এর পথ এখন এদিকেও এগিয়ে আসে। কুণ্ডচটির অপর পার থেকে ঘুরে ওঠে উখীমঠের নীচে, তুঙ্গনাথের তলা দিয়ে এগিয়ে যায় চামোলীতে বদরীনাথের পথের সঙ্গে মিলতে। কয় বছরের মধ্যেই এ-পথেও হয়ত বাস ছুটবে। কিন্তু, তখনও কি বাস-এর আয়েশ ছেড়ে যাত্রী নামবে তুঙ্গনাথের শেষ চড়াই ভেঙে হিমালয়ের তুষার-শোভা দেখতে?

॥ ২॥

বদরীনাথের পথে যোশীমঠ, কেদারনাথের উখীমঠ। শঙ্করাচার্যের প্রতিষ্ঠিত। শীতকালে মূল কেদারনাথের মন্দির বন্ধ হলে উখীমঠে সেই ছয় মাস পূজা হয়। কেদারনাথের ভোগমূর্তি এইখানে আছেন।

উখীমঠ—ঊষামঠের অপভ্রংশ। কৃষ্ণ-বিদ্বেষী বাণরাজা। তাঁরই সুন্দরী কন্যা ঊষা। সেই রাজকন্যা প্রেমে পড়েন কৃষ্ণপৌত্র অনিরুদ্ধের। প্রিয়সখী চিত্রলেখা দূতী হন। প্রাচীন প্রেমকথার ইতিহাসে অনিরুদ্ধ-ঊষার প্রণয়-কাহিনী সুবিদিত। এই নিয়েই যুদ্ধ বাধে বাণরাজার সঙ্গে কৃষ্ণ বলরামের। এই উখীমঠ অঞ্চলে—শোণিতপুরে। এইখানেই ছিল বাণরাজার রাজ্য। এখনও শোণিতপুরে রাজ-দুর্গের ভগ্নাংশ লোকে দেখায়।

উখীমঠের মন্দিরও যেন দুর্গের মধ্যে। প্রকাণ্ড তোরণ। ভিতরে বিস্তীর্ণ অঙ্গন। চারিপাশে সারি সারি ঘর বাড়ি। মাঝখানে মন্দির। প্রাচীন তীর্থস্থানের স্পষ্ট পরিচয়। ওঁকারেশ্বর শিব। অন্যান্য দেবদেবীরও মূর্তি। কেদারনাথের গদি। পঞ্চমুখ শিবের রৌপ্যমূর্তি। পঞ্চকেদারের প্রতিমূর্তি।

কেদারনাথের প্রধান পূজারী রাওয়ালের এইখানে বাস। দপ্তরও। আগেকার

এক রাওয়ালজীর সঙ্গে ঘনিষ্ঠ পরিচয় হয়, সেই সূত্রে যাতায়াতের পথে বহুবারই এখানে কয়েকদিন করে কাটাই। তাঁরই প্রেরণায় ও ব্যবস্থায় আমার প্রথম মদমহেশ্বর দর্শন হয়।

একবছর দিউড়িতালও এখান থেকে দেখতে যাই। উখীমঠের উত্তর-পূর্ব দিকে পাহাড়ের মাথার উপর মনোরম হ্রদ। অতি অনায়াসে ঘুরে আসা যায় একদিনের মধ্যেই। তুঙ্গনাথের যাত্রাপথে অল্প গিয়ে বড় রাস্তা ছেড়ে বাঁ দিকে পাহাড়ে ওঠা। পায়েহাঁটা সরু পথ। বনজঙ্গল। তাই গাইডের প্রয়োজন। রাওয়ালজী তাঁরই এক লোককে সঙ্গে দেন। কেউ বলে উখীমঠ থেকে মাইল ছয়েক, কেউ বা বলেন মাইল তিন-চার মাত্র। পাহাড়ের গা বেয়ে চড়াই। উপরে খানিক সমতল পথ। চারিদিকে গহন বন। বড় বড় গাছ। অতি শান্ত নির্জন পরিবেশ। হঠাৎ কানে আসে জলচর পাখিদের কলরব। পাহাড়ের বাঁক ঘুরতেই গাছের সারির ঘন পর্দা সরে যায়—সামনেই দেখি, বিস্তৃত জলরাশি। প্রায় আট হাজার ফুট উঁচুতে। হ্রদটি লম্বা প্রায় আধ মাইল ও চওড়া প্রায় আটশ গজ, শুনি। দূরে চৌখাম্বা বা বদরীনাথ তুষারশিখর দেখা যায়। কেদারশৃঙ্গও। হ্রদের স্বচ্ছ জলে শুভ্র তুষারশিখরের প্রতিবিম্ব দোলে। গিরিরাজ যেন সলিলমুকুরে নিজের মনোহর রূপ দেখেন।

এই হ্রদের তীরে এক সাধু কয়েক বছর কুটির বেঁধে থাকতেন। একান্তে নিভৃতে সাধন ভজন করতেন। বাংলাদেশের শরীর। হ্রদের জলে পানিফল হয়, তাই ছিল তাঁর প্রধান খাদ্য। লোকে বলত, সিঙ্গাড়াবাবা। আমার ভাগ্যে দর্শন ঘটে নি। তার কিছুকাল আগেই তিনি দেহরক্ষা করেন। গিয়ে দেখি, শূন্য ভাঙা কুটির। এই সাধুজীর সুন্দর বর্ণনা আছে 'ঘণ্টাকর্ণে'র ''হিমালয়ের চিঠি'' বইখানিতে।

উখীমঠে কত শান্ত মধুর রাত্রি কাটাই। একবার মাঝরাতে হঠাৎ ঘুম ভেঙে যায় কিসের যেন ঝাঁকানিতে। গুরুগুরু শব্দ শুনি। মনে হয় পাহাড়ের অন্তরাল থেকে অদ্ভুত এক আওয়াজ ওঠে, যেন শিলারাশি পর্বত-উদরে গড়িয়ে চলে, সংঘর্ষ হয়। অন্ধকার ঘর, তবু বেশ বুঝতে পারি—খাটিয়া নড়ে, পাশের কাঠের চেয়ার টেবিল খটখট শব্দ তোলে, দরজা জানালা কেঁপে ওঠে। মাথার উপর ছাদের টিন-এও ঝন্‌ঝন্ শব্দ, দুই-একটা পাথর গড়ানোর কর্কশ ধ্বনি।

হিমালয়ের ভূকম্পন এই প্রথম দেখি। চুপ করে শুয়ে থাকি। ভাবি, সমতল ভূমি হলে সাবধানী লোকে বাড়ির বাইরে গিয়ে দাঁড়ায়। হিমালয়ে ঘরের বাইরে পাহাড়ই তো ভেঙে পড়তে পারে, পাথর গড়িয়ে আসা খুবই স্বাভাবিক। যা হবার হোক—এইখানে, এইভাবে।

থেকে থেকে ভূমিকম্প কয়েকবারই হয়,—চারিদিকে টিন-এর ঝন্‌ঝন্ আওয়াজ, পাহাড়ের অদৃশ্য অতল গর্ভে সেই এক আশ্চর্য গুরুগুরু শব্দও চলতে থাকে।

ভোরে উঠে শুনি, সকলের মুখেই সেই একই কথা। শহরে বিশেষ কোন ক্ষতির খবর পাই না।

এর পরেও দু-তিনদিন অল্প দু-একবার ভূমিকম্প চলে।

॥ ৩॥

মন্দির এলাকার মধ্যে রাত-কাটানোর মাধুর্য আছে। হিমালয়ের নিস্তব্ধ রজনী। তখন আঁধার কাটে নি। হঠাৎ দামামার শব্দ ওঠে। পূজারী মন্দির-দুয়ার খোলেন। অতি প্রত্যুষে শুরু হয় দেবতার মঙ্গল আরতি। কম্বল-শয্যায় শুয়ে শুয়ে শুনি ঘণ্টার মধুর ধ্বনি। ভূ-কম্পন নয়, তবু সারা হিমালয়ে যেন সেই ধ্বনির অনুরণন ওঠে, আমারও হৃদয়-অভ্যন্তরে পরম আনন্দের হিল্লোল তোলে। কান পেতে শুনি। দেহমন গভীর তৃপ্তিতে ভরে ওঠে।

পূজা সাঙ্গ হয়। আবার নিস্তব্ধ নিঝুম।

হঠাৎ মনে আসে Ben Jonson-র মন্তব্য :—Bells are profane, a tune may be religious.

ভাবি, তাই কি ঠিক? ঘণ্টার মধ্যে তো শুনি অমৃতময় বাণী।

আবার বাইরে ঘণ্টা বাজে। এবার মন্দিরে নয়, পথে। বুঝতে পারি, ভেড়া-ছাগলের পাল চলে পিঠে বোঝা নিয়ে। গলায় তাদের ঘণ্টা দোলে, টুংটাং শব্দ তোলে। শব্দহীন শান্ত হিমালয়-পথের এও এক মধুর বাণী। স্বর্গীয় ভাব নয়, পথ চলার আনন্দ-গীতি। যেন, স্তব্ধ বনে পাখির কাকলি।

একই তারের যন্ত্রে বিভিন্ন সুর বাজে, ভিন্ন রাগ-রাগিণী একই মনে বিভিন্ন ভাব জাগায়; তেমনি বিভিন্ন ঘণ্টার ধ্বনি মনেও কত বিচিত্র ভাবের সঞ্চার করে।

শুয়ে শুয়ে সেই কথাই ভাবি।

ছেলেবেলা। কলকাতা শহর। বাড়ির প্রায় সামনাসামনি ভবানীপুরের তখনকার থানা। থানাবাড়ির তিনতলার ছাদে কাঠের মাথা-উঁচু ছাউনি—যেন নহবৎখানা। সেখানে প্রকাণ্ড এক ঘণ্টা ঝোলে। সব সময়ে লাল পাগড়ি পুলিশ একজন হাজিরা দেয়, প্রহরে প্রহরে ঘণ্টা বাজায়। মাঝরাতে হঠাৎ ঘুম ভাঙে। অন্ধকার ঘরে বড় রাস্তার আবছা আলো। নিঝুম বাড়ি। সবাই ঘুমে অচেতন। থানার ঘণ্টা পেটার শব্দও ওঠে—রাত দুটো! নিস্তব্ধতার কালো দেহে হঠাৎ যেন বাঘের দুটো চোখ জ্বলে ওঠে। কুঁকড়ে পাশ ফিরে শুই। আবার দিনের আলোতে শহরের কোলাহলে থানার ঘণ্টা হারিয়ে যায়। সকালে ঘোড়ার গাড়ির ঘণ্টা, রাস্তায় বহু গাড়ির ঘণ্টার মধ্যেও সেই পরিচিত ঘণ্টার শব্দ চিনতে কখনও ভুল হত না। ভোরে গড়ের মাঠে বেড়িয়ে বাবা বাড়ি ফেরেন। বড় রাস্তায় গাড়ি মোড় নেয়। গাড়ির ঘণ্টা তো নয়, বাবার যেন পদধ্বনি। একটু পরেই আসবেন পাশের প্রকাণ্ড বইভরা হল-এ। একমনে নিজের কাজে বসবেন। পাশে আমার পড়ার

ঘরে ছোট বইখানি নিয়ে আমিও বসি। তাঁর বিরাট আলোর রশ্মি থেকে আমার খেলার মাটির প্রদীপ যেন জ্বালিয়ে রাখি।

দুপুরের স্কুলের ঘণ্টা। ক্লাস শুরু হওয়ার ঘণ্টার সুর কানে বাজে একভাবে, শেষ হওয়ার ধ্বনি মনে ভিন্ন ভাব আনে। যে-ক্লাসে ভালো লাগে, ঘণ্টাশেষে কি যেন হারিয়ে যাওয়ার দুঃখ জাগে। যে-ক্লাসে মন বসে না, ঘণ্টা বেজে স্বস্তি আনে। আবার মনে পড়ে, এই ঘণ্টাধ্বনিও হারিয়ে যায়। কলেজে মাস্টার-মহাশয়ের ক্লাস। শেকসপীয়র পড়ানোর গভীর সরস ভঙ্গি। অবাক বিস্ময়ে শুনি। মনপ্রাণ চলে যায় সেই যুগে। চোখের সামনে ফুটে ওঠে নাটকের চরিত্র ও ঘটনাগুলি। কখন ঘণ্টা বেজে যায়, কেউ শোনে না। পরের ক্লাসের প্রোফেসার এসে দরজার বাইরে দাঁড়ান, সবাই সজাগ হই। ঘণ্টাধ্বনি এমনি করেও হারায় দেখি!

স্টেশনে বা জাহাজ-ঘাটে ঘণ্টাধ্বনির আর এক বাণী। যাত্রীমহলে অতি ব্যস্ততার সাড়া তোলে। হুড়াহুড়ি, ছুটাছুটি। এই বুঝি ট্রেন আসে, এই বুঝি ছেড়ে যায়! কথায় বলে, ট্রেনের ঘণ্টা!

মধুর বাজে হিমালয়-পথে ঘণ্টার ধ্বনি। নিস্তব্ধ পথ। নির্জন বন। ঠুংঠাং শব্দ ওঠে। অদৃশ্যে যেন জলতরঙ্গ বাজে। ভেড়া-ছাগলের পাল দেখা যায়। পথ জুড়ে এগিয়ে আসে। পাহাড়ের একপাশে সরে দাঁড়াই। লোমভরা দেহ দুলিয়ে—হয়ত পায়ের উপর ধাক্কা মেরে—ভিড় করে পাহাড়ী পথে এগিয়ে চলে ঘণ্টার টুং টুং শব্দ তুলে।

কৈলাস-মানসসরোবর যেতে হিমালয়ের পথে শুনি আর এক ঘণ্টার ধ্বনি। ডাকহরকরা চলে ডাকের ঝোলা পিঠে। হাতে-ধরা লম্বা-লাঠির মাথায় বাঁধা ছোট ছোট ঘণ্টা। পিয়ন চলে তাড়াতাড়ি পা ফেলে। গতির তালে ঘণ্টা বাজে ঝুনঝুন শব্দ তুলে। তাকিয়ে থাকি, তার চিঠির থলির দিকে। একমনে সে ছুটে চলে গ্রাম থেকে গ্রামান্তরে। ঘণ্টার ধ্বনি ধীরে ধীরে মিলিয়ে যায়। পিয়নের পিঠে চিঠির থলি দেখে ঘর-ছাড়া মনে হঠাৎ ঘরের কথা ভেসে ওঠে।

ঘণ্টার ধ্বনির মধ্যে সন্ধ্যার অপর এক অমৃতময়ী মূর্তিও দেখি। হরিদ্বার বা কাশীর গঙ্গার ঘাট। জলে সন্ধ্যার ছায়া নামে। চারিদিকে—নিকটে দূরে—মন্দিরে মন্দিরে ঘণ্টার ধ্বনি ওঠে। গঙ্গার স্রোতে ভেসে চলে হেলে দুলে সারি সারি ফুলের ডালি। ছোট্ট দীপের ক্ষীণশিখা ফুলের মাঝে থরথর কাঁপতে থাকে। সহস্র-দীপ হাতে শ্রান্ত সন্ধ্যা যেন ঘণ্টার উদাত্ত রোলে গঙ্গার আরতির স্তবগান করেন।

উখীমঠের আরতির ঘণ্টাও সেই স্মৃতিই মনে আনে।

॥ ৪ ॥

উখীমঠ ছেড়ে এগিয়ে চলি। পাহাড়ের গা দিয়ে অনেকখানি সমতল পথ। ঘুরে ঘুরে চলে। সামনে দূরে মাথা তুলে তুঙ্গনাথের বিরাট পাহাড়। পথের ডানদিকে বহু নীচে নদীর উপত্যকা। তুঙ্গনাথ থেকে নেমে ঐ পথে চলেন আকাশ-গঙ্গা। পিছন ফিরলে চোখে পড়ে দূরে মন্দাকিনীর শীর্ণ ধারা। স্বর্গের দুই নদী, যেন দুই সখী, ধরায় এসে মেলেন। মন্দাকিনীর অপর পারে পাহাড়ের গায়ে গ্রামের ঘরবাড়ি। মুখীমঠ বা মকুমঠ। তুঙ্গনাথের পাণ্ডাদের ঐ গ্রামে বাস। শীতকালে তুঙ্গনাথের পূজাও হয় সেইখানে।

পাঁচ মাইল গিয়ে পাহাড়ের বাঁকে গণেশ চটি। আকাশগঙ্গার ধারে নেমে আসি। পুল পার হয়ে শুরু হয় তুঙ্গনাথের পথে চোপতার চড়াই। পাহাড়ের খানিক উপরে উঠেই অতি রমণীয় অরণ্য। বড় বড় গাছের ছায়া। ধীরে ধীরে পথ উঠেই চলে। অতি শান্ত নির্জন পথ। দুমাইল গিয়ে গোলিয়াবগড়। আরও তিন মাইল দূরে পৌখীবাসা। আবার মাইল দেড় চলে দোগলভিটা। সেখান থেকে বানিয়াকুণ্ড আরও এক মাইলের উপর। মাইলের দূরত্বে চটিগুলি কাছাকাছি। কিন্তু চড়াইপথে চলতে মনে হয় পথ যেন শেষই হয় না। যেমন, কষ্টের দিন কাটতেই চায় না। অথচ, এখানে পথের শেষ না আসায় মনে দুঃখ জাগে না। চারিদিকে গভীর বনের ছায়া-শীতল এমনই স্নেহাচ্ছন্ন মায়া। যেন, প্রিয় বন্ধুর মধুর সুখ-সঙ্গ।

তুঙ্গনাথ পাহাড়ের কাঁধের উপর এসে অর্ধচন্দ্রাকারে প্রকাণ্ড বাঁক। মোড় ঘুরতেই হঠাৎ দেখা দেয় বানিয়াকুণ্ড। চোপতার চড়াই এইখানে শেষ। শ্রান্ত যাত্রী স্বস্তির নিঃশ্বাস ফেলে। সামনেই দেখে পাহাড়ের কোণে অনেকখানি সমতলভূমি। সবুজ ঘাস। ছোট ধারা। নিকটেই বড় বড় গাছ। সবুজ ডালপালা। স্নিগ্ধ শান্ত মনোরম পরিবেশ। ইচ্ছা হয়, কাটিয়ে যাই এইখানে কয়েকদিনই।

আট নয় হাজার ফুট উচ্চতা হবে। বেশ শীত আছে। কালীকমলীর দোতলা ধর্মশালা। তাই থাকার অসুবিধা নেই। এই ধর্মশালায় একবার এক ছোট ঘটনা ঘটে।

একা আছি, দোতলায় একটা ঘরে। যাত্রীর ভিড় নেই। অপরদিকের ঘরে আর কে যেন আছেন। কথা শোনা যায়। বাঙালী। ভদ্রলোক কঠোর ভাষায় কাকে গালি দেন। মাঝে মাঝে চাপা মহিলা কণ্ঠের দু-একটা কথা ভেসে আসে। হিমালয়ের শান্ত নিভৃতিতে মানুষের দুর্বল স্বভাবের রূঢ় প্রকাশ আমার মনে অস্বস্তি জাগায়।

একটু পরেই পরিচয়ের সুযোগ ঘটে। রাগের মাথায় নীচে চলেন। সিঁড়ি থেকে এদিকে আমাকে দেখে এগিয়ে আসেন। বলেন, বাঙালী না? দেখছেন কুলিটার কাণ্ড!—মশাই ব্রাহ্মণ মনে হচ্ছে? দাঁড়ান দাঁড়ান, আগে প্রণাম নিন।

বাধা দিই। কম্বলে বসাই। ঘটনাটা বলেন। এমন কিছুই নয়। ভারী বোঝা নিয়ে

চড়াই ভেঙে আসতে তাঁর মোট-বাহকের দেরি হয়। ওঁদেরও তাই খুব অসুবিধা। রাগের এই হেতু। নিজেই লজ্জিত হয়ে বলেন, ও বেচারিরও কষ্ট, বুঝতে পারি। ভাবি, রাগব না, কিন্তু সামলাতে পারি কই। মানুষ, বুঝলেন, বড় দুর্বল।

কালো রোগা চেহারা। বছর ষাট বয়স। মুখ চোখ বসা। শীতে আপাদমস্তক মুড়ি দেওয়া। কথা বলতে দাঁতগুলি দেখা যায়। পানের ছোপে গাঢ় লাল। কুঁচনো কালো পাড় ধুতি পরনে। বোঝা যায়, এ-পথেও মাঝে মাঝে ব্যবহার করে তুলে রাখেন।

কলকাতা থেকে এসেছেন। খাস কলকাতার লোক। টাকাকড়ির অভাব নেই। এখন তীর্থ করতে বার হয়েছেন। নিজেই অকপটে বলেন, জীবনে ভোগ করেছি, মশাই, অনেক। পাপপুণ্য কিছুই বিচার করি নি। কিন্তু এই কয়টা বছরে এমন আঘাতটা পেলাম, এখন হুঁশ হয়েছে, জীবনের ধারা ঘোরাবার চেষ্টা করছি। প্রত্যেক তীর্থে গিয়ে এক-একটা নেশা ত্যাগ করছি—একে একে সব ছাড়ব।

হেসে বলি, পানটা তো এখনও এখানে খাচ্ছেন দেখছি।

বলেন, হ্যাঁ, এটাও ছাড়ব। কিন্তু, সব শেষে। ধরাও তো সেই প্রথম বয়সে কিনা। মুখে পান নিয়ে রাত্রে ঘুমুই।—বলে তিনিও হাসেন, হঠাৎ গম্ভীর হন, দেখুন, সংসারের মায়াও কাটিয়ে ফেলেছি, মানে—তিনিই কাটিয়ে দিয়েছেন। ক'বছর আগে স্ত্রীকে হারিয়েছি। একমাত্র ছেলেটাও হঠাৎ মারা গেল—এই কমাস আগে। তার পরেই তো তীর্থে বার হওয়া। সঙ্গে যে মেয়েটিকে এনেছি, ও আমার কেউ নয়। ছোটবেলা থেকে আমার বাড়িতেই মানুষ, ঘরের মেয়ের মত। বাল-বিধবা, ব্রাহ্মণী। ওর মা কাজ করত আমার বাড়িতে। ওকে রেখে মারা যায়। গৃহদেবতা গোবিন্দ। তাঁর সেবাপূজা করে। আমারও এখন দেখাশুনা কাজকর্ম ও-ই করে দেয়। তাই তো ওকে সঙ্গে আনা, গোবিন্দও চলেছেন কিনা। মেয়েটিরও তীর্থ হয়ে যাবে। একা রেখেই বা আসব কার কাছে?

চুপ করে কি যেন ভাবেন; নিজে থেকেই আবার বলেন, দেখুন মশাই, ত্যাগের কথা বলছিলাম, ছাড়ছি বটে এক এক করে, আপনা থেকেই স্ত্রী-পুত্র ত্যাগ হয়ে গেল, কিন্তু আবার এখন দেখছি, নতুন মায়ার বাঁধন জড়াচ্ছে—এই অনাথা মেয়েটিকে নিয়ে। পুত্রশোক—সে-ও, মশাই, ভুলতে পারি কই? যায় কি কখনও ভোলা?

তাকিয়ে দেখি। চেহারা বেশভূষা দেখে বোঝাই যায় না—মানুষের মনের গতিবিধি, অন্তরের গোপন ব্যথা, আসক্তি কাটিয়ে ওঠার উদ্দাম প্রচেষ্টা।

তাঁকে বলি, একটা ঘটনা শোনাই আপনাকে। হিমালয় নয়, তীর্থপথ নয়,—কলকাতা শহর। বাড়িতে কীর্তনের আসর বসেছে। শ্রীখোল বাজাবেন একজন নাম-করা বৈষ্ণব ভক্ত মৃদঙ্গ-বাদক। সময় বয়ে যায়। তাঁর দেখা নেই। শ্রোতারা বলেন, হয়ত ভুলেই গেছেন। দেরি দেখে অগত্যা তাঁদেরই একজন সঙ্গত শুরু

করেন। কীর্তন চলতে থাকে। অনেকক্ষণ পরে সেই বৈষ্ণব আসেন। সকলে সাগ্রহে আসরে তাঁর পথ করে দেন। ছোট্ট মানুষ, তবুও শরীর বেঁকিয়ে, হেঁট হয়ে, দুহাত বাড়িয়ে বিনীতভাবে ভিড়ের মাঝ দিয়ে এগিয়ে চলে আসেন সভার মধ্যখানে। প্রণাম করে খোল কোলে তুলে নেন। কীর্তন গায়ক আবার সুর ধরেন। শ্রীখোলেও বোল ওঠে। মুহূর্তে আসর জমে যায়। ভক্তিপ্লুত মধুর ধ্বনি। ভাবে উদ্‌ভ্রান্ত খোলবাদক। মুগ্ধ হয়ে সবাই তাঁকে দেখে, তাঁর প্রাণমাতানো সঙ্গত শোনে। শ্রীখোল যেন মূর্তি ধরে স্পষ্ট ভাষায় পদ-গানের ধুয়া ধরে, মধুর-রবে রাধা-কৃষ্ণ নাম বলে। বাদ্য, বাদক ও সুরের ধারা ভক্তিরসে একাকার হয়। স্তব্ধ শ্রোতাও অজানা আনন্দলোকে বিচরণ করেন। কোথা দিয়ে সময় কাটে। রাত গভীর হয়। সকলের চমক ভাঙে। কীর্তনের আসরও শেষ করতে হয়। ভক্তিগদগদভাবে সকলে বৈষ্ণব-বাদককে ঘিরে কাছে আসেন, আন্তরিক শ্রদ্ধা জানান। সকলেই মন্তব্য করেন, যা শোনালেন, জীবনে ভোলবার নয়। একজন বলেন, আজ আপনার জন্য অনেকক্ষণ অপেক্ষা করা হয়েছিল—

তিনি চোখ তুলে তাকান। প্রেমাচ্ছন্ন মুখে ম্লান হাসি ফোটে, বলেন ওঃ! হ্যাঁ, তাই তো! আসতে দেরিই হয়েছিল খুব। হঠাৎ ছোট ছেলেটি মারা গেল কিনা,—তাকে নিয়ে শ্মশানে যেতে হল,—সব শেষ করে সেইখান থেকেই সোজা চলে এসেছি এইখানে,—কথা বলে না কেউ আর। তিনিও নন। কীর্তন শোনার মতই সভাস্থল আবার স্তব্ধ হয়ে যায়!

॥ ৫ ॥

বানিয়াকুণ্ড থেকে সোজা পথ—চোপতা। মাইলখানেক। দু-তিনটে চায়ের দোকান, চটি। এখান থেকে একটা পথ উঠে যায় তুঙ্গনাথের চূড়ায়। এ-পথের শেষ চড়াই। আর একটা পথ পাহাড় ঘুরে ডানদিকে সোজা এগিয়ে চলে, মাইলখানেক দূরে ভুলকোনায়। সেখান থেকে পাঙ্গরবাসায়। গভীর বনের মধ্যে দিয়ে পথ, যেন বিজন অরণ্যে এঁকেবেঁকে অজগর সাপ নামে। নীচে বনের শেষে মণ্ডল চটি, বালখিল্য গঙ্গার ধারে। পরে গোপেশ্বর হয়ে চামোলী। চোপতা থেকে যাঁরা তুঙ্গনাথের দর্শনে যান, তাঁদের আর চোপতাতে ফিরতে হয় না, পাহাড়ের অপর দিক দিয়ে সোজা নামেন ভুলকোনায়। খাড়া উৎরাই সে-পথ,—কে যেন ঠেলে নীচে গড়িয়ে নামিয়ে দেয়। তুঙ্গনাথ থেকে চামোলী মাইল আঠারো হবে।

চোপতা থেকে তুঙ্গনাথের শেষ চড়াই ধীরে কেবলই উঠে চলে—প্রায় হাজার তিনেক ফুট। তাই, তিন মাইল মাত্র পথ হলেও সময় লাগে। কিন্তু সময় কেটে যায় কোথা দিয়ে, শান্ত নদীর ধীর স্রোতের মতো। পথের অপরিসীম সৌন্দর্য মন ভুলিয়ে রাখে। গাছপালার ফাঁকের মাঝ দিয়ে দূরে দেখা যায় সারি সারি বরফের চূড়া,—কেদার-বদরীর শিখর। গাছের সবুজ-পাতার ফ্রেমে বাঁধানো অতি মনোহর

দৃশ্য। মনে হয়, চিত্রশালার বিরাট মণ্ডপ। আর্টগ্যালারির করিডর দিয়ে যেন দেখতে দেখতে এগিয়ে চলি আকাশের নীল-দেওয়ালে টাঙানো বিশ্বশিল্পীর হাতে আঁকা অপূর্ব রঙিন ছবি। ক্রমে গাছপালা শেষ হয়। তখন দেখা যায় ঘাসের উপর ফুলের মেলা। মাঝে মাঝে জলধারা। উপরে উন্মুক্ত উদার আকাশ। দূরে দিগন্তবিস্তৃত তুষারশৈলমালা। মনে হয়, পাহাড়ের মাথায় সাদা হাঁস ডানা ছড়িয়ে বসে—আকাশ-পানে মুখ তুলে,—এই বুঝি বা নীল-সাগরে ভাসে!

মন্দিরে পৌঁছবার আগেই ঝরনা—আকাশগঙ্গা। পাহাড়ের গায়ে খানকয়েক বাড়ি। দু-একটা দোকান। ধর্মশালা। দূরে বরফের পাহাড়—তারই পটভূমিতে সুন্দর মন্দির। মনে হয় অতিকায় শিবলিঙ্গ।

মন্দিরে স্বয়ম্ভুলিঙ্গ। মহিষরূপী পলাতক সেই মহাদেবের বাহুভাগ। পঞ্চকেদারের অপর চার অংশের মূর্তিগুলিও বিরাজ করেন।

তুঙ্গনাথ অতি শান্ত স্থান। বারো হাজার ফুট-এর উপর,—তাই শীতও প্রবল। যাত্রীরা প্রায় কেউই রাত্রিবাস করে না।

দর্শন পূজা সাঙ্গ করে নেমে যান নীচে ভুলকোনায় বা পাঙ্গরবাসায়, অথবা মঙ্গলচটিতেও।

তুঙ্গনাথের আরও উপরে পাহাড়ের একেবারে চূড়ায়—চন্দ্রশিলা। পায়ে হাঁটা সরু পথ—কোথাও বা তারও রেখা নেই—ধীরে উঠে চলে। প্রায় মাইল খানেক এক হাজার ফুট ওঠা। পথের আশপাশে ঘাস, পাথর, কোথাও বা মৃদুমন্দ জলধারা। ঘাসের মধ্যে নানান রঙের ছোট ছোট ফুল। বেগুনী রঙের গৌরীফল—অম্লমধুর স্বাদ।

শিখরে পৌঁছে অল্প খানিকটা সমতলভূমি। বড় বড় শিলাস্তূপ। কয়েকটা পাথর এমনভাবে সাজানো—দেখে সন্দেহ হয় ঘর বাড়ি বা দুর্গের ভাঙা অংশ। তিব্বতপথে বা হিমালয়ের গিরি-সঙ্কটে যেমন নানা-রঙের কাপড়ের টুকরা, কাগজের নিশান ওড়ে, এখানেও সেই ধরনের পতাকা ঝোলে। নিকটে এর মতো উঁচু শিখর নেই—প্রায় তেরো হাজার ফুট। তাই অবারিত দিঙ্-মণ্ডল। অবাধ দৃষ্টি চলে চারিদিকে।

দূরে আকাশের গায়ে সারি সারি বরফের চূড়া—বান্দরপুঞ্ছ, গঙ্গোত্রী, কেদার, চৌখাম্বার শিখরশ্রেণী। আবার নন্দাঘুণ্টি, ত্রিশূল, দুনাগিরি, নন্দাদেবীর শ্বেত প্রাচীর। যেমন নীল শ্লেটের গায়ে সাদা খড়ির রেখা চিত্র।

নীচের দিকে তাকালে দেখা যায়—যেন পাতালগর্ভে পার্বত্য উপত্যকা। গিরি নদীর অতি ক্ষীণ রেখা—যেন এক ফালি সরু সাদা ফিতা। পাহাড়ের ঢালু গায়ে কোথাও বা বনে বনে স্নিগ্ধ শ্যাম শোভা। মাঝে মাঝে কঠিন রুক্ষ ধূসর পাথরের উগ্র রূপ। বহুদূরে নীচে দু-একটা গ্রাম। গ্রামের কাছে ক্ষেতের জমি, যেন সবুজ আসন পাতা। দেখায় যেন সব খেলাঘর। মানুষের নয়, বিশ্ব-প্রকৃতির মায়ার

খেলা। হঠাৎ শোনা যায় দু-একটা কুকুরের অস্পষ্ট ডাক,—সুদূর কোন গ্রাম থেকে ভেসে আসে, মনে হয়, ঘুমন্ত পাহাড়ই বুঝি অস্ফুট শব্দ তোলে।

কেদারনাথের যাত্রা-পথ থেকে তুঙ্গনাথের আকাশ-জোড়া শিখর দেখি। কিন্তু শিখরে এসে দেখি সেই বিশীর্ণ যাত্রা-পথ হিমালয়ের বিস্তীর্ণ বিশালতার কোথায় হারিয়ে যায়!

স্থির হয়ে বসে চারিদিক দেখতে আমারও ক্ষুদ্র মন হারিয়ে ফেলি। কী নিবিড় নিঃসীম নিস্তব্ধতা! সুগভীর প্রশান্ত শান্তি।

চন্দ্রশিলাই তুঙ্গনাথ-যাত্রার অক্লান্ত পরিশ্রমের শ্রেষ্ঠ দান।

রুদ্রনাথ

॥ ১ ॥

নারদ মুনি।

কলহের ইন্ধন জোগাবার অদ্বিতীয় গুণী।

হাতে বীণা, কণ্ঠে সংগীত। স্বর্গে মর্ত্যে সর্বত্র অবাধ গতিবিধি। বাহন তাঁর ঢেঁকি। তাই, স্বর্গে গিয়েও ধান ভানে। সেখানেও বিবাদ বাধে, ঈর্ষা জাগে। দেব-দেবীর অন্তরেও।

স্বর্গের অন্তঃপুর। ব্রহ্মা, বিষ্ণু, মহেশ্বরের তিন মহিষী। ত্রিলোকে অতুলনীয়া তিন সতী।

নারদঠাকুর এসে বলেন, কিন্তু, সতী দেখে এলাম মর্ত্যে। সারা ভুবনব্যাপী তাঁর যশ। খ্যাতির প্রভায় জগৎ দীপ্ত। নাম তাঁর অনসূয়া। অত্রি ঋষির সাধ্বী স্ত্রী।

দেবীরা শোনেন। মুখ গম্ভীর হয়। ঈর্ষার বহ্নি জ্বলে। নারদঠাকুর গুনগুন করে আনন্দে গান ধরেন। দেবীরা নিজ নিজ স্বামীর কাছে যান। অভিমানভরে অভিযোগ করেন, কত বড় সে-সতী? যাও তো গিয়ে পরীক্ষা করে এসো।

গৃহিণীর আদেশ। স্বর্গের দেবতাদেরও ছুটতে হয়। অত্রি ঋষির আশ্রমে তিনি ব্রাহ্মণ অতিথির বেশে হাজির হন। অত্রি তখন গহন বনে নির্জন গুহায় তপস্যায় রত। অনসূয়া সাদর অভ্যর্থনা জানান। অতিথি সেবার আয়োজনে ব্যস্ত হন। ব্রাহ্মণরা ঝুলি থেকে ছোট ছোট গুলি বার করে বলেন, শুধু এই ফলগুলি আমাদের খাদ্য। ভালো করে সিদ্ধ করে দিতে হবে,—যেন নরম হয়।

দেবী তুলে নেন। আশ্চর্য হয়ে দেখেন, লোহার গুলি!

দুর্ভাবনায় স্বামীকে স্মরণ করেন। অত্রির তপস্যা ভাঙে। শরণাগতের স্মরণে তখনই আশ্রমে আসেন। বিপদ শুনে আশ্বাস দেন, ভয় কি? এখনই সব ব্যবস্থা হয়ে যাবে।—গুলির উপর কমণ্ডলুর মন্ত্রপূত বারি সিঞ্চন করেন। লোহার গুলি নরম হয়।

সেবায় তুষ্ট দেবতারা স্বর্গে ফিরে আসেন। দেবীদের কাছে অনসূয়ার শক্তির উচ্ছ্বসিত প্রশংসা করেন।

দেবীদের ঈর্ষা দ্বিগুণ হয়ে ওঠে। বলেন, তোমরা প্রতারিত হয়েছ। আবার এখনই ফিরে যাও। তার সতীত্বের গরিমা চূর্ণ করে তবে ফিরো।

তিন দেবতা আবার ছোটেন।

অনসূয়া নতুন অতিথিদের আবার অভ্যর্থনা করেন, কিন্তু, দ্বারস্থ অতিথিদের

এ কী অতি-অদ্ভুত আবেদন! কোলে বসিয়ে তাঁদের একে একে স্তন্যপান করাতে হবে!

বীভৎস প্রস্তাবে সতী শিউরে ওঠেন। আবার পতিদেবতার শরণাগত হন। অত্রি আসেন। শুনে হাসেন, এতে আর হয়েছে কি? লজ্জার ভয় নেই—এখনই ব্যবস্থা করে দিচ্ছি।

কমণ্ডলু-বারি ছিটিয়ে দেন এবার অতিথিদের শিরে, বলেন, 'বালো ভব'। নিমেষে তিন অতিথি তিনটি শিশুতে পরিণত হন। বাৎসল্যরসে অনসূয়ার বুকে দুধের ধারা নামে। শিশু-কোলে মাতৃস্বরূপা অনসূয়া স্তন্যপান করান।

এদিকে সময় বয়ে যায়। স্বামীদের বিলম্ব দেখে স্বর্গে দেবীরা উদ্বিগ্ন হন। সন্ধান নিয়ে নিজেরাই অনসূয়ার আশ্রমে আসেন। স্বামীদের খোঁজ নেন। অনসূয়া বলেন, কে কার স্বামী তা তো জানি না। তিনজন অতিথি এসেছিলেন। এখনও এখানে আছেন। ইচ্ছে হয়, গিয়ে দেখতে পারেন—ঐ ঘরে।

দেবীরা আশ্চর্য হয়ে দেখেন, কোথায় স্বর্গের বিরাট দেবতারা—ব্রহ্মা, বিষ্ণু, মহেশ্বর! তিনটি শিশু শুয়ে শুয়ে খেলনা হাতে আপন মনে খেলা করে! শিশুদের সরল মুখ—পরস্পরে প্রভেদ বোঝাই দুষ্কর। কে কার স্বামী চেনাই দায়। দেবীরা কাছে গিয়ে থমকে দাঁড়ান। শিশু হলেও, না চিনে গায়ে হাত দেন কি করে? যদি ভুল হয়? পরপুরুষের অঙ্গস্পর্শ হবে!

নিরুপায়। অগত্যা অনসূয়ার কাছে মিনতি জানান। আত্মত্রুটি স্বীকার করেন।

আবার অত্রি আসেন। দেবতারা নিজ রূপ ফিরে পান। অনসূয়া দেবীর অক্ষয় মহিমা স্বর্গে মর্ত্যে ঘোষিত হয়।

মর্ত্যের সতীরও এমনি প্রভাব। স্বর্গের দেবীরাও হার মানেন। অনসূয়া মায়ের পূজারও প্রচলন হয়।

'সেই অনসূয়া মায়ীর আশ্রম। সেই দেবীরই এই মন্দির।'

কাহিনী শোনান মন্দিরের পূজারী,—শ্রীকৃষ্ণমণি। প্রচলিত পুরাণ-কাহিনীর পাহাড়ী সংস্করণ।

কিন্তু, কোথায়?

সেই কথাই বলি।

॥ ২॥

দেবী অনসূয়া। তাই, স্থানের নামও অনসূয়া। পাহাড়ীরা বলে, অনসূয়া মায়ী।

হিমালয়ের এক অতি-নিভৃত অঞ্চল। গাড়োয়াল জেলায়। কেদার-বদরীর যাত্রাপথ থেকে মাইল তিন দূরে। মাত্র তিন মাইল। তবুও, একান্তে। যাত্রীবহুল কোলাহল-মুখর পথ থেকে বিচ্ছিন্ন করে রাখে পাহাড়ের চড়াই, পাহাড়ী নদী, গহন বিজন বন।

হৃষীকেশ থেকে বদরীনাথের বাস-পথে চামোলী। কেদারনাথের দিক থেকেও গুপ্তকাশী-উখীমঠ-তুঙ্গনাথ-গোপেশ্বর হয়ে পায়ে-হাঁটা এক যাত্রাপথ এই চামোলীতে এসে মেশে। সেই পথে তুঙ্গনাথের উৎরাই নামতে ভুলকোনা চটি। আরও এগিয়ে পাঙ্গরবাসা। গহন বনময় জনহীন পথ। বড় বড় গাছের নিবিড় ছায়া। সেই জঙ্গল পথে জঙ্গর-চটি। আরও অনেকখানি উৎরাই। নামা যেন শেষই হতে চায় না। এমনি সময়ে বনানীর শ্যামঘন অবগুণ্ঠন হঠাৎ খুলে যায়। অল্প নীচেই চোখে পড়ে আলোকোজ্জ্বল উন্মুক্ত উপত্যকা। সমতল ভূমির উদার বিস্তার। তারই মধ্য দিয়ে সোজা যাত্রা-পথ। দুই দিকে সারি সারি দোকান ঘর, চটি, ধর্মশালা। যেন, সবুজ মাঠের উপর রুল ফেলে আঁকা সরল রেখা।

নিকটে মণ্ডলগ্রাম। তাই চটিরও নাম মণ্ডলচটি।

সেখান থেকে পাঁচ মাইল দূরে গোপেশ্বর। তারপর চামোলী আরও দুই মাইল।

মণ্ডল থেকে অনসূয়া তিন মাইল ভিন্নপথে।

॥ ৩॥

১৯৫৮ সাল।

উখীমঠ থেকে যাত্রা করে বানিয়াকুণ্ডে রাত কাটাই। ভোরে সেখান থেকে রওনা হয়ে তুঙ্গনাথ পাহাড়ের চড়াই উৎরাই শেষ করে মণ্ডল চটিতে পৌঁছুই। বেলা প্রায় এগারোটা বাজে। পথের ডান হাতে প্রথমেই ধর্মশালা। রাস্তার দিকে দোতলার কোণের ঘরটিতে এর আগে কবার থেকে গেছি। এখন যাত্রীর ভিড় নেই। সব ঘরই খালি। তবু সেই ঘরখানিতেই উঠি। স্মৃতির এমনি মায়া! ঘরে ঢুকে পিছনের জানলা খুলতেই এক ঝলক রঙিন আলো ঠিকরে পড়ে। বাইরে পাহাড়ের কোলে গাছ-ভরা ক্যানা ফুল। টকটকে লাল। হাওয়ায় দোলে। গিরিদেবতার যেন শুভ আশীর্বাদী।

চৌকিদার আসে। সঙ্গী শিশিরবাবুকে বলি, বাঃ! সেই পুরানো লোকটিই আছে, দেখছি!

সে-ও দেখেই চেনে। হাসিভরা মুখে অভ্যর্থনা করে জানায়, অনসূয়ার পূজারীজী যে কাল থেকে খোঁজ করছেন। এখনই আবার আসবেন নিশ্চয়। আপনারা সুস্থ হয়ে নিন।

তাড়াতাড়ি ঘর ঝাঁট দেয়, সতরঞ্চি বিছায়, বালতি-ভরা জল ও লোটা এনে রাখে। বলে, হাত-মুখ ধোন, আসছি আমি।

অল্প পরেই ফিরে আসে। হাতে কয়টা সবুজ কাগজি লেবু। সামনে রেখে বলে, চিনি আছে তো? না, দোকান থেকে আনব? এখনই সরবত বানাবেন নিশ্চয়?

আশ্চর্য। পাহাড়ীরা সরবত খায় না, বরং ভয় করে, সর্দি লাগে! আমরা কিন্তু প্রায়ই খাই। নির্ভয়ে। পথ-ক্লান্তির পর ক্ষণিক বিশ্রাম নিয়ে সুযোগ পেলেই পান করি। শ্রান্ত দেহে তৃপ্তি আনে। এর আগের বছর এখানে অনেক সন্ধান করে চৌকিদার লেবু জোগাড় করে। আমাদের সামান্য সেই প্রয়োজন এখনও সে মনে রাখে। আসামাত্রই না বলতেও ব্যবস্থা করে।

চৌকিদারের সঙ্গে ঘোরে একটি ছোট ছেলে। বছর সাত-আট বয়স। ফুটফুটে রঙ। গোলগাল। সরল চাহনি। পরনে হাফপ্যান্ট, শার্ট। শার্টের বুক খোলা। ফর্সা রঙের মধ্যে দিয়ে শিশুর নিষ্পাপ অন্তর যেন দেখা যায়। স্বচ্ছ নির্মল পাহাড়ী ঝরনার জলের তলায় সোনালি বালুকা কণা।

চৌকিদার বলে, এই আমার একই লেড়কা। স্কুলে পড়ে। পড়ায় খুব মন আছে। ওকে বাবুজি, আপনাকে মানুষ করে দিতে হবে। আর একটু বড় হলেই আপনার সঙ্গে কলকাতায় পাঠিয়ে দেব। ভালো করে পড়াশুনা করবে সেখানে। —ছেলের দিকে ফিরে বলে, বাবুজীদের কাছে আজ সব সময়ে হাজির থাকবি, কখন কি দরকার হয়, করে দিবি।

শিশিরবাবু বলেন, আমাদের আর কাজ করার কি আছে? সঙ্গে লোকজন তো রয়েছে। বেশ ছেলেটি তোমার। মন দিয়ে পড়াশুনা করুক,—বড় হবে। পকেট থেকে কয়টা লজেন্স বার করে দেন।

ছেলেটি সলজ্জ মুখে হাত পাতে। বাবার দিকে আড়চোখে তাকায়।

চৌকিদারের মুখেও তৃপ্তির হাসি। হয়ত মনে মনে ছবি দেখে, বাবুজীদের সুনজরে পড়েছে, আর ভাবনা কি? ছেলে তার বড় হবেই।

বছর চারেক পরের কথা।

আবার অনসূয়ার পথে মণ্ডল চটিতে আসি। চৌকিদারও খবর পেয়ে আসে। দেখে চেনাই যায় না। রুগ্‌ণ শীর্ণ দেহ। চার বছরেই যেন অশীতিপর বৃদ্ধ হয়ে গেছে। কাজে উৎসাহ নেই। না করলেই নয়, তাই যেন করা। কথাও বিশেষ বলে না। সন্দেহ জাগে, সেই লোকই কিনা। জিজ্ঞাসা করি, এমন চেহারা হয়ে গেল কেন? অসুখ করেছিল নাকি? ছেলেকে দিয়ে কাজ করিয়ে নেও না কেন? কত বড় হল? কি পড়ছে এখন?

প্রশ্ন শুনেই কেঁদে ফেলে। হাত দুটি ধরে বলে, বাবুজি, সর্বনাশ হয়ে গেছে। ছেলে আমার নেই। এক সাল আগে কদিনের অসুখেই হঠাৎ চলে গেল।

হতভম্ব হয়ে যাই। সান্ত্বনা দেব কাকে? বলবই বা কী?

এখনও অ্যালবামে ছবি আছে ছেলেটির। আমাদের সেইবারের দলবলের সঙ্গে। তেমনি হাফ-প্যান্ট শার্ট পরা। বুক খোলা। বাপের সামনে দাঁড়িয়ে,—লাঠি হাতে। অন্ধের যষ্টির মতো!

॥ ৪ ॥

দুপুর বেলা। আহার সেরে কম্বল-শয্যায় বিশ্রাম করি। খোলা দরজার কাছে পায়ের শব্দ পেয়ে তাকাই। এক পাহাড়ী যুবক। লম্বা ছিপছিপে গড়ন। ফর্সা রঙ। কপালে চন্দনের তিলক। গলা-বন্ধ লম্বা গরম কোট। গরম প্যান্ট। বেশভূষা সাধারণ হলেও পরিপাটি। শীত-প্রধান দেশে পাহাড়ীদের কাছে এই পরিচ্ছন্নতা ক্কচিৎ দেখা যায়।

অচেনা হলেও দেখেই চিনি। ইনিই পূজারী কৃষ্ণমণি। স্বাগত সম্ভাষণ জানাই। ঘরে এসে বসতে বলি। সংকুচিত হয়ে সতরঞ্চির একপাশে বসেন । বলি, ওখানে কেন? কাছে এসে কম্বলের ওপর ভালোভাবে বসুন।

বসতে দ্বিধা করেন। বলেন, পায়ে ধুলো। ময়লা হবে।

হেসে জানাই, সারা রাজ্যের ধূলা-মাখানো এ কম্বল। পথই এখন ঘর আমাদের। আপনার বরং ফর্সা প্যান্ট, ধূলা লাগতে পারে।

ছেলেমানুষ। লজ্জিত হয়। বলে, না, না—এ তো সামান্য জামা-কাপড়। কালই সাবান দিয়ে ভালো করে সাফ করেছি। ময়লা কাপড়-জামা আমার পরতে কি রকম লাগে। এটা ঠিক আছে না?

মুখ তুলে আমার দিকে বড় বড় চোখে চায়। সরল সলজ্জ দৃষ্টি। সুমিষ্ট হাসি। কাছে বসিয়ে আলাপ পরিচয় করি। নতুন যাত্রা-পথের সব খবর জানি।

কৃষ্ণমণি বলে, আপনি আসছেন স্বামীজীর চিঠিতে জেনে ছিলাম। উখীমঠ থেকে লেখা আপনার পোস্ট কার্ডও কাল এসেছে। আজই অনসূয়া যাচ্ছেন তো?

না, আজ নয়। কাল ভোরে রওনা হব। কয়েকদিন ওখানে থাকার ইচ্ছে আছে। স্বামীজীর কাছে যা সুখ্যাতি শুনেছি! থাকতে দেবে তো? রুদ্রনাথ দর্শনেও ওখান থেকে যেতে হবে। সব কিছুর ব্যবস্থা এইখান থেকেই করে যেতে হবে?

কৃষ্ণমণি বলে, অনসূয়া থাকবেন যদ্দিন খুশি। স্বামীজীর কাছে আপনাদেরও সব কথা শুনেছি আমি। ওখানে থাকার কোন ব্যবস্থাই এখানে করতে হবে না। মন্দির থেকেই হয়ে যাবে। মায়ের কাছে চলেছেন, ভাবনা কি?—হ্যাঁ, অন্তত সের দশেক লবণ নিয়ে যেতে হবে সঙ্গে।

শিশিরবাবু আশ্চর্য হন, অত নুন! ঝরনার জলে ফেলে কি হিমালয়ে সমুদ্র-স্নান করাবে?

কৃষ্ণমণি হাসে, দশ সের কেন? আরও নিয়ে যেতে চান, চলুন। কাজে লাগবে।

বুঝতে পারি, প্রয়োজন হয়ত ওদেরই। দেখেছি তো, পাহাড়ী গ্রামে নুনটাই শুধু কিনতে হয় বাইরে থেকে।

শিশিরবাবু বলেন, বাড়তি মালপত্তর এইখানে রেখে যাব। হালকা হয়ে যাওয়া যাবে। সঙ্গে কি কি নিতে হবে? মিল্ক পাউডারের কৌটো তো সঙ্গে যাবেই।

কৃষ্ণমণি হেসে ওঠে। বলে, দুধ? মায়ের কাছে যাচ্ছেন, দুধের অভাব? ব্রহ্মা-

বিষ্ণু-মহেশ্বরকে কোলে নিয়ে দুধ খাওয়ালেন মা। জানেন না সে কাহিনী?

তন্ময় হয়ে গল্প শোনায়। সে বলে, চলেছেন সেই দেবীর দর্শনে। মায়ের আশ্রমে। মায়ের তো গোধন! ক্ষীর দিয়েই তাঁর সেবা-পূজা হয়। দুধ দিয়ে স্নান। এখন অবশ্য গাই বেশি নেই। মাত্র পঞ্চাশটি। যা দুধ হয়, মায়ের স্নান, পূজা, ভোগ হয়, যাত্রীরাও প্রসাদ পায়।

জিজ্ঞাসা করি, মোষ কতগুলি?

শুনি, মায়ের সেবার জন্যে মহিষ রাখার বিধি নেই, সব কিছুই গরুর দুধ দিয়ে।

কিন্তু, রুদ্রনাথে যাওয়ার জন্যে বিশেষ ব্যবস্থার প্রয়োজন হয়। সেখানে লোকালয় নেই।

কৃষ্ণমণি তালিকা করে, আটা, চিনি, মশলা, চা—

শিশিরবাবু প্রশ্ন করেন, চাউল, ঘি নয়?

কৃষ্ণমণি জানায়, চাল সিদ্ধ হবে না জলে, অত উঁচুতে। ঘি-র দরকার হবে, তবে এখান থেকে নেবার প্রয়োজন নেই। অনসূয়া থেকে নেবে। আলুও সেখানকার ক্ষেতে রয়েছে।

তালিকা অনুযায়ী জিনিস কেনা হয়। শুধু আমাদের দুজনের জন্যে নয়—সঙ্গে যে যে যাবে সকলের জন্যে। এ যাত্রা-পথে ভেদাভেদ নেই। সবাই মিলে এক দল, একই সংসার।

মাল বইবার জন্যে সঙ্গে আছে দুজন পোর্টার। রুদ্রপ্রয়াগ কলেজের প্রিন্সিপ্যাল পরমবন্ধু থাপলিয়ালজী একজন লোকের ব্যবস্থা করে দিয়েছেন। রান্নাবান্না করে, প্রয়োজনীয় খুচরো মালপত্র নিয়ে সঙ্গে চলে। নাম জ্ঞান সিং। কৃষ্ণমণি তো সঙ্গে থাকবেই—রুদ্রনাথেও।

রুদ্রনাথের ভয়াবহ দুর্গম পথের কথা পাহাড়ী বহু লোকের মুখে শোনা। শিশিরবাবু মুখে গম্ভীরভাব দেখিয়ে কৃষ্ণমণিকে বলেন, সে নাকি ভীষণ পথ? পারব তো আমরা? দরকার হলে পিঠে করে নিয়ে যেতে হবে যে! পারবে তো?

কৃষ্ণমণি উৎফুল্ল হয়ে আশ্বাস দেয়, চলুন তো, সব দেখিয়ে আনব। দরকার হলে কাঁধে করেই নিয়ে যাব।

জানি, এ তার মুখের কথা নয়, ঠাট্টাও নয়। প্রয়োজন হলে এরা সবই করতে পারে। অম্লান বদনে, নিঃস্বার্থভাবে।

॥ ৫ ॥

বিকাল বেলা।

একটি প্রৌঢ় পাহাড়ী আসেন। কালো রঙয়ের মোটা খদ্দরের গলাবন্ধ লম্বা কোট। খদ্দরের প্যান্ট। মাথায় ধবধবে সাদা গান্ধী টুপি,—তেরচা করে বসানো।

দেহের তামাটে রং, কিন্তু না কামানো কাঁচা দাঁড়ি-গোঁফে মুখ দেখায় কালো।

ধীর শান্তভাবে ঘরে ঢোকেন। নমস্কার করে হাসিমুখে বলেন, আপনারা তাহলে এসে গেছেন!

প্রথমে চিনতে পারি নি। একটু তাকাতেই প্রীতিভরে আলিঙ্গন করি, আরে! আলম সিংজী! আসুন, আসুন। যা দাড়ি রেখেছেন, চিনব কি করে?

হেসে বলেন, ওঃ এটা যে ব্রতমাস। তাই কামানো চলে না।

দু-বছর আগে গুপ্তকাশীতে প্রথম আলাপ। মণ্ডলগ্রামের মাতব্বর লোক। অনসূয়া ও রুদ্রনাথ যাবার ইচ্ছা জেনে তখন উৎসাহ দেন, চলে আসবেন যখন খুশি মণ্ডলগ্রামে। সব ব্যবস্থা হয়ে যাবে। কোন ভয় ভাবনা করবেন না।

আসার খবর পেয়েই দেখা করতে এসেছেন। বলেন, কৃষ্ণমণির কাছে সব খবর পাচ্ছি। ব্যবস্থা ঠিক মতই হচ্ছে। বড় ভালো ছেলে। হুঁসিয়ারও।—বলে কৃষ্ণমণির পিঠ চাপড়ে দেন।—আমার নিজেরও সঙ্গে যাবার ইচ্ছে ছিল। হল না,—গভর্নমেন্টের একটা ট্রেনিং ক্যাম্প আজ সন্ধ্যায় এখানে আসছে—তিনদিন থাকবে। ব্যবস্থার ভার সব আমারই ওপর। আসার জন্যে গভর্নমেন্টের কাছে আমিই লিখি। এতে হয় কি জানেন? এইসব যোগাযোগে গ্রামের উন্নতির আশা আছে। দেখেছেন তো পাহাড়ের গ্রামের দুরবস্থা। নিজেরা চেষ্টা না করলে উন্নতি হয় কখনও। আগেকার আচারনিষ্ঠা হারিয়েছি। নতুনকালের যা কিছু শেখবার তাও শিখি নি। শুনে আশ্চর্য হবেন, এমন অনেক গ্রাম আছে লোকেরা যেখানে জানেই না ইংরেজরা চলে গেছে; দেশ এখন স্বাধীন হয়েছে। শিক্ষার মস্ত অভাব।

শুনি, গ্রামে প্রাইমারি স্কুল হয়েছে। সেটাকে আরও বড় করার চেষ্টা চলেছে। আশপাশের কয়েকটি গ্রাম থেকেই ছেলেমেয়েরা পড়তে আসে। একশোর উপর এখন ছাত্রসংখ্যা। গ্রাম-পঞ্চায়েত থেকে জমি হয়েছে, নতুন ঘরও উঠছে। অভাব ভালো শিক্ষকের।

পূর্ব-পরিচিত এক বৈরাগীজীও খবর পেয়ে চলে আসেন। বলেন, দেখুন তো, কি মুশকিলেই না পড়েছি! আলম সিংজী ধরেছেন, আমাকে ইংরেজি আর অঙ্ক শেখাতে হবে। আপনি বলুন, আমার কি এসবের মধ্যে আর নামা উচিত। আর ভুলেও গেছি সব।

উৎসাহ দিই, নিশ্চয় শেখাবেন। আগে তো মুনি ঋষিদের আশ্রমে থেকেই বিদ্যালাভের প্রথা ছিল। শেখান না ছেলেদের আপনি যা জানেন। আপনার সংস্পর্শে থাকলেও তো তাদের উন্নতি হবে।

আলম সিং খুশি হন, আর কি? কাল থেকেই তবে লেগে যান, বৈরাগীজী!

সংস্কৃত শিক্ষারও কেন্দ্র খোলা হয়েছে। আদ্য ও মধ্য পরীক্ষার জন্য কয়েকটি ছাত্রও পড়ছে।

আলম সিং জানান, এই কৃষ্ণমণিও রোজ পড়তে আসে। সেই অনসূয়া থেকে।

ওর বাবা ছিলেন ওখানকার পূজারী। দুবছর আগে হঠাৎ মারা যান। কৃষ্ণমণির তখন বছর পনেরো বয়স। ঐ বড় ছেলে। কমিটি থেকে চেষ্টা করে ওকেই পূজারী করা গেল। এদিকে পড়াশুনাতেও খুব উৎসাহ।

ব্যস্ত হয়ে এক গ্রামবাসী আসেন। আলম সিং-এর খোঁজে। ছোট ছেলে বিশেষ পীড়িত। চামোলী হাসপাতালে চিকিৎসার জন্য ধরেন। আলম সিংজী বলেন, ডুলির ব্যবস্থা করুন। কাল সকালেই রুগীকে নিয়ে চলে যান—চিঠি দিয়ে দেব।

গ্রামে একজন ডাক্তার রেখে চিকিৎসালয় খোলার চেষ্টা করছেন, জানান। আশা রাখেন, শীঘ্রই হয়ে যাবে। দুঃখপ্রকাশ করেন, এই দেখুন না, চৌকিদারের অমন ছেলেটি! সময়মত একটু ওষুধ পেলে হয়ত বেঁচে যেত!

ভাবি, তা হয়ত যেত না। কিন্তু গ্রামের আশা-ভরসা-সান্ত্বনার কেন্দ্রস্থল এই একটি মানুষ। নিরক্ষর নির্জীব গ্রামবাসীদের প্রাণপ্রদীপ।

॥ ৬॥

ভোরে উঠে যাত্রা শুরু।

চটির ঘরগুলি ছাড়িয়ে পাহাড়ী ছোট নদী। নাম বালখিল্য। উপরে কাঠের সেতু।

শিশিরবাবু মন্তব্য করেন, ব্রহ্মা বিষ্ণু মহেশ্বর শিশু হলেন, নদীর নামও হল বালখিল্য। অথবা, বুড়াঙুল প্রমাণ ষাট হাজার ঋষিদের এর কাছেই ছিল আশ্রম!

নদী ছাড়িয়ে দু-পাশে ক্ষেত। পাথর-সাজানো পাঁচিল। বাঁদিকের দেওয়ালে দু-তিনটে শ্লেট-পাথর বার করা ধাপের মতো। তাই বেয়ে উঠে ক্ষেতের মধ্যে নামি। আলের সরু পথ। আধ মাইলটাক সোজা গিয়ে ডান পাশে আবার নদী অমৃতধারা বা অত্রিধারা। গাছের ডাল ফেলে পারাপারের পুল। ওপারে ছোট গ্রাম। সিরোলী। খানকয়েক মাত্র ঘর। বাড়িগুলির মাঝে মাঝে পাথর বাঁধানো উঠান। সেইখানে বসে মেয়েরা গৃহকর্ম করে। রোদও পোহায়। আমাদেরও যেতে হয়। যেন গৃহস্থের অন্দর মহল দিয়ে চলা। মেয়ে পুরুষ অবাক হয়ে তাকায়। লোক চলাচলে বিস্ময় জাগায় না। পরদেশী যাত্রী দেখেই কৌতূহল। কৃষ্ণমণির সঙ্গে সবারই পরিচয়। একটু গর্বের ভাব দেখিয়ে গম্ভীর হয়ে বলে, অনসূয়ার যাত্রী—কোলকাতা থেকে।

গ্রামের আশপাশে শাকসবজী ও রামদানার ক্ষেত।

গ্রাম ছেড়ে আবার পথ—পাথর বসানো। পথের উপর দিয়ে জলের ধারাও নেমে চলে, যেন জল যাবারই রাস্তা। জুতা বাঁচিয়ে চলতে থাকি। তবু ভিজে যায়।

চড়াই নেই। মামুলি পাহাড়ী পথ। বাঁদিকে সেই অমৃতধারা নদী। বড় বড় গাছের জঙ্গল। তারই মধ্য দিয়ে নৃত্যভঙ্গে নেমে আসে বড় ঝরনা। খালি পায়ে পার হই। কেবলই জলের ধারা। জুতা হাতেই চলি। পাহাড়ের গায়ে প্রকাণ্ড এক

ধ্বসের চিহ্ন। ঝুরঝুরে বালি পাথর কাঁকর। সাবধানে পার হয়ে নদীর ধারে নামা। ওপারে আসি। পুল নেই। স্রোতের টান আছে। জলও হিমশীতল। হাঁটুর উপর কাপড় তুলে হাত ধরাধরি করে সাবধানে পার হওয়া।

কৃষ্ণমণি বলে, পরের বছর এলে দেখবেন নদী পারাপার আর নেই,—এই পাড় দিয়েই রাস্তা চলে গেছে।

চার বছর পরে গিয়েও দেখি, সে-পথ হয় নি। তবে নদী ও ঝরনাগুলির উপর কাঠের পুল হয়েছে।

নদী পার হয়ে চড়াই শুরু। গভীর বনও। পায়ে হাঁটা সরু পথ ঘুরে ঘুরে ওঠে। কোথাও বা পাহাড়ের গায়ে সিঁড়ির মতন পাথর সাজানো। ধীরে উঠে চলি। গতিবেগ সংযত রাখি। দেহে অবসাদ নামে না। বার বার বিশ্রামেরও প্রয়োজন হয় না।

পথে দু-তিনবার ছোট সাপ দেখি। সড়সড় করে চলে যায়। কৃষ্ণমণি ব্যস্ত হয়ে সতর্ক করায়। শিশিরবাবু বলেন, এখানেও সাপ থাকবে না তো থাকবে কোথায়? ভয় পাচ্ছ, ভোরবেলায় পড়তে যাও কেমন করে?

সে বলে, আমাদের আবার ভয় কি? ওদের সঙ্গেই তো ঘর করি। ভয় করছি আপনাদের জন্যে।

শিশিরবাবু প্রশ্ন করেন, ভোরবেলায় বনের মধ্যে অন্ধকার থাকে নিশ্চয়? জানোয়ার নেই এখানে?

কৃষ্ণমণি অম্লান বদনে জানায়, জানোয়ার? বহুৎ। দর্শনও মেলে। আমি অবশ্য এ-পথ দিয়ে যাই না। পাহাড়ের অপর দিকে পাকদণ্ডী আছে—রাস্তাও কম, নদীও পার হতে হয় না ওদিকে। একটু বর্ষা নামলেই তো এ-নদী পার হওয়া যায় না। সেদিকে জঙ্গল আরও ঘন। ভোরবেলাতেও রাত মনে হয়।

শিশিরবাবু বলেন, আর জানোয়ার?

কৃষ্ণমণি বলে, চিতাবাঘ হামেশাই দেখি। সে-ও দেখে, আমিও দেখি। সে-ও চলে যায়, আমিও চলে যাই।

কথাগুলি বলে যেন পথে কুকুর-বেড়াল দেখা!

শিশিরবাবু ছাড়েন না, কখনও কিচ্ছু বলে না?

কৃষ্ণমণি সহজভাবে বলে, বলবে কেন? ভয় করলে হয়ত বলত। বাঘকে ভয় নেই। ডর আছে ভালুকের। একটু চুপ করে থেকে মাথা দুলিয়ে বলে, ও বড় ভীষণ জানোয়ার। এ-ই প্রকাণ্ড শরীর। কালো কালো লম্বা লোম। অন্ধকারে দেখায় যেন যমদূত। সামনাসামনি হঠাৎ পড়লেই দুপায়ে খাড়া হয়ে যায়,—দু-থাবা তুলে মুখ হাঁ করে জড়িয়ে ধরতে চায়।—ভীষণ!

পড়েছ নাকি সামনে কখনও?

সামনে পড়ি নি, পাশ দিয়ে হুড়মুড় করে নীচে চলে যেতে দেখেছি। সামনে

পড়লে রক্ষে ছিল? মাথা থেকে পা পর্যন্ত নখ দিয়ে চিরে ফাঁস করে দিত। চেহারা এরকম দেখতেন নাকি?

আবার কি ভাবে। তারপর বলে, দেখেন নি পাহাড়ে, ভালুকে আঁচড়ানো লোকের চেহারা? কী বীভৎস দেখতে হয়, বাপরে!

শিশিরবাবু জিজ্ঞাসা করেন, এ জঙ্গলেও আছে নিশ্চয়?

দু-পাশে গাছের ফাঁকে তাকিয়ে দেখেন। যেন দেখলেই দেখা হবে!

বেশ খানিকটা চড়াই। মনে হয় ছয় হাজার ফুটের উপর পৌঁছেছি। বনের শেষ। পথের বাঁ দিকে পাহাড়ের গায়ে গাছের ছায়ায় ছোট গুহা। টিনের ছাউনি। প্রকাণ্ড গণেশমূর্তি। কালো পাথরে খোদা। নিকটে পাথরের গায়ে শিলালিপি—সাত লাইন। কি লেখা কৃষ্ণমণি বলতে পারে না। ফুল ও জল হাতে দিয়ে বলে, গণেশজী দ্বারী। ফুল চড়ান। অনসূয়া পৌঁছে গেছি।

অল্প গিয়েই পাহাড়ের কোলে বিস্তীর্ণ সমতলভূমি। রামদানা ও ধানের ক্ষেত। রামদানার গাঢ়-লাল শিষ। হাওয়ায় দোলে। যেন আগুনের শিখা কাঁপে। ক্ষেতের শেষে পাঁচ-ছয়টা পাথরের ঘর। শ্লেট ও ফুস ঘাসে ছাওয়া ছাদ। মাঝখানে মাথা তুলে মন্দির মদমহেশ্বরের মতো গড়ন। পাশেই বিরাট কয়েকটা সাইপ্রেস গাছ। মন্দিরের উপর যেন ছাতা ধরে দাঁড়িয়ে। পিছন দিকে দূরে পাহাড়।

ক্ষেতের মাঝ দিয়ে পথ। এগিয়ে বাড়িগুলির কাছে আসি। বাঁধানো উঠান দিয়ে যাই। কৃষ্ণমণি চেঁচিয়ে কাকে কি যেন বলে। অতি মিষ্ট স্বরে। ঘরের ভিতর থেকে কোমল চাপা কণ্ঠস্বরও শোনা যায়। কৃষ্ণমণি বলে, এই আমাদের ঘর। মাকে বলছি, আমরা এসে গেছি। প্রসাদ পাবার ব্যবস্থা করতে।

শিশিরবাবু মন্তব্য করেন, ব্রহ্মা-বিষ্ণু-মহেশ্বর এলেন—তিন ব্রাহ্মণ অতিথির বেশে। তাই না?

ঘরের পাশে কয়েকটি ধাপের মতো। উঠেই মন্দিরের চাতাল। পাথর বাঁধানো। পাশে অল্প উঁচু রেলিং-এর মতো—পাথর সাজানো।

দু-পাশে সারি সারি কয়েকটি চালা। একদিকের ঘরগুলির অবস্থা শোচনীয়। সংস্কার অভাবে জীর্ণ। কৃষ্ণমণি জানায়, মেলার সময় ঐসব ঘরেই লোকজন থাকে। ভালো ধর্মশালার বিশেষ অভাব। টাকার অভাবে এগুলিও মেরামত করা সম্ভব হয় না। অথচ, যাত্রার সময় যাত্রী হয় অনেক। শ্রাবণী রাখী পূর্ণিমাতে ছোট মেলা বসে, তাতেই দু-তিনশ লোক হয়। বড় মেলা অগ্রহায়ণ পূর্ণিমাতে। তখন দত্তাত্রেয় জয়ন্তী।

শিশিরবাবু বলেন, এখানেও জয়ন্তী!

কৃষ্ণমণি বলে, মায়ের ছেলে যে দত্তাত্রেয়! অনসূয়ামায়ী জাগ্রতা দেবী। বাসনা পূর্ণ করেন। বিশেষ করে যাঁরা সন্তান কামনা করে পূজা দেন। সেই জন্যেও সারা বছরই কিছু কিছু যাত্রী থাকেই।

শিশিরবাবু মুচকে হেসে বলেন, চলছে ভালো! এদিকে মায়ের কাছে বর প্রার্থনা, ওদিকে 'ফ্যামিলি প্ল্যানিং'-এর হুজুগ!

মনে পড়ে, এক স্বামীজীর কাছেও শুনেছিলাম। নিঃসন্তান এক ভক্ত এসে তাঁকে অনেক করে ধরেন। অগত্যা অনসূয়ায় এসে পূজা দিতে পরামর্শ দেন। মনস্কামনাও পূর্ণ হয়। স্বামীজী চিঠিতে জানান, তা না হয় যা হোক হল। এখন মুশকিলে পড়েছি, ছেলেটার এক বছর বয়স বুঝি হয়েছে, তাকে নিয়ে আবার পূজা দিতে যাবে অনসূয়ায়। আমাকেও ছাড়বে না, সঙ্গে নিয়ে যাবেই! যেন এই জন্যেই এই শরীরের হিমালয় বাস!

সতী অনসূয়ার নামের সঙ্গে সন্তান-কামনা-সিদ্ধির যোগাযোগের হয়ত পৌরাণিক এক কাহিনীর ভিত্তি আছে।

অত্রি সপ্ত ঋষির অন্যতম। ব্রহ্মার মানসপুত্র। তাঁর চক্ষু থেকে উৎপন্ন হন। আবার অন্যদিকে ব্রহ্মার পুত্র মহর্ষি কর্দম। তাঁর পুত্র কপিল, কন্যা অনসূয়া। ভিন্ন মতে, অনসূয়া দক্ষ প্রজাপতি ও প্রসূতির কন্যা। অত্রির সঙ্গে অনসূয়ার বিবাহের পর কোন সন্তানাদি হয় নি। দুজনে এক পর্বতে তপস্যা শুরু করেন। হিমালয়ের এই অঞ্চলেই কিনা কে বলতে পারে? তপস্যায় তুষ্ট হয়ে ব্রহ্মা, বিষ্ণু, মহেশ্বর বর দিতে চান। অনসূয়া জানান, তিন জনকেই পুত্রভাবে পেতে চান। তথাস্তু। ব্রহ্মার অংশে সোম, বিষ্ণুর অংশে দত্তাত্রেয় ও শিবের অংশে দুর্বাসা—এই তিন পুত্র লাভ হয়।

আবার অন্য কাহিনীও আছে। ব্রাহ্মণ-বেশী সেই তিন দেবতার অতিথিরূপে আসার পূর্ব-কাহিনীর ভিন্ন শেষাংশ। অনসূয়ার অতিথি সেবায় তৃপ্ত হয়ে দেবতারা বর দিতে চাইলে তিনি তাঁদের পুত্ররূপে পাওয়ার প্রার্থনা জানান। ঐ তিন পুত্র লাভও করেন।

অত্রি-অনসূয়ার নানান কাহিনী পুরাণে পাওয়া যায়। এক মতে, অত্রির আশ্রম ছিল সুদূর দক্ষিণে—কন্যাকুমারীর পথে সুচিন্দ্রমে।

কিন্তু অতি মধুর চিত্র আঁকা, রামায়ণে। রাম-সীতার বনবাস চলেছে। চিত্রকূট ছেড়ে দণ্ডকারণ্য যাবার সময়ে অত্রি-অনসূয়ার আশ্রমে তাঁরা আসেন। মাতা অনসূয়া তখন অতিবৃদ্ধা। মায়ের মতনই সীতাদেবীকে আশীর্বাদ করেন। দিব্য বরমাল্য, বস্ত্র আভরণ, অঙ্গরাগ, গন্ধানুলেপন সাদরে উপহার দেন, বলেন, নিত্য ব্যবহারেও এ জিনিস অম্লান থাকবে।

অনসূয়াকে পদ গহি সীতা।
মিলি বহোরী সুসীল বিনীতা।
রিষি পতনী মন সুখ অধিকাঈ।
আসিষ দেই নিকট বৈঠাঈ॥

দিব্য বসন ভূষণ পহিরায়ে।
জে নিত নূতন অমল সুহায়ে॥
কহ রিষিবধূ সরস মৃদুবানী।
নারি ধরম কছু ব্যাজ বখানী॥

আশ্রমবাসিনী বৃদ্ধা ও তপস্বিনীর স্নেহের দান। যুগযুগান্তরের পরও গরিমা তার অক্ষুণ্ণ থাকে। তেমনি অমর হয়ে থাকে সীতার প্রতি তাঁর অপূর্ব উপদেশবাণী—সন্ত তুলসীদাসের অমৃতময়ী ভাষায়।

॥ ৭॥

অনসূয়ার মন্দির ও কারুকার্য দেখলেই বোঝা যায় মন্দিরটি প্রাচীন নয়।

কৃষ্ণমণির কাছে কারণ শুনি। প্রায় একশো বছর আগে ভূমিকম্পে পুরানো মন্দির ভেঙে পড়ে। পরে সংবৎ ১৯৪৫-এ এতোয়ারী গিরিস্বামী ও নন্দপ্রয়াগের গোকুল শেঠ এই মন্দির তৈরি করান। মন্দিরের আশপাশে, অঙ্গনে ও অলিন্দে, প্রাচীন মন্দিরের ভাঙা কয়েকটি অংশ ও দেব-দেবীর সুন্দর মূর্তি দেখি। শিব, গণেশ, মহিষমর্দিনী, পঞ্চ পাণ্ডবেরও। হরপার্বতীর পূর্ণাঙ্গ অপূর্ব মূর্তিখানি মদমহেশ্বরে দেখা মূর্তির কথা মনে আনে।

মন্দিরে অনসূয়া দেবী—দ্বিভুজা। এক হাতে মালা, অপর হাতে, কৃষ্ণমণি বলে, মুণ্ড—বোধহয় কমণ্ডলু। প্রৌঢ়া পাহাড়ী মেয়ে। নাকে নথ, সোনার নোলকও। উপরে স্বামী অত্রির মূর্তি।

দেবীর এ-মূর্তিও নবাগতা। ভূমিকম্পে প্রাচীন মূর্তি ভেঙে যাওয়ায় অত্রি-আশ্রমে অমৃতকুণ্ড ধারায় বিসর্জন দেওয়া হয়। বদরীনাথ-শতোপন্থের পথে এখনকার এই মূর্তি স্বপ্নাদেশে পাওয়া।

মন্দিরের ডান পাশে একটি ঘরে আমাদের থাকার ব্যবস্থা হয়। একদিকে খানিকটা খোলা, আলো-বাতাসের অভাব নেই। ঘরের মাঝখানে হোমকুণ্ডের মতো, প্রয়োজন হলে সেখানে ধুনি জ্বালাবার ব্যবস্থা আছে। তারই দুই পাশে চাটাই বিছিয়ে আমাদের কম্বলশয্যা।

মন্দিরের পিছনেও বাঁধানো উঠান। চারিদিকে ভাঙা মূর্তি। মন্দিরের সীমানা ছাড়িয়ে আবার বিস্তীর্ণ ময়দান। একপাশে বয়ে চলে জলের ধারা। তারই মুখে বাঁধানো বড় কুণ্ড। বৈতরণী কুণ্ড। কুণ্ডের মধ্যে অবিরল জলের ধারা পড়ে। স্ফটিকস্বচ্ছ জল। একপাশ দিয়ে আবার বার হয়ে যায়। জল ধরা নেই।

রৌদ্রে বসে তেল মাখি। কুণ্ডে নেমে ধারার মুখে দাঁড়াই। তৃপ্তির সঙ্গে স্নান করি। দেহমন স্নিগ্ধ হয়। এই তো প্রকৃত শান্তিবারি।

মন্দিরের বারান্দায় বসে প্রসাদ পাই।

দুজনের দু-খানি থালা। তার উপর ভাত নয়, রুটি নয়—পরমান্নের শুভ্র স্তূপ। যেন সদ্যফোটা শ্বেতপদ্ম। ঘন ক্ষীরের পায়েস। পাশে আলুভাতের মতো মাখা বড়

গোলক। দুটো বাটি ভরা সোনার বরণ কি এক তরল পদার্থ। তরিতরকারি নেই। দু-বাটি দই।

শিশিরবাবু কৃষ্ণমণিকে জিজ্ঞাসা করেন, এটা বুঝি আলুভাতে? তোমরাও এভাবে মেখে খাও? আর এইটে ডাল বুঝি? খুব গলে গেছে তো?

কৃষ্ণমণি আশ্চর্য হয়। তারপর হেসে বলে, আলুভাতে ডাল পেলেন কোথায়? এখানে ভোগে সবজী চলে না, লবণও নয়। পাত্রে ওটা মাখনের ডেলা, আর বাটিতে গরম গলানো ঘি। খেয়ে নিন, আরও মাখন ঘি দেওয়া হবে। ঐ দিয়ে মেখেই তো ক্ষীর খেতে হয়।

পরস্পরে মুখের দিকে তাকাই।—বলে কি! এই এতোখানি মাখন-ঘি খাওয়া যায়, না, খেলে সহ্য হয়?

মনে পড়ে, বেদে উল্লেখ আছে বটে, পরমান্নের সঙ্গে মাখন-ঘি মেশানোর পদ্ধতি।

শিশিরবাবু বলেন, কোন্‌টা কি বুঝলাম সব। এখন এক বাটি ঘি সরিয়ে নাও। যতটুকু দুজনের দরকার অপর বাটি থেকে বাঁ হাতে ঢেলে নেব। বাবাঃ! এত কখনও খাওয়া যায়!

পাশেই ছোট ঘর। পাকশালা। দরজার পাশে আড়ালে কৃষ্ণমণির মা বসে। এক বুক ঘোমটা টেনে বেরিয়ে আসেন। খপ্‌ করে পাতের উপর পরমান্নে আরও একটা করে মাখনের ডেলা দিয়েই দরজার আড়ালে অন্তর্ধান করেন। ইশারা করে কৃষ্ণমণিকে ডেকে যান। দরজার পাশে সে এগিয়ে বসে। মার সঙ্গে ফিস-ফিস করে কি কথা বলে। আমাদের জানায়, মাতাজী বলছেন, কিছু হবে না,—সব খেয়ে নিন,—আরও দেবেন। পাতে পড়ে থাকে না যেন কিছু। দেবীর প্রসাদ।

খেতেই হয়। অপরূপ স্বাদ পাই। ঘরের তৈরি তাজা খাঁটি জিনিস। কৃষ্ণমণির মা সত্যই আবার মাখন পায়েস দিয়ে যান। স্নেহভরে, জোর করে। আবার খেতেও হয়। ভয় লাগে মনে। শিশিরবাবু বলেন, ও-বেলা আর কিছুই খাওয়া চলবে না।

আমি বলি, দাঁড়ান, ওবেলা পর্যন্ত বেঁচে থাকলে তবে তো!

কম্বল শয্যায় শুয়ে শিশিরবাবু আপন মনে হাসেন।

প্রশ্ন করি, হল কি?

বলেন, হয় নি কিছু। ভাবছি—অতিথিসেবার পর ব্রহ্মা বিষ্ণু মহেশ্বরের অবস্থা। এবার আমিও শিশু হয়ে শুয়ে পড়ে থাকি।

আশ্চর্য জল হাওয়া, অথবা প্রসাদের অসীম গুণ। দিনশেষে প্রকৃতই সবকিছু পরিপাক হয়ে যায়। ক্ষুধা জাগে। কৃষ্ণমণির মা রুটি সবজী করে দেন। পরম পরিতৃপ্তির সঙ্গে আহার চলে।

সাতদিন কাটাই অনসূয়ায়। চারদিন থেকে রুদ্রনাথ যাই। রুদ্রনাথ থেকে ফিরে আবার তিন দিন বিশ্রাম করি।

শিশিরবাবু বলেন, এই এক সপ্তাহে যা ঘি, মাখন, ননী, দুধ, দই, ঘোল, ক্ষীর খেয়ে গেলাম,—সারা জীবনে এত খাই নি। কখনও খাবও না।

আমি বলি, কথাটা সম্পূর্ণ করুন;—এমন খাঁটি তাজা জিনিসও কখনও পাব না।

॥ ৮ ॥

কালের প্রভাব আছে, স্থানের মাহাত্ম্যও কম নয়।

শিশুকাল থেকে শুনি, কুকুর-বিড়ালের ভাব হয় না। মন্দির প্রাঙ্গণে বসে বসে দেখি, প্রকাণ্ড একটি ভুটিয়া কুকুর—নেকড়ে বাঘের মতন। আবার হৃষ্টপুষ্ট এক বিড়াল,—গায়ের রঙ বাঘের মাসীরই পরিচয় দেয়। দুজনে মিলে মিশে খেলা করে। কুকুরটা বিড়ালকে ধরতে যায়, বিড়াল থাবা তোলে। কুকুর পালায় ছুটে। ফিরে এসে আবার ধরতে যায়,—এ তখন পালায়। কখনও কুকুরটা শুয়ে পড়ে, বিড়াল গায়ের উপর উঠে খেলা করে, কুকুর থাবা দিয়ে আদর করে। কুকুরে-কুকুরে, বিড়ালে-বিড়ালে খেলা সর্বত্রই দেখা যায়, কুকুর-বিড়ালে এমন দৃশ্য কখনও দেখি নি।

কৃষ্ণমণি বলে, এখানে এই একটিই কুকুর, বিড়ালও একটি। দুজনে খুব ভাব।

কৃষ্ণমণির মা দুপুরে রোদে বসে চাটাই বোনেন। ঐ নাকি ওঁর বিশ্রাম। কি কারণে উঠে তাঁর ঘরের মধ্যে যান। কুকুরটা চাটাই-এর উপর উঠে টানাটানি করে। কৃষ্ণমণিকে বলি, দেখ, ছিঁড়ে ফেলবে।

সে বলে, না, কোন ক্ষতি করবে না। দেখুন না, ওর ওপর কি রকম ঘুরে ঘুরে খেলবে,—নিজের লেজ পিছনে মুখ করে নিজেই ধরতে যাবে। সব সময়েই ওর খেলা। যাকে বা যা পায়, তাই নিয়ে।

কৃষ্ণমণির খুড়তুতো ভাই—বিশালমুনি—এসে চাটাই বুনতে বসে, কুকুরটা তার হাত কামড়ে ধরে। সে হাসে।

অদ্ভুত শিক্ষা কুকুরটির। গরুগুলিকে মাঠে চরাতে নিয়ে যায় কৃষ্ণমণির ভাই,—বংশীধর। হাতে সত্যই বাঁশি, অতি মধুর "অলস রাগিণী"। গরুগুলিকে তাড়িয়ে নিয়ে চলে কুকুরটা। মন্দিরের পিছনে প্রকাণ্ড মাঠ। মাঠের শেষেই পাহাড়। সেইখানেই জঙ্গল শুরু। জানোয়ারও আছে। কুকুর সারাক্ষণ পাহারায় থাকে। ওদিকে কোন গরু গেলেই ডাক ছেড়ে তাড়া দিয়ে ফিরিয়ে আনে।

মাঠের মধ্যে ছড়ানো পাথর। মাথার উপরটা সমান। কালো পাথর। কিন্তু উপরে সাদাটে রঙ। সব কয়টা পাথরেরই। যেন আবলুস কাঠের টেবিল, সাদা মার্বেল বসানো। গরুগুলির খাওয়ার টেবিল। খাদ্য,—লবণ।

কৃষ্ণমণির মা মুঠা মুঠা লবণ রেখে দেন পাথরগুলির উপর। গরুগুলি ছুটে এসে চেটে খেতে থাকে। তৃপ্তির সঙ্গে শেষ হলেই মুখ ফিরিয়ে তাকায়, ডাক ছাড়ে

যেন, আরও দাও।—দেওয়াও হয় আরও। কুকুরটা এদিক ওদিক ছুটে তদ্বির করে। একটা বাছুরকে ঠেলে সরিয়ে বড় গরু নিজে খেতে শুরু করে। কুকুরটা তেড়ে এসে গরুটাকে সরিয়ে দেয়, বাছুর আবার খেতে পায়।

গরুগুলিকে লবণ খাওয়ানো এই তীর্থযাত্রার একটা অবশ্যপালনীয় নিয়ম। তাতে নাকি বহু পুণ্য। পুণ্য কিনা জানি না, তবে গরুগুলি যে তৃপ্তি পায় এবং তাদের খাওয়ার উৎসাহ দেখে মনেও যে আনন্দ জাগে, সন্দেহ নেই।

সঙ্গে অত লবণ আনার কারণ বোঝা যায়।

॥ ৯ ॥

অত্রি ঋষির তপস্যার গুহাও দেখতে চলি।

মন্দিরের পেছনে মাঠে নেমে ডান দিকে পায়ে-হাঁটা সরু পথ। বনের মধ্য দিয়ে চলা। সোজা রাস্তা। চড়াই-উৎরাই-এর কোনই কষ্ট নেই। বনের মধ্যে ঢুকতেই দেখি কৃষ্ণমণির জেঠামশায়, জেঠতুতো দাদা, ছোটভাই সেদিক থেকে আসে। পিঠে একরাশ শুকনো কাঠ, ডালপালা। দূর থেকে দেখায়, গাছপালাই বুঝি বা হেঁটে আসে। বোঝা ফেলে তারাও দলে যোগ দেয়। বলে, চলুন, একসঙ্গে ঘুরে আসি। এই তো এইখানে। যেতে আসতে ঘণ্টা দুইও লাগে না।

মাইলখানেক গিয়ে অল্প নামা। জঙ্গলের মাঝ দিয়ে পাহাড়ী নদী বয়ে চলে। নদীর বুকে রাশি রাশি শিলাস্তূপ। পাথরের উপর পা রেখে জলের ধারাগুলি ডিঙিয়ে পার হই। কৃষ্ণমণি হঠাৎ থমকে দাঁড়ায়। ইশারা করে, শব্দ না করতে। শিশিরবাবু চাপা গলায় বলেন, ভালুক নাকি?—তাকিয়ে দেখি, হাত কয়েক মাত্র দূরে চার পাঁচটা হরিণ! জল খেতে এসেছে। অবাক হয়ে মাথা তুলে আমাদের দিকে তাকায়। আমরাও দেখতে থাকি। অত্রিমুনির আশ্রমে চলেছি,—হিমালয়ের নিভৃতি, কলতানে বয়ে চলে পাহাড়ী নদী, তীরে ঘন বনের ছায়া, জলের ধারে হরিণের দল,—ভাবি, এগিয়ে হয়ত অত্রিমুনিরই দর্শন পাব!

ওপারে আরও প্রায় আধ মাইল চলে দেখি, বনের গাছপালার পর্দা সুমুখ থেকে হঠাৎ সরে যায়। দূর থেকে শব্দ পাই. এখন সামনেই দেখি, সুন্দর জলপ্রপাত। পাহাড়ের অনেকখানি উপর থেকে জলের বিপুল ধারা উদ্দাম বেগে লাফিয়ে পড়ে নীচে,—যেখানে আমরা দাঁড়িয়ে। ধারার নীচে কুণ্ড। সেখান থেকে জল আবার বয়ে নেমে যায়। অল্প দূরেই খানিক নীচে নদীর সঙ্গে মেশে। প্রপাতের নিকটে এগিয়ে দাঁড়াই। পাশেই পাহাড়ের গায়ে মানুষ-উঁচু একটা কালো পাথর। কৃষ্ণমণি হাতে পায়ে ভর দিয়ে তারই উপর ওঠে। আমাদেরও বলে ওঠবার জন্যে। শিশিরবাবু জানান, খাসা দেখছি এখান থেকে। ওর ওপরে আর নয়! জলের ছিটেয় পাথরটা কি রকম স্যাঁতসেঁতে—'স্লিপারি' হয়ে আছে—অত উঁচুতে উঠবই বা কি করে? উঠেই বা কি হবে? বেশ আছি এখানে। চমৎকার জায়গা।

জলের শব্দে কথা শোনা যায় না। কৃষ্ণমণি উবু হয়ে বসে মুখ নীচু করে চেঁচিয়ে বলে, ওপরে যে উঠতেই হবে। দর্শন তো এই ওপরে এসে ধারা পরিক্রমা করে—গুহা দেখে! চলে আসুন, হাত বাড়িয়ে ধরছি।

উঠি। কি করে,—কোথায় পা রেখে, তা জানি না। ভয়ও করে না। পড়িও না। উপরে খানিকটা সমতল। যেন ছোট প্ল্যাটফর্ম। মুখে চোখে গায়ে ঝরনার জলকণা ছিটকে ও উড়ে এসে লাগে। কিন্তু তারপর? পাশেই তো পাহাড়ের খাড়া গা নীচের দিকে নেমে গেছে। সামনেই ঝরনার ধারা। যাব কোথা দিয়ে—পরিক্রমা করতে?

কৃষ্ণমণি হাসে, এইবারই তো মজা, ঐ দেখুন যাবার পথ।

সেই খাড়া পাথরটার তলার দিকে একটা অদ্ভুত ভাবে কাটা অংশ। ঠিক যেন কে নীচে সমান করে পাহাড়ের গা থেকে অনুভূমিকভাবে (horizontally) একটা স্লাইস কেটে বার করে নিয়েছে। হাত তিনেক মাত্র চওড়া, হাত দেড়েক উঁচু, লম্বালম্বি আট-দশ ফুট হবে। আমরা যেখানে দাঁড়িয়ে সেদিক থেকে অন্য দিকে চলে গেছে। কৃষ্ণমণি জানায়, ঐটের মধ্যে দিয়ে শুয়ে অপর দিকে গিয়ে বার হতে হবে,—সেইখানে গুহা।

হামা দেবারও জায়গা নেই। বুকে হেঁটে এগিয়ে যাওয়া।

স্ফূর্তি করে একে একে তাই যাইও। কৃষ্ণমণিকে আগে পার হতে বলি, একটা ফটো তুলি।

অপর দিকে বার হয়ে হাঁফ ছাড়ি, সোজা হয়ে দাঁড়াই। অবাক হয়ে যাই—দৃশ্য দেখে।

বড় গুহা। বারান্দার সামনে যেমন চিক টাঙানো থাকে, গুহার সামনে এখানে তেমনি সেই জলপ্রপাতের বিপুল অগণিত ধারার পর্দা। গুহার সমস্ত মুখটাই প্রায় ছেয়ে রাখে। অবিরল জলরাশি নেমে আসে, সচল স্বচ্ছ ধারাগুলির মাঝ দিয়ে আলো আসে, বাতাস আসে, বাষ্পকণাও আনে। ঝরনার ধারাগুলি আলো লেগে ঝিকমিক করে, দেখায় যেন হীরা-মুক্তার পর্দা দোলে—হাওয়ায় কাঁপে।

জগতে এমন নিভৃতিও থাকে? জলতরঙ্গের একটানা ধ্বনিও বোধকরি এইখানে ধ্যান-মৌনতার বিঘ্ন ঘটায় না, শব্দব্রহ্মেরই সন্ধান আনে। একান্ত সাধনার স্থানই বটে।

গুহার মধ্যে পাথরের ছোট মন্দির। ফুট চারেক উঁচু। অতি সুন্দর বালিকা মূর্তি। বলে, অনসূয়া দেবীর। অত্রির তপস্যা গুহাতে কেন? বালিকা বয়সই বা কি কারণে? বুঝি না।

গুহার অপর দিকে পাহাড়ের গায়ে নামার পথ। প্রপাতের অন্য পাশে এসে নামা। নীচে অত্রিকুণ্ড বা অমৃতকুণ্ড। ধারার নামও অত্রিধারা বা অমৃতধারা। পাথরে পা রেখে, জলে নেমে ধারা পার হই। পরিক্রমাও শেষ হয়।

মন্দির, পাহাড়, এমন কি নদীরও পরিক্রমা হয় জানি। কিন্তু জলপ্রপাতের এই ভাবে পরিক্রমণ,—কখনও শুনি নি!

॥ ১০ ॥

পরম শান্তির মধ্যে চমৎকার দিনগুলি কাটে অনসূয়াতে।

ছোট বসতি। মন্দিরের কাছাকাছি পাঁচ-ছয়টা চালাঘর। যেন মাকে ঘিরে কোলেপিঠে কয়টি সন্তান। ঘরই আছে, লোকজন বিশেষ দেখি না। যা দু-চারজন থাকে পূজারীরই আত্মীয়। মণ্ডল গ্রামে বেশিদিন কাটায়, মাঝে মাঝে এখানে আসে। ধানচাষ এখানে একবারই হয়। ফসলের ক্ষতি করে বুনো শূয়ার, সজারু ও ভালুক। তাই রাত জেগে পাহারার ব্যবস্থা করতে হয়।

গাছে শিম ও নাশপাতি ঝোলে। ঘরের চালে কুমড়ো। চারদিকেই গাঁদা ফুল প্রচুর। কোনও দিকে কোন কোলাহল নেই। অতি শান্ত নির্জন পরিবেশ।

মন্দিরের একপাশে ঘরগুলির নীচে লম্বা গোয়ালঘর। উপরের ঘরে বসেই দেখতে পাই, সকাল থেকে কৃষ্ণমণির মা গরুগুলির সেবাযত্ন করেন। নিজ হাতে গোয়াল পরিষ্কার করা, খেতে দেওয়া, দুধ দোহা—সব কিছুই একা করেন। পরনে লম্বা কালো কম্বলের কাপড়। ঘুরিয়ে ঘুরিয়ে সারা দেহ ঢাকা। মাথায় ঘোমটারও কাজ করে। একটা সাদা চাদরও পাগড়ির মতো মাথায় জড়ানো। মুখের ফর্সা রং পরিশ্রমে রাঙা হয়ে ওঠে। বিন্দু বিন্দু ঘাম ফোটে। মুখে কথা নেই। একের পর এক কাজ করে যান। যন্ত্রের মতো। অথচ, চালচলনে মুখে বিরক্তির আভাস মাত্র নেই। স্নিগ্ধ প্রসন্ন দৃষ্টি। সব কিছুই করা—এই যেন তাঁর জীবনের নিত্যধর্ম। তাতেই আনন্দ। কাজের ছলেই মায়ের পূজা।

প্রশংসা করি কৃষ্ণমণির কাছে। মায়ের কথা শুনে তারও মুখে মায়েরই প্রফুল্লতার দীপ্তি ফোটে। যেন, দীপ থেকে দীপ জ্বলে। বলে, মেরী মায়ী?—নাম করতেই চোখ দুটি ছলছল করে আসে—তাঁর কথা বলছেন? তিনিই তো আমার সব কিছু।—শুধু গরুর সেবা কি দেখছেন? ওঠেন সেই শেষ রাত্তিরে। তখনও অন্ধকার থাকে। মন্দিরের ধোয়ামোছা সব সারেন। পূজার গোছগাছ করেন। পূজা সেরেই আমাকে যে রোজ সক্কালবেলায় চলে যেতে হয় মণ্ডল গ্রামে পড়তে। ফিরে আসি সেই দুপুরে। তারই মধ্যে মা গরুর কাজ সারেন, জল আনেন, ভোগ রাঁধেন। বাড়ির অন্য কাজ তো আছেই। তার ওপর ক্ষেতের কাজও। চুপ করে বসে থাকতে দেখি না। কতবার বলেছি, তবুও আমাকে কিছু করতে দেন না। কেবলই বলেন, ভালোভাবে পড়াশুনা শেষ করো, মানুষ হতে হবে।

ছোট ভাইটির কথা তোলে। বছর চোদ্দ বয়স। পড়তে চায় না। মাঠে মাঠে বাঁশি হাতে ঘুরে বেড়ায়। বলি নেহাতই যদি না পড়িস মায়ের সাহায্য কর্, গরুর কাজকর্ম, ক্ষেতের কাজ তাই না হয় দেখ্। দুদিন করে। তারপর আবার চুপচাপ।

ভাইটাকে দেখি, ময়লা ছেঁড়া জামা-কাপড়। অন্যমনস্ক ভাব। ফ্যালফ্যাল করে তাকায়। দেখে, কেন জানি না, মায়া জাগে। কৃষ্ণমণির ভাই বলে চেনাই যায় না।

কৃষ্ণমণির মা আমাদের সঙ্গে কথা বলেন না। হঠাৎ সামনে পড়লে ঘোমটা টেনে সরে যান। ছেলের মারফত আড়াল থেকে আমাদের দেখাশুনা করেন। তাঁদের এ কয়দিনকার আদর যত্নের কথা ভোলবার নয়।

পরের বছর অনসূয়ার পথে যাই নি। অন্যত্র ঘুরে বদরীনাথের দিকে চলেছি। চামোলীতে আধ ঘণ্টার জন্যে বাস দাঁড়ায়। হঠাৎ দেখে খুশি হই, আরে কৃষ্ণমণি! তুমি এখানে! কোথায় চলেছ?

উচ্ছ্বসিত হয়ে বলে, আপনার সঙ্গেই তো দেখা করতে এলাম। উখীমঠে রাওয়ালজীর কাছে জানতে পারি, আজ সকালের বাস-এ যাবেন, তাই চলে এলাম—ভোরে বেরিয়ে—

জামার পকেট থেকে সন্তর্পণে বার করে নেসকাফে কফির একটা কৌটো। দেখে মনে পড়ে গত বছর চলে আসার সময় শিশিরবাবু তাকে দিয়েছিলেন, অল্প একটু ছিল, তার খাবার ইচ্ছা আছে দেখে।

আশ্চর্য হয়ে জিজ্ঞাসা করি, ওটা আবার ফেরৎ এনেছ কেন?

সলজ্জভাবে জানায়, মা ঘি তৈরি করে এতে ভরে দিলেন—পথে কাজ দেবে। দুঃখ করছিলেন, বড় কোন টিন নেই, নইলে আরও দিতেন। কতটুকুও বা এতে ধরে!

ভাবি, মাপ দিয়ে কি সব মাপা যায়? না, বিচার করাই চলে? এই কতটুকুই তো অসামান্য!

দু-হাত পেতে নিই। কিসের এক আনন্দে অন্তর ভরে ওঠে। আমার হিমালয়-পথের আত্মীয়-বন্ধু। খবর পেয়ে ছুটে দেখা করতে আসে,—বাড়ির দোরগোড়ায় নয়, গাড়ি চড়ে নয়,—পায়ে হেঁটে যাতায়াতে প্রায় কুড়ি মাইল পাহাড়ী পথ অতিক্রম করে। অন্য কোন কিছুর লোভে বা লাভের আশায় নয়, শুধু আধ ঘণ্টার ক্ষণিক চোখের দেখা—পথের উপর। স্নেহশীলা জননী ছেলের হাতে পাঠিয়ে দেন—নিজ হাতে তৈরি করা সামগ্রী।

ভাবি, এরাই তো দেবতাত্মা হিমালয়ের প্রকৃত সন্তান। সতী অনসূয়ার সেবাব্রতের জীবন্ত প্রতীক।

॥ ১১ ॥

অনসূয়ার রাজবাড়ির অন্দরমহল। অচলা গৃহশ্রী। গৃহ-দেবতার পূজার্চনা। জননীর স্নেহযত্ন। অতিথির সাদর সেবা। আনন্দময়ীর স্নিগ্ধ শান্ত সংসার। শান্তির নীড়।

কিন্তু, রুদ্রনাথের পথ? হিমালয়ের আর এক জগৎ। গিরিরাজের বাহির মহল। রাজসভার বিচিত্র রূপসজ্জা। সভা করেন, গম্ভীর বিরাট মহাপুরুষ। জ্যোতির্ময়

জটাজাল, কোটি সূর্যপ্রভা। শঙ্কিত চরণে সসম্ভ্রমে তাঁর সম্মুখীন হতে হয়। পথের কঠিন দুর্গমতার রূপ ধরে দুয়ারে ভৈরব পাহারা দেয়।

মায়ের আশীর্বাদ নিয়ে সেই পথেই পা বাড়াই।

১৯শে সেপ্টেম্বর, ১৯৫৮।

অতি ভোরেই অনসূয়া দেবীর পূজা সারা। সকাল সাতটায় রুদ্রনাথ যাত্রা। সারাদিনের পথ। মাইল হিসাবে দূরত্ব বোঝা যায় না। এতই বিকট চড়াই, শুনি।

মালপত্র এখানেই সব রেখে যাওয়া। অল্প বিছানা, খাওয়ার কিছু সরঞ্জাম,—এই সঙ্গে নেওয়া। ভারবাহক একজন হলেই চলে যায়, তবু দুজনই সঙ্গে চলে। বলে, এই সুযোগে আমাদেরও দর্শন হবে। যাই নি তো কখনও। নামই শুনি।

বলি, ইচ্ছে হয় নিশ্চয় যাবি। একই দলের তো আমরা সাথী। সঙ্গের খাবার আর পথের কষ্ট ও আনন্দ—সব কিছুই ভাগ করে নেওয়া যাবে। কি বলিস?

সরল শিশুর মতো হাসে।

রুদ্রনাথে দুই রাত্রি কাটানোর কথা। তাই জ্ঞান সিংও চলে। রান্না করার ভার তার।

পূজারী কৃষ্ণমণি তো আছেই। তার জেঠতুতো দাদা—জনানন্দ, বছর চল্লিশ বয়স। তিনিও সঙ্গে থাকেন। বলেন, কৃষ্ণমণি দু-একবার মাত্র গেছে। বয়সও বেশি নয়। কোথাও যদি জঙ্গলে পথ ভুল করে, বিপদের ভয় আছে। আলম সিংজীও বার বার বলেছেন, যেন সঙ্গে যাই।

কৃষ্ণমণি হেসে বলে, দাদা! বলে দিই। পথ হারানো? গেল সাল তোমার কি হয়েছিল? দুজন যাত্রীকে নিয়ে কোথায় চলে গিয়েছিলে? সারারাত জঙ্গলেই কাটে,—পরের দিন ফেরো। সবাই ভেবে সারা!

জনানন্দও হাসে। স্বীকার করে, যা জঙ্গল, দেখবেন। পথ ভুল না হওয়াই আশ্চর্য। পথ তো নেই। দিক দেখে চলা। একটু এপাশ-ওপাশ হলেই ভুল। আর একবার ভুল হলেই জঙ্গলের গাছের গোলকধাঁধা!

শিশিরবাবু খুশিই হন। বলেন, ভালোই তো, যে কজন সঙ্গে যায়।

সপ্তরথী এগিয়ে চলি।

খানিক গিয়ে অত্রি-আশ্রমের পথ ছেড়ে বাঁ-দিকের পাহাড়ে উঠতে থাকি। সরু পথের রেখা। পাহাড়ী মামুলী চড়াই। তবু অতি ধীরে চলি। সামনে অজানা পথের প্রসিদ্ধ চড়াই। যথাসম্ভব শক্তি সঞ্চয়ে লাভ আছে।

ঘণ্টাখানেকের মধ্যেই পাহাড়ের উপরদিকে অমৃতধারার জলস্রোতের সাক্ষাৎ মেলে। যথারীতি হাঁটুর উপর প্যান্ট তুলে, জুতো খুলে, হাত ধরাধরি করে পার হই। শিশিরবাবুকে জনানন্দ কোনমতেই জলে নামতে দেয় না। পিঠের উপর ঝুলিয়ে নেয়। দুহাত দিয়ে শিশিরবাবু তার গলা আঁকড়ে থাকেন। স্রোতের টানে ও দেহের ভারে জনানন্দ টলতে থাকে। শিশিরবাবু হেসে চেঁচাতে থাকেন,—

ফেলে দিয়ে এই বরফজলে চোবাবে দেখছি, ওরে! নেমে পড়ি!—ছপ্-ছপ্ করে জল ছিটিয়ে ঠিক এপারে নিয়ে আসে।

গভীর জঙ্গল। বড় বড় গাছ। মাঝে সরু একফালি পথ। এঁকেবেঁকে পাহাড়ের গা বেয়ে ওঠে। নটা প্রায় বাজে। বনের মধ্যে খানিকটা খোলা জায়গা। হাঁফ ছাড়ি। যেন একটানা কাজের ফাঁকে কিছুক্ষণের ছুটি। নিকটে একটা ছপ্পর বা চালাঘর। পড়শীরা গরু-ছাগল-মহিষ চরাতে এসে থাকে। কাণ্ডাই নাম। ফেরবার পথে সেখানে দুধ পাই, তৃপ্তিভরে সবাই পানও করি। তখন দেখি, তারা চাটাইও বোনে। এ-অঞ্চলের সরু মজবুত মসৃণ বেত প্রসিদ্ধ। আশপাশে বাঁশঝাড়।

পাহাড়ে ওঠবার পথে সে-ঘরের সন্ধানও করি না। দুধেরও প্রয়োজন হয় না। অনসূয়া থেকে আনা দুধ গাছের ছায়ায় বসে পান করি। ক্ষুধা-তৃষ্ণা দুই মেটে। ক্ষণিক বিশ্রামও হয়।

এর পরেই দেখা যায়, রুদ্রনাথের দুরন্ত চড়াই।

শিশিরবাবু মাথা তুলে দেখেন। দীর্ঘনিঃশ্বাস ফেলেন। বলেন, এ যেন খাইয়ে-দাইয়ে পুষ্ট করে বাঘের মুখে ফেলা! দেখছেন না, এতক্ষণের সঙ্গী সেই সরু পথের রেখাটাও ভয়ে পালিয়েছে! যাব কোন্দিক দিয়ে?

চারিপাশে গাছগুলি ভিড় করে আসে। সারা জগৎ যেন এরই মধ্যে সীমাবদ্ধ। যেদিক দিয়ে জনানন্দ নিয়ে চলে, সেইদিক দিয়ে চলি। প্রতি পদক্ষেপে উপরে চড়াই উঠি। কি করে উঠি বুদ্ধি দিয়ে মেপে পাই না। ক্রমান্বয়ে উঠেই চলি যে, প্রকাশ পায় দেহের ক্লান্তিতে, শ্বাসের কষ্টে, মাথা ঘুরিয়ে নীচের-দিকে ফেলে-আসা গাছপালা পাথরের দিকে তাকিয়ে।

জনানন্দ নিষেধ করে, তাকাবেন না ওদিকে। সত্যি করে মাথা ঘুরে যেতে পারে।

কিন্তু, ঘোরে না। উপরে আসছি কি করে,—সেই ঘোরালো প্রশ্নটাই মাথায় ঘুরতে থাকে।

কোন্ পাথরের কোন্ খাঁজে পা রাখি, পাহাড়ের কোন্ ফাঁকে হাতের আঙুলগুলি আঁকড়ে ধরে, কোন্ গাছের কোন্ ডাল মুঠোয় ধরে দেহভার উপরে তুলি, কোন্খানে বড় বড় ঘাসের গোছা প্রাণপণে ধরে ভারসাম্য বজায় রাখি—তার কিছুই এখন মনে পড়ে না।

আশ্চর্য হই জনানন্দ ও কৃষ্ণমণির তৎপরতা দেখে। এ যেন তাদের বর্ণপরিচয় পাঠ। চোখের পলকে উঠে যায়, কোন্দিকে যাবে দেখেই আবার ফিরে আসে, পাশে এসে দাঁড়ায়, হাত ধরে সাহায্য করে, অতি সহজকণ্ঠে বলে, যেমনভাবে গেলাম দেখলেন,—ঐ জায়গাগুলোতে ঐভাবে পা রেখে, হাত ধরে, পার হয়ে যাবেন। এখানটা তো সহজ। সামনে আসছে টাঁকর গলি,—সেখানটায় একটু কঠিন, তবু পার করে দেবো ঠিক।

তাদের কাছে যেন,—এ তো স্বরবর্ণ! যুক্তাক্ষরটা একটু শক্ত। এমনি ভাব।

টাঁকর বা কাঁকর গলি আসে। মুশকিল পাথ্থরও বলে। আমাদের দেওয়া নাম নয়। পাহাড়ীদেরই ভয়ের ছাপ দেওয়া নাম।

পাহাড়ের গায়ে প্রকাণ্ড পাথর। সোজা নীচে পর্যন্ত নেমে গেছে। তাই ফুঁড়ে বার হয়েছে কোথাও ঘাসের জঙ্গল,—কোথাও বা ছোট ছোট আঁকাবাঁকা গাছ। এক এক জায়গায় শুধু খাড়া পাথর। যেন, বিরাট কালো দৈত্য, গায়ে লোমভরা, আবার নির্লোম মাংসপেশী। ঘাসগুলি তবু ধরা যায়, শিকড়ের জটের উপর পায়ের ভারও রাখা চলে। অবশ্য, মনে একটা নিশ্চিন্ত 'যা-হবার-হবে' এই বিশ্বাস রেখে। কিন্তু, পাথরটা?

জনানন্দ বলে, এগিয়ে চলুন তো, দেখিয়ে দিচ্ছি। পাথরের গায়ে দু জায়গায় একটু খাঁজের মতো আছে, একটা পায়ের বুড়ো আঙুলটা কোনরকমে রাখা যায়, তাই রেখে আর এক পা বাড়িয়ে চট করে চলে যাবেন—নীচের দিকে তাকাবেন না যেন।

তাই যাইও নিশ্চয়। না হলে ওদিকে পৌঁছলাম কি করে? এরা অবশ্য উদ্‌গ্রীব হয়ে পাশে দাঁড়িয়ে থাকে, কি করে বা কি ধরে তা জানি না—প্রয়োজনমতো আমার হাতও ধরে।

কিন্তু আশ্চর্য লাগে, এমন ভয়ঙ্কর জায়গা, তবুও এতটুকু ভয় জাগে না। কেন,—তার কারণও বুঝি না।

শিশিরবাবু নীচে দাঁড়িয়ে দেখেন। তাঁকে এবার নিয়ে আসে। উপর থেকে একজন হাত ধরে টানে, আর একজন নীচে থেকে ঠেলে ধরে থাকে।

জায়গাটা পার হয়ে সঙ্গীরা স্বস্তির নিঃশ্বাস ফেলে। তখন স্বীকার করে, তাদের মনেও আমাদের নিরাপত্তার জন্যে ভয় ও ভাবনা ছিল। এইখানটাতেই বিশেষ করে বিপদের আশঙ্কা থাকে। পড়ে গেলে সোজা বহু নীচে কোথায় যে শরীর চলে যাবে, তার আর সন্ধানই মিলবে না। শুধু হরিণ ছাগলই এখান দিয়ে হয়ত অনায়াসে যেতে পারে,—তাই নাম, কাঁকর গলি।

এই জায়গাটুকুরই ভয়ে যাত্রীরা সাধারণত গোপেশ্বর হয়ে রুদ্রনাথ যায়।২

চড়াই পথে উঠেই চলি। ক্ষণিক উঠে ক্লান্ত হই। বিশ্রাম করি। জনানন্দ, কৃষ্ণমণি উৎসাহ দেয়, গল্প করে, সামনে এখনও দীর্ঘ পথ, গহন বন। বলে, বেশিক্ষণ বসবেন না, পৌঁছুতে দেরি হলে বিপদ আছে। ধীরে ধীরে এগিয়ে চলুন।

শিশিরবাবু ম্লান হাসি-মুখে বলেন, বসি কি আর সাধে? একটু দম নিতে দাও বাবা! আবার এখনি চলব। পৌঁছুব ঠিকই। কিচ্ছু চিন্তা করো না। বয়েস হলে হবে কি? হাড় শক্ত আছে।

বলে পাশে-রাখা লাঠিগাছি ধরে জনানন্দকে হাত বাড়িয়ে দেন। বলেন, এবার একটু হাত ধরে চল দিকি। ফিরব কি করে এই পথে সেই ভাবনাই ভাবছি! যা

খাড়া নাকসমান উঠে চলেছি! এখন উঠছি তো কোনরকমে। ফিরতি পথে নামার সময় নীচের দিকে তাকালেই তো মাথা ঘুরে যাবে!

অকাট্য বাণী। ফেরবার সময়ে হয়েছিলও তাই। নীচের দিকে তাকাতে পারেন না, হাত ধরে বসে বসে কোনমতে নামেন। বলেন, এ যে পা বাড়িয়েও পা পাই না!—নামবার পথে সেই যে জনানন্দর হাত ধরেন, মুঠা ছাড়েন অনসূয়ার কাছে পৌঁছে—ঘণ্টা চারেক পরে।

॥ ১২ ॥

কষ্টের শেষ আছে। পরিশ্রমেরও পুরস্কার মেলে। হামসু পৌঁছাই।

বেলা বারোটা। দেহ অতি ক্লান্ত। ক্ষুধাও প্রচণ্ড। মনে হয়, গাছ পাথরই বুঝি বা খেতে পারি। অকস্মাৎ দৃশ্যপটের পরিবর্তন ঘটে। বিস্তীর্ণ বনভূমি। বড় বড় গাছের সারি। শুনি, খসরু গাছ। ছোট ছোট ফল হয়। পাকলে ভালুক আসে খেতে। স্নিগ্ধ মনোরম ছায়া। কোমল ঘাসে ছাওয়া সমতলভূমি। নানান রঙের ছোট ছোট ফুল। মাঝে মাঝে বড় পাথর,—যেন বসবার চৌকি পাতা। নিকটেই ঝরনার ক্ষীণধারা। মৃদুকণ্ঠে কলতান তুলে ধীরে নেমে চলে। সব ক্লেশ, সব শ্রম নিমেষে অন্তর্ধান করে। মনে হয়, এই তো আমার ঘর। কতকাল পরে যেন ফিরি। মহাসাগরের মতো অতল তৃপ্তি, হিমাচলের মতো বিশাল শান্তি। নিজের ক্ষুদ্র সত্তা অবলুপ্ত করে। পাথরের উপর শুয়ে ঊর্ধ্বমুখে 'আকাশ পানে চাই, কী জানি কারে দেখি!'

চমক ভাঙে কৃষ্ণমণির ডাকে। পাশে এসে বসে গেলাস হাতে, বলে, বাবুজি, চা তৈরি।

এরই মধ্যে কোন্ পাথরের আড়ালে শুকনা ডালকাঠির সাহায্যে আগুন জ্বালায়, চা তৈরি করে, সঙ্গে-আনা পরোটা ও আলুসিদ্ধ দিয়ে প্রকৃতির এই মন্দিরে অমৃতময় প্রসাদ বিতরণের আয়োজন করে।

এই ভূ-স্বর্গ থেকে বিদায় নিতে মন চায় না। তবুও—সময় হল শেষ, তবু হায় চলে যেতে হয়!

জনানন্দ আশা দেয়—আর একটু এগিয়ে চলুন, দেখবেন 'পুষ্পবাটিকা'। বড় চড়াই তো শেষ হয়ে গেছে!

চড়াই শেষ, ফুল-বাগিচার সমাচার,—মন যেন মৌমাছির মতো ডানা মেলে উড়ে চলে! একটু গিয়েই থমকে দাঁড়াই।

নিকটে কি কোথাও সরোবর আছে? স্বর্গের অপ্সরাগণ বোধ হয় স্নান সেরে অলক্ষ্যে কোথায় শৈলশয্যায় রোদ পোয়াচ্ছেন। ঐ তো দেখা যায় পাহাড়ের গায় তাঁদের রঙবেরঙের শাড়ি শুকায়। বাতাসে কেঁপে কেঁপে ওঠে।

বিচিত্র বর্ণবিন্যাস। পুষ্পবাটিকা নামের সার্থকতা জানায়। কত বিভিন্ন রঙের

ফুলের সমাবেশ। পাহাড়ের গায়ে এক এক জায়গায় একই রকমের ফুলের স্তর। যেন, সাজানো বাগানে নানারকম ফুলের 'বেড'। কিন্তু সাজাল কে? তা কে জানে!

বুক-সমান উঁচু লম্বা চারা ফুলের ক্ষেত। লম্বা পাতা। মাথার উপর থোকা থোকা সাদা ফুল। হাওয়াতে যেন ঝালর দোলে। তারই মাঝ দিয়ে হেঁটে চলা। কাঁধ ও মাথাগুলি শুধু বাইরে দেখা যায়। ফুল-সাগরে সাঁতার কাটা। হাতে, গায়ে, গালে ও মুখেও ফুলের কোমল স্পর্শ পাই। সারা অঙ্গে শিহরণ জাগে। মৃদু-মন্দ সুবাস ওঠে। অন্তর পুলকে ভরে। মনে হয়, অলক্ষ্যে কার যেন স্নেহাশিস স্পর্শ পাই।

কোথায় কঠিন পথের দুর্গমতা! দুরূহ চড়াই-এর বিভীষিকা! দুঃস্বপ্নের মতো মিলিয়ে যায়। চোখের সামনে রূপ নেয় স্বর্গের অনুপম শোভা।

যেন, উৎসব-সভা-শেষে ফুলের পারিতোষিক বিতরণ।

তরু-লতার স্নিগ্ধ শ্যামশোভা, প্রকৃতির কোমল রূপ-সজ্জার এইখানেই সমাপ্তি। আবার দেখা দেয় পাহাড়ের কঠিন রুক্ষ রূপ। কালো পাথর,—হঠাৎ কোথাও অল্প একটু ঘাস। পথও ওঠে, তবে অতি ধীরে। চড়াই-এর কষ্ট নেই। পাহাড়ের মাথা সামনে নিকটে দেখা যায়।

জনানন্দ বলে, ঐটুকু আর তার পরই পাহাড়ের অপর দিকে নামা। ওদিকে অতি সোজা পথ। পাহাড়ের মাথায় ঐ দিকটায় দেখুন,—মুসা ডুঙ্গী বা চুহা ডুঙ্গী।

দেখি, পাহাড়ের উপরে বিশাল কালো পাথর। দেখায় অনেকটা ইঁদুরের আকারেরই মতো।

নবীন উৎসাহে বাকি পথটুকু উঠে চলি। আবার দেখা দেয়, ঘাসের মধ্যে ছোট রঙিন ফুলের আনন্দ মেলা—Alpine flowers. মাটিতে ৫।৬টা লম্বা লম্বা পাথর বসানো,—থামের মতো। কতকাল আছে, কে বা কেন রেখেছে, জানতে পারি না। নাম শুনি, পিতৃস্থান। পিতৃপুরুষের স্মৃতি-স্তম্ভ নাকি? কে জানে? মনে পড়ে, প্রাগৈতিহাসিক ব্রিটেনে Stonehenge-এর স্তম্ভগুলির ছবি।

পাহাড়ের অপর দিকে আবার চলা। ধীরে ধীরে নামা। অল্প পরেই পথের একটা রেখাও দেখা দেয়। লম্বা পথ,—পাহাড়ের গায়ে যেন একটা ফিতা ফেলে রাখা। সহজেই নেমে চলি। দূরে দেখা যায় রুদ্রনাথ।

পাহাড়ের মাথা থেকে খানিক নীচে। গ্রাম নয়। মন্দিরের চূড়াও নেই। এক জায়গায় বিচ্ছিন্ন একখানা ঘর। ধর্মশালা। আরও দূরে খান দুই তিন চালা। সেইখানে গুহামন্দির। পূজারীর বাসস্থানও। দূর থেকে দেখায় পাহাড়ের গায়ে কয়টি সাদা বিন্দু। চারদিক গাছপালাশূন্য। তার তিন চারশ ফুট নীচে গভীর জঙ্গলের সীমারেখা। পাহাড়ের গা বেয়ে উঠতে গিয়ে হঠাৎ যেন থমকে দাঁড়িয়ে গেছে। রুদ্রনাথের পাহাড়ের শেষ অংশের পিছনে চৌখাম্বা বা বদরীনাথ তুষার-শিখরের একটা প্রান্ত দেখা যায়। যেন, রুদ্রদেবের মাথার উপর সাদা পতাকা নীল আকাশে উড়তে থাকে।

স্বচ্ছন্দে ও পরম আনন্দে এগিয়ে চলি। দেহে কোন অবসাদ নেই। পথের মাঝে মাঝে ঝরনা। পাহাড়ের গা বেয়ে নেমে চলে। ধীর মন্থর গতিতে। কাঁচের মতো স্বচ্ছ জল। মধুর অস্ফুট ধ্বনি! শিশুর মুখে সরল হাসি।

দেখতে দেখতে বাকি পথটুকু শেষ হয়। এক ফোঁটা ধর্মশালা একটা চালাঘরের রূপ নেয়। ছাড়িয়ে এগিয়ে যাই মন্দিরের দিকে। আরও ফার্লঙ খানেক দূরে। সেইখানেই দিন-শেষে-পাওয়া নতুন-পথের শেষ মুখ। আনন্দ লাগে ভাবতে, সারাদিন কেটে গেল পথ খুঁজতে, পথ চলতে, পথের শ্রমে। পথের রেখা পেলাম পাহাড় ডিঙিয়ে এ-পারে এসে।—সহজ সরল পথ এগিয়ে হাত ধরে নিয়ে আসে দেবতার গুহামন্দিরের দ্বারে।

উদ্দিষ্টে পৌঁছে দিয়ে গুহার অন্ধকারে নিজে কোথায় মিলিয়ে যায়।

॥ ১৩॥

মন্দিরের পাশে দুটি চালাঘর। সেইখানে পুরোহিত থাকেন। বাঁ দিকের পাহাড়ের গায়ে স্তরে স্তরে সাজানো ছোট ছোট মন্দির। পাথরের উপর পাথর বসিয়ে তৈরি। মন্দিরের যেন ধাপ উঠে গেছে। যেমন খাজুরাহো বা উড়িষ্যার মন্দিরের গায়ে ছোট ছোট মন্দিরের পুনরাবৃত্তি। মন্দিরগুলির মধ্যে সবই মুখারবিন্দ শিবলিঙ্গ।

রুদ্রনাথ মন্দিরের সামনে পথের শেষে কয়েকটি ধাপ। গুহামন্দির। গুহার সুমুখে পাথর-বাঁধানো ঘর,—মন্দিরের প্রবেশদ্বার। দরজার উপরদিকে ঝালর। রঙিন সিল্ক নয়, কাপড় নয়, রংবেরঙের কাগজের চেনও নয়, দেবদারু পাতাও নয়। ব্রহ্মকমল ফুলের সারি গাঁথা। হিমালয়ের প্রগাঢ় নিস্তব্ধতা। দূরে তুষারগিরি-শ্রেণির জ্যোতির্ময় শুভ্রকান্তি। অপার্থিব শব্দহীন দীপ্তি। মন্দির-দরজার চৌকাঠে মাথা ঠেকিয়ে প্রণাম করে স্তিমিত দীপালোকে প্রবেশ করি। রুদ্রনাথের পুরোহিত কমলফুল দিয়ে আশীর্বাদ করেন।

মনভরা নিবিড় প্রশান্তি।

সঙ্গীরা আসেন। ধর্মশালায় আশ্রয় নিতে চলি।

পাথরের দেওয়াল। ফুস-ঘাসে-ছাওয়া ছাত। দু-খানি ছোট ঘর। জানলা নেই। সামনে বারান্দা। রাস্তার দিকে সবখানি খোলা। দলের সকলে ঘরের মধ্যে রাঁধবার ও থাকবার আয়োজন করে। আমাদেরও ডাকে। বদ্ধ ঘরে থাকার অভ্যাস নেই, তার মধ্যে আবার উনান জ্বলে। খোলা বারান্দাতেই দুজনের কম্বল বিছানো হয়। পর্দার মতো চাদর ও বর্ষাতি 'সীট' শিশিরবাবু টাঙিয়ে দেন, বলেন, তেমন কিছু শীত বোধ হচ্ছে না, তবু থাক।—লম্বা হয়ে চোখ বুজে শুয়ে পড়েন, ওঃ! কী আরাম! কিন্তু চোখ বুজলেই যে দেখি, সেই চড়াই উঠছি এখনও!

এমন শান্তির নীড়, তবুও কি শান্তি থাকে?

রুদ্রনাথের পুরোহিত মন্দির থেকেই সঙ্গ নেন। লম্বা গড়ন। পরনে গরম আলখাল্লা। মাথায় বিরাট পাগড়ি। কালো দাড়ি গোঁফ। কপালে চন্দনের দীর্ঘ তিলক। কম্বলের এক পাশে বসে গল্প শুরু করেন।

রুদ্রনাথের মাহাত্ম্য। পঞ্চকেদারের চতুর্থ কেদার। পাণ্ডবদের সেই কাহিনী। হিমালয়ে মহাদেবকে খুঁজে বার করা। ভীমসেন দেখতে পেয়ে ধরতে যান। মহিষবেশে মেদিনী ভেদ করে শিবের আত্মগোপনের চেষ্টা। পঞ্চকেদারে তাঁর পাঁচ অংশের প্রকাশ। কেদারনাথে পশ্চাদ্‌ভাগ, মদমহেশ্বরে নাভি, তুঙ্গনাথে বাহু, রুদ্রনাথে মুখ, কল্পেশ্বরে জটা। আবার আর এক মতে, পঞ্চকেদারে শিবের পঞ্চমুখ।

পুরোহিত আশ্বাস দেন, দেবতার স্নানের সময় কাল নির্বাণ দর্শন পাবেন। মুখারবিন্দ লিঙ্গ তখন ভালো করে দেখাও যাবে।

এ মন্দিরের সেবা-পূজার ভার গোপেশ্বরের মোহন্তজীর উপর। কেদারবদরী-মন্দির কমিটির হাতে এখনও যায় নি। মন্দিরের অবস্থা শোচনীয়, জানান। যাত্রী-সংখ্যা কম। প্রায় সবই পাহাড়ী। নন্দাষ্টমীতে ও দুর্গাষ্টমীতে বিশেষ পূজা হয়। শ্রাবণী রাখীপূর্ণিমাতে মেলা বসে। বছরের ছয় মাস এখানে পূজা, শীতের ছয় মাস গোপেশ্বরে। কার্তিক সংক্রান্তিতে পটবন্ধ হয়। তার আগেই খুব বরফ পড়া আরম্ভ হয়ে যায়। ১১,৬৭০ ফুট উঁচু।

মনে পড়ে, কেদারনাথ ১১,৭৫০ ফুট। কিন্তু বরফের পাহাড় সেখানে কাছে। তিন দিকে পাহাড়-ঘেরা।

সেদিক দিয়ে রুদ্রনাথ খোলা জায়গায়। ঝড়ের মতো বাতাস ওঠে, তাই প্রচণ্ড ঠাণ্ডাও পড়ে!

পুরোহিতকে সাহায্য করার জন্যে একজন সেবকও আছে। দুঃস্থ পাহাড়ী গ্রাম-বাসী। জল বহে আনে, জঙ্গল থেকে কাঠ কেটে আনে। হঠাৎ কোন বিশেষ প্রয়োজন হলে গোপেশ্বরেও যায়। এমন কি আর দূর! ঘণ্টা ছয়-সাতেকের পথ। ভোরে গিয়ে সন্ধ্যার আগে ফিরে আসে।

শিশিরবাবু তাকিয়ে হাসেন। তারপর গম্ভীরভাবে বলেন, তা তো বটেই! আসবার সময় চড়াই হয় না?

পুরোহিত বলেন, তা একটু হয়। পাহাড়ীদের কাছে এমন আর কি? আপনারা এলেন মণ্ডলচটি-অনসূয়া হয়ে। ওদিক দিয়ে লোক কমই আসে। গোপেশ্বর থেকে চড়াই একটু কম, পায়ে-হাঁটা পথেরও সামান্য চিহ্ন আছে। এই পাহাড়ের ওপর দিয়ে কল্পেশ্বরেও নামা যায়। মাত্র মাইল ১৪। তবে পথ খুব দুর্গম। বন-জঙ্গল, নদী, চড়াই-উৎরাই ভেঙে পৌঁছুতে দু-তিন দিন লেগে যায়।—এখানে আমরা রয়েছি এই দুজনে। ও থাকে নিজের কাজ নিয়ে, আমার দিন-রাত কেটে যায় মন্দিরের সেবায় আর একান্ত সাধন-ভজনে। সারাক্ষণই মৌনব্রত। অতি শান্তিময়

স্থান। মন সব সময়েই ধ্যানে মশগুল হয়ে থাকে।—বলে চোখ বোজেন। স্থির হয়ে একটু বসেন।

শিশিরবাবু আবার আমার দিকে ফেরেন, অস্ফুটে বলেন, বেশ সাধুর মতো চেহারাও। তা হবে না? কি রকম জায়গায় থাকে? সাধু মহাত্মারই তো স্থান।

পরের দিন মন্দিরের পূজা দিতে গিয়ে দেবতার প্রণামী ও পুরোহিতের দক্ষিণার অঙ্ক শিশিরবাবু একটু বাড়িয়েই দেন।

বুঝতে পারি, ক্ষেপা ভোলানাথের অবস্থা ভেবে এটা করা নয়। তাঁর সেবকের প্রতি এটা শ্রদ্ধারই নিদর্শন।

কিন্তু এতেই কাল হয়। সেই থেকে সারাক্ষণই পুরোহিত কাছে কাছে ঘুরতে থাকেন। নিজের গভীর সাধন-ভজনের কাহিনীর ফাঁকে ফাঁকে জানিয়ে দেন আপন আর্থিক দুরবস্থা, কিছু সাহায্যের প্রত্যাশা। শিশিরবাবু বলেন, ঐ তো মন্দিরে দেওয়া হল।

তিনি দীর্ঘশ্বাস ফেলে বলেন, তা দিয়েছেন। তবে ও-সব তো দেবতার থাকবে। আমার কথাটা যাবার আগে একটু মনে রাখবেন। এমন একান্ত সাধনা-ক্ষেত্রে এমন জাগ্রত দেবতা—তাই তো আঁকড়ে পড়ে আছি—এত কষ্ট-অসুবিধার মধ্যেও। সব সময়েই মনে ধ্যান চলেছে। যা করেন তিনি। আমি কে?

কথায় কাজ হয়। শিশিরবাবু আরও একটা দশ টাকার নোট দেন। উদাসীন-ভাবে পুরোহিত ঝোলার মধ্যে রাখেন। বলেন, টাকাকড়ি ছুঁই না একরকম। লোভ-মোহ সব কেটে গেছে। এমন জায়গায় থেকে কাটবে নাই বা কেন, বলুন?

তারও পরের দিন। যাবার জন্যে সবাই প্রস্তুত। সকলে আবার মন্দিরে যাই। প্রণাম করি। শিশিরবাবু ভক্তিভরে পুরোহিতকেও প্রণতি জানান। পথে নেমে এগিয়ে চলি। পুরোহিতও সঙ্গে চলেন, বলেন, একটু এগিয়ে দিয়ে আসি। দুদিন বড় ভালো কেটেছিল। হঠাৎ যেন তাঁর কি মনে পড়ে। শিশিরবাবুকে বলেন, এই দেখুন! একেবারে ভুলেই গেছি। ভাগ্যে মনে পড়ল! নইলে তীর্থক্ষেত্রে আপনাদের দেনা থেকে যেত। আমার ঐ লোকটা কাল আপনাদের জন্যে জঙ্গল থেকে কাঠ এনে দিয়েছে, তার দু-টাকা পাওনা আছে।

তাই নাকি?—বলে শিশিরবাবু টাকা দিতে যান। অনসূয়ার পূজারী কৃষ্ণমণি নিষেধ করে, বিরক্ত হয়ে পুরোহিতকে বলে, আপনার লোক কি রকম এনেছিল? আমাদের কুলিরাই তো জঙ্গল থেকে নিয়ে এল। জল, কাঠ,—সব কিছু। সে তো আমাদের কোন কাজই করে নি। তবু দেখলাম বাবুজী তাকে এক টাকা বকশিশ দিলেন।

পুরোহিত ছাড়েন না। তর্ক করেন। বিবাদের সূচনা দেখে হেসে শিশিরবাবুকে বলি, দিয়ে দিন আরও দুটো টাকা। মন-মেজাজ খারাপ হতে দেবেন না—হিমালয়ের পথে। ভেবে নিন, এবারে পাওনা না হলেও গতজন্মে নিশ্চয় পাওনা ছিল!

বিরক্ত হয়েই শিশিরবাবু দেন! পরে সকলের কাছে বিশদভাবে জিজ্ঞাসা করে জানতে পারেন, পুরোহিত ঠকিয়েই নিয়েছে। এই ওর স্বভাব। যাত্রীদের সঙ্গে এর আগেও ঐভাবে ব্যবহার করেছে, ধরাও পড়েছে, লাঞ্ছিতও হয়েছে। তবুও, স্বভাব তেমনি আছে।

শিশিরবাবু সব শুনে মন্তব্য করেন, হিমালয়ে তো এ-রকম ঘটে না। লোকটার চেহারা দেখে, কথাবার্তা শুনে শ্রদ্ধাই হয়েছিল। যে কেউ এখানে এলে বিশ্বাসও ওকে করবেই। কিন্তু, ঐ ধরনের লোক এই পেশা নিয়ে এখানে টিকে আছে কি করে? রুদ্রনাথ কি মানুষের বিশ্বাসের এইভাবেই পুরস্কার দিচ্ছেন?

ভাবি, বিশ্বাসের পুরস্কার! দেবতার ইচ্ছা বা ভাগ্যের বিড়ম্বনা বিচার করা সাধ্য কার!

॥ ১৪ ॥

রুদ্রনাথে জলের কিছু অভাব। ধর্মশালার খানিক নীচে নারদ কুণ্ড। সেইখান থেকে জল আনে।

ছোট ছোট মন্দিরগুলি ছাড়িয়ে পাহাড়ের উপর দিকে স্বর্গদ্বার। সেখানেও জলের ধারা। তামার পাত্রে রুদ্রনাথের স্নানের জল আসে। পাঁচটি ক্ষীণ ধারা—পঞ্চগঙ্গা। শুনি, সব সময়েই সমভাবে ধারায় জল নামে,—কমবেশি হয় না।

মন্দিরের অনেক নীচে—পাহাড়ের গায়ে যেখানে জঙ্গল শুরু—তারই মাঝে বৈতরণী কুণ্ড। কৃষ্ণমণি ও জনানন্দ দর্শনে যায়। সেখানে নাকি অনন্তশয্যার নারায়ণের মূর্তি আছে, পদতলে লক্ষ্মী, নাভিকমলে ব্রহ্মা।

রুদ্রনাথের পাহাড়ের উপর দিকে মাইল তিনেক গেলে পাণ্ডব সার বা পাণ্ডব চোলা। প্রকাণ্ড বড় বড় তরোয়াল—প্রায় ১০।১২ হাত লম্বা ও অন্য অস্ত্র-শস্ত্র, এমন কি নানাপ্রকার স্বর্ণালঙ্কারও আছে। প্রবাদ, পাণ্ডবদের অস্ত্র ও ধনাগার। এত বৃহৎ আকার অস্ত্রপাতি সেই বীরদের ছাড়া আর কার হবে? শুনি, উৎসাহী কোন কোন পাহাড়ী দেখে এসেছে। হিমালয়ের অন্যত্রও এই ধরনের গুহা-ভাণ্ডার আরও দেখা যায়।

মদমহেশ্বরের মতন রুদ্রনাথ পাহাড়েও বহুরকম ঔষধি গাছগাছড়া পাওয়া যায়। যেমন উপকারী তেমনি আবার অতিবিষাক্তও। লোকের বিশ্বাস, কার্তিক অমাবস্যায় সমস্ত ঔষধের গাছপালা আপন ভাষায় নিজেদের গুণ প্রকাশ করে, গাছগুলি থেকে সে সময়ে এক ধরনের জ্যোতি বিকীর্ণ হতে থাকে। কিন্তু তখন কোন মানুষ সেখানে থাকতে পারে না।

শিশিরবাবু আশ্বস্ত হন, বলেন, তাহলে কেউ দেখেও নি, বল?

কিন্তু, রুদ্রনাথ দেব-দর্শনে কি দেখা যায়, তাই বলি।

গুহা-মন্দির। গুহার ভিতর দাঁড়াবার, বসবার, লিঙ্গ-পরিক্রমা করার স্থানাভাব

নেই। হিমালয়ের গুহা,—জলসিক্ত থাকা স্বাভাবিক। মাঝখানে বৃহৎ শিবলিঙ্গ। স্নানের সময় আবরণমুক্ত হন। লিঙ্গাকার কালো শিলা। লিঙ্গের উপরিভাগে মুখ। মুখারবিন্দ লিঙ্গ। মন্দিরদ্বারের দিকে বাহির পানে যেন তাকিয়ে থাকেন। নিখুঁত সুন্দর মুখের প্রতিকৃতি। শান্ত সৌম্য বদন। স্নিগ্ধ দৃষ্টি। দুই নয়ন বেয়ে করুণার স্বচ্ছ আলোক ঝরে। দেখেই মনে হয়, কাছে টানেন। পাশে স্থির হয়ে বসি। নিবিড় শান্তিতে দেহ-মন স্নিগ্ধ হয়ে যায়। রুদ্রনাথের রুদ্রভাবের কোথাও ইঙ্গিতমাত্র নেই।

স্নান-শেষে পুরোহিত দেবতার বেশভূষা পরান। অভিষেকমূর্তি নূতন রূপ পরিগ্রহ করে। রঙিন বস্ত্র। ফুলের মালা। ব্রহ্মকমলের স্তবক। মাথায় মুকুট। মুখমণ্ডলে পিতলের মুখোশ। আচম্বিতে দেবতার রূপের সম্পূর্ণ বিপর্যয় ঘটে। নকল চোখে কুপিত চাহনি জ্বলতে থাকে। প্রকাণ্ড একজোড়া পাকানো গোঁফ কোন কিছুরই যেন তোয়াক্কা রাখে না। সোজা মাথা,—হয়ে যায় একটু হেলানো, যেন ঘাড় বেঁকিয়ে রাগে তাকিয়ে থাকেন,—দরজার দিকে—ভীমসেনের শক্তিমত্তার ঔদ্ধত্য দেখে।

এইবার মনে হয়, হ্যাঁ, রুদ্রনাথই বটে।

ভাবি এমনি করেই ঘটে মানুষেরই হাতে দেবতাদেরও মহান মনোহর মূর্তির অবলাঞ্ছনা। যেমন, এই শান্ত পুণ্য তীর্থক্ষেত্রে সাধু-ভেকধারী ঐ পুরোহিতের অবাঞ্ছিত উপস্থিতি।

কিন্তু, তখনই মনে হয়, কিসের মূর্তি? কিসের মানুষ? চারিদিকে উন্মুক্ত প্রকৃতির বিশ্বজোড়া রূপ। হিমালয়ের ঐ শুভ্রকিরীট গিরিশিখর—নির্মল সূর্যকরোজ্জ্বল। 'শব্দহীন গতিহীন স্তব্ধতা উদার।' তারই মাঝে দেবতার 'নিঃশব্দ সভা নিস্তব্ধে বিরাজে।'

"যত দূর দৃষ্টি যায় শুধু যায় দেখা,
হে সঙ্গবিহীন দেব, তুমি বসি একা।"

কল্পেশ্বর

॥ ১॥

পঞ্চকেদারের পঞ্চম কেদার কল্পেশ্বর। অপর নাম—কল্পনাথ, কল্পকতীর্থ বা কল্পস্থল। মহাদেব মহাদেবীর নিকট এই তীর্থের মাহাত্ম্য বর্ণন করে বলেন :

শৃণু দেবি প্রবক্ষ্যামি পঞ্চমং বৈ মমালয়ম্।
কল্পস্থলমিতি খ্যাতং সর্বপাপপ্রণাশনম্॥
যত্রাহং দেবদেবেন হ্যর্চিতঃ পর্বতাত্মজে।
মূঢ়ো দুর্বাসসা শপ্তো নষ্টলক্ষ্মী হতপ্রভঃ॥
আরাধ্য মাং ত্বয়া যুক্তং প্রাপ্তবান্ কল্পপাদপম্।
অহং চ দেবদেবেশি কল্পেশত্বং সমাগতঃ॥

দুর্বাসার শাপে শ্রীহীন ও নিস্প্রভ হয়ে দেবরাজ ইন্দ্র সেইখানে হর-পার্বতীর আরাধনা করেন এবং কল্পতরু প্রাপ্ত হন। কল্পেশ্বর নাম নিয়ে মহাদেবও ওখানে বিরাজ করতে থাকেন।

সেই কল্পবৃক্ষ আজ কোথায় তা জানি না। কিন্তু, হিমালয়ের এক নিভৃত অঞ্চলে পঞ্চকেদাররূপে কল্পেশ্বরের তীর্থ আজও বিদ্যমান। দেবরাজ সেখানে লাভ করে ছিলেন কল্পতরু। আধুনিক কালের মানুষ সেখানে কি দেখল সেই কথাই লিখি।

॥ ২॥

যাবার পথ—হেলাং বা কুমার চটি থেকে। পিপুলকুঠি হতে বদরীনাথ যাত্রা-পথে যোশীমঠের মাইল ছয়-সাত আগে হেলাং চটি। প্রথম যেবার কল্পেশ্বরে যাই, হেলাং পর্যন্ত বাস চলে নি। পায়ে হাঁটা প্রাচীন পথে যেখানে হেলাং চটির দোকানপাট, ধর্মশালা ছিল, সেখান থেকে প্রায় মাইল খানেক নীচে অলকানন্দার উপত্যকায় নামতে হত। পার্বত্য এক নদীর সঙ্গে অলকানন্দার সেখানে সঙ্গম। কিছু দূরে হেলাং-এর কাছ থেকে নেমে আসে আরও একটি ঝরনা। বোধ হয়, এই কারণেই জায়গার নাম ত্রিবেদী। অলকানন্দার উপর তখন ছিল দড়ির ঝোলা পুল। সেই পুল পার হয়ে অপর পারে পাহাড়ের উপর উঠতে হয়। মাইল ছয় দূরে উর্গম গ্রাম। ৬০০০ ফুটের উপর উচ্চতা উর্গম গ্রামের প্রাচীন নাম অর্জন গ্রাম। অর্জ মুনি এখানে তপস্যা করেছিলেন বলে প্রবাদ। গ্রাম ছাড়িয়ে বনের ভিতর দিয়ে আরও এক মাইল পথ। সেইখানে কল্পেশ্বর।

এর তিন বছর পরে আবার কল্পেশ্বরে যাবার সুযোগ ঘটে। তখন দেখি দড়ির পুলের জায়গায় ভালো শক্ত লোহার নতুন সেতু।

ওপারে পায়ে-হাঁটা পথও প্রশস্ত হয়েছে।

এ-বছর ১৯৬৩ সালে বদরীনাথের পথ দিয়ে ফেরার পথে বাসে বসে দেখে এলাম, হেলাং চটি পাহাড়ের উপর থেকে নীচে বাস পথে এসেছে। নতুন দোকানপাট সেইখানে বসছে। পথ থেকে অলকানন্দার দূরত্ব আরও কমে গেছে। বাস থেকেই দেখা যায়—ওপারে বহু দূরে পাহাড়ের বনময় সবুজ গায়ে উর্গম গ্রামের ঘরবাড়ি। আঁকা ছবির মতো মনে হয়। কল্পনার চোখে দেখি, ওখানকার পরিচিত লোকগুলির মুখ। স্মৃতিপটে ফুটে ওঠে কত ছোট ছোট ঘটনা।

॥ ৩॥

১৯৫৬ সাল। কেদারনাথ থেকে ফিরে রুদ্রপ্রয়াগে আছি। পাহাড়ী বন্ধুদের কাছে কল্পেশ্বরের খবরাখবর নিই। সকলেই যেতে উৎসাহ দেন। বলেন, সহজেই ঘুরে আসবেন। মদমহেশ্বর বা রুদ্রনাথের মতো দুর্গম পথ নয়, দেখবেন। হেলাং থেকে গিয়ে পরদিনই আবার ফিরে আসতে পারেন! তবে, দুদিনের চাল ডাল, আহার্য সঙ্গে নেবেন। ওদিকে দোকানপাট নেই। কিছুই কিনতে পাবেন না। কল্পেশ্বরে থাকারও ব্যবস্থা নেই। একটি মাত্র ধর্মশালা। কিন্তু, সেখানে এক ব্রহ্মচারীজী থাকেন। যদি তিনি আপনার প্রতি প্রসন্ন হন, তবে সেই কুটিরে রাত কাটাতে পারবেন—শুধু রাত কাটানো কেন? ভোজনেরও কোন অসুবিধা হবে না। কিন্তু আপনাকে তিনি গ্রহণ না করলে—ফিরে এসে উর্গম গ্রামেই কোথাও আশ্রয় নিতে হবে। ব্রহ্মচারীজী কখন কার সঙ্গে কি রকম আচরণ করেন, ঠিক নেই।

কৌতূহল হয়। প্রশ্ন করি, কতকাল আছেন উনি ওখানে? কোথাকার শরীর?

উত্তর শুনি, সম্ভবত বাঙালী। আছেন কয়েক বছরই। মাঝে মাঝে নীচে নামেন।

আশ্চর্য হয়ে ভাবি, বাঙালী। কয়েক বছর আছেন। অথচ কোথাও সাক্ষাৎ হয় নি এতদিনে।

জিজ্ঞাসা করি, নাম কি বলুন তো? চেহারাটা কি রকম?

নাম শুনে চিনতে পারি না। কিন্তু অল্প বর্ণনা শুনেই বন্ধুকে থামিয়ে দিয়ে বলি, দাঁড়ান। দেখতে মস্ত কুস্তিগীরের মতো—বিশাল দেহ, বিরাট বুক, প্রকাণ্ড গোলমুখ। বড় বড় গোলাকার চোখ। সামান্য টেরা। ফর্সা রং। দাড়ি গোঁফ, মাথা—সব কামানো। মাথা অবশ্য দেখা যায় না, সব সময়েই ছোট কাপড়ে ফেটি বাঁধা—বর্মীদের মতো। যেমন চেহারা, তেমনি জবরদস্ত মানুষ। হাত দুলিয়ে চলেন যেন শ্বেতহস্তী! কথা বলেন যেন সব সময়েই হুকুম করছেন।

বন্ধু নিশ্চিন্ত হয়ে বলেন, আপনি তো চেনেন তাহলে দেখছি! হুবহু বর্ণনা দিলেন।

আমি বলি, যিনি ওখানে থাকেন, তাঁকে চিনি কিনা, না দেখলে বলব কি করে? তবে ঐ রকমের এক ব্রহ্মচারীজীর সঙ্গে কয়েকবার দেখা হয়েছে, আলাপও আছে। তিনিই ওখানে গিয়ে বসেছেন কিনা জানি না। তবে চিনি বা না চিনি সঙ্গে খাবার-দাবার না নিয়েই যাব, থাকবও কল্পেশ্বরে। যিনিই থাকুন, ব্যবস্থা একটা নিশ্চয় হবে।

বন্ধু তাঁর জানাশোনা একজন লোক ঠিক করে দেন। নাম নারান সিং। আমার মালপত্র বয়ে নিয়ে যাবে। শুধু তো কল্পেশ্বরে যাব না! এখন যাব অন্য দিকে। হেমকুণ্ড, লোকপালও আবার যেতে হবে। ফেরবার পথে কল্পেশ্বরে যাব, ঠিক করি।

ঘুরে আসিও তাই।

ফেরবার পথে যোশীমঠ থেকে ভোরে রওনা হয়ে হেলাং আসি। ধর্মশালার চৌকিদারের সঙ্গে বহু বছরের পরিচয়। সহজে ছাড়তে চায় না। দোকানে টাটকা জিলাপী ভাজায়, চা করায়, দুজনে বসে খাই। গল্প করি যেন কত পরম আত্মীয়। যাত্রায় বিলম্ব ঘটে। ব্যস্ত হয়ে উঠি। সে বলে, বসুন বাবুজি আর একটু। এই তো মাত্র মাইল ছয়-সাত পথ। এসেই চলে যান। থাকেন কই?

ফেরবার পথে একদিন ওখানে কাটাবার প্রতিশ্রুতি দিয়ে বিদায় নিই। মালপত্র তারই কাছে রেখে দিই। শুধু একটা কম্বল ও সামান্য কাপড়-জামা নিয়ে নারান সিং-এর সঙ্গে নতুন পথে যাত্রা করি।

নারান সিং-এর বয়স বছর বাইশ। রোগা লিকলিকে চেহারা। হাড়ের উপর যেন চামড়া জড়ানো। ফ্যাকাশে রং। মনে হয়, দীর্ঘ রোগভোগের পর সবে উঠেছে। চোখাচোখি হলেই মুখে হাসির রেখা ফোটে—অতি করুণ বোধ হয়। যেন, মূর্তিমান দুর্ভিক্ষ। পরনে একটা রঙিন হাফপ্যান্ট। গায়ে ছেঁড়া শার্ট। তার উপর জড়ানো ময়লা মোটা উলের চাদর—নিজেরই হাতে বোনা। খালি পা। এমন শরীরেও অক্লেশে বোঝা বয়ে নিয়ে চলে। বলে, ওতে আমার কষ্ট হয় না।

তার চেহারা দেখে প্রথমে সন্দেহ জেগেছিল। বন্ধুকে বলেছিলাম, ও কি পারবে?

কিন্তু তার দুরবস্থা দেখেই তাকে নিতেও হয়। বন্ধু বলেন, ওর সামান্য জমি যা ছিল, পাহাড় ধসে সে জমি গেছে। এখন দিন চলে না। দেখতে রোগা হলেও আপনার সামান্য বোঝা বইতে পারবে। নিয়ে যান সঙ্গে।

দুজনেই আমরা ওপথে নতুন। পথের নির্দেশ নিয়েছি হেলাং-এ। তাই নিঃশঙ্কচিত্তে চলি।

পাকদণ্ডীর পথে দেখতে দেখতে নেমে আসি অলকানন্দার তীরে। দুরন্ত বেগে নদীর ধারা ছুটে নেমে চলে। স্রোতের প্রচণ্ড গর্জন। দুই তটের পাহাড়ে প্রতিধ্বনি ওঠে। অপর পারের পাহাড় থেকে বেগময়ী এক স্রোতস্বিনী ধেয়ে নামে। নাম শুনি, কর্মনাশা গঙ্গা। গঙ্গার নামে অপবাদ কখনও শুনি নি। আশ্চর্য লাগে। সেই দুঃখেই মনে হয় এর জলধারা অমন উন্মত্তভাবে অলকানন্দার প্রবাহে আত্মবিসর্জন

করে। অলকানন্দার উপর দড়ির পুল। মোটা মোটা পাকানো দড়ি দু-দিকে রেলিং-এর মতো ঝুলে থাকে। পায়ের তলায় দড়ির ফাঁকে ফাঁকে বাঁধা সারি সারি বাঁকাচোরা গাছের সরু ডাল। তারই উপর পা ফেলে তাল সামলে পার হতে হয়। পায়ের তলায় ডালগুলির ফাঁকে ২০/২৫ হাত নীচে নদীর খরস্রোত চোখে পড়ে—তীরবেগে ছুটে চলেছে। দেখলে মাথা ঘোরে। দড়ির ঝোলাও দুলতে থাকে। পড়লে রক্ষা নেই জানি। তবুও, কেন জানি না—ভয় লাগে না। মনে পড়ে ছোট বয়সের দোলনার কথা। মনে আনন্দ পাই।

তিন বছর পরে লোহা ও কাঠের নতুন শক্ত সেতুর উপর দিয়ে নিশ্চিন্ত মনে পার হয়েছি। এই আনন্দের রোমাঞ্চ জাগে নি!

অপর পারে কর্মনাশার ধার দিয়ে সরু হাঁটা-পথ। হেলাং-এর দিক থেকে দেখায় যেন পাহাড়ের কালো পাথরে ধূসর রেখা। কখনও বা নদীর উপর অস্থায়ী পুল। পাশাপাশি দুটো পাইন-এর গুড়ি। তারই ওপর কয়েকটা পাথর সাজানো। অতি সাবধানে পার হতে হয়। এক হাত নীচেই পাহাড়ী নদীর উচ্ছল জলধারা। সহস্র তরঙ্গের হাতছানি দিয়ে কলহাস্যে যেন ডাকতে থাকে। কিছুদূর গিয়েই চড়াই শুরু। পাইন-এর ঘন বন। সারি সারি গাছের সোজা গুঁড়ি। উপরে পাতার সবুজ আচ্ছাদন। সরু লম্বা-কাঁটার মতো পাইনের পাতা। গাছের তলায় বনভূমি ঝরাপাতায় আকীর্ণ। শুকনো কাঁটা সবুজ রং হারায়—সোনার মতো চিকমিক করে। পথের পাথরের উপরও সেই ঝরাপাতা। রবারের জুতার তলা পিছলিয়ে যায়। সকালের রোদ নীল আকাশ থেকে নেমে আসে। গাছের ডালপালার মধ্য দিয়ে যেন বনতলে ঝরে পড়ে। মন্দ-মধুর বাতাস ওঠে। গাছের পাতা দুলতে থাকে। ধরিত্রীর বুকেও আলো-ছায়া কাঁপতে থাকে। পাইনের স্নিগ্ধ সুবাস ছড়িয়ে পড়ে। সারা বনস্থল আমোদিত হয়। মনে হয়, প্রকৃতির মন্দিরে কে বুঝি ধূপধুনা জ্বালিয়ে দেয়!

মনভরা তৃপ্তি ও আনন্দ নিয়ে ধীরে ধীরে চড়াই উঠি। নারান সিং নিজের খুশি মতো চলে। ক্লান্ত হয়ে বসে। আমিও উঠি আপন মনে। ভাবনা-চিন্তা লেশহীন অপার্থিব এক অনুভূতি নিয়ে।

অনেকখানি চড়াই উঠে পাহাড়ের গায়ে বিস্তীর্ণ সমতলক্ষেত্র। নিকটেই ছোট গ্রাম। চাষের জমি। গ্রামের প্রধান এসে জিজ্ঞাসা করেন, কোথায় চলেছি। কল্পেশ্বর,—শুনে আশ্চর্য হন, আনন্দও পান। বলেন, এদিকে তো বাইরে থেকে যাত্রী কেউ আসে না!—উৎসাহ দেন বড় চড়াই আর নেই। মামুলি পাহাড়ী পথ এবার। বেশির ভাগ 'ময়দান'—অর্থাৎ সমতল রাস্তা। সতর্ক করে দেন, মাঝে দু-একটা গ্রাম পড়বে। সেখানে দু-তিনটে পথ গেছে। গ্রামের পথ সেগুলি, ভুল পথে যেন না যাই। কোন্‌টি আমাদের পথ বুঝিয়ে বলেন।

এর পর পথ অনেকটা সোজা,—ঠিকই। মাঝে মাঝে অল্প চড়াই উৎরাই।

কখনও গভীর বনের মধ্য দিয়ে পথ, কখনও বা খোলা মাঠ। বেলা বাড়তে থাকে। রৌদ্রেরও উত্তাপ বাড়ে। গতির বেগ কম। তবু একটানা চলতে থাকি। কিন্তু পথ যেন শেষ হয় না। হাঁটতে শুরু করেছি যোশীমঠ থেকে। মাইল-দশেকের অধিক এসেছি। এখন মনে হয়, হেলাং-এ অত সময় কাটানো ঠিক হয় নি। বেলা এগারোটা বাজে। মাত্র তিনদিন আগে লোকপালের তুষার রাজ্যে ছিলাম। তাই, সামান্য রৌদ্র এখন ক্লান্তি আনে। ভাবি পথে কোনও গ্রামে স্নান আহার সেরে রৌদ্র কমলে বিকালে যাব উর্গমে।

পথের অদূরে ছোট এক গ্রাম দেখি। নারাণ সিংকে খবর নিতে পাঠাই। পথের পাশে গাছের ছায়ায় পাথরের উপর বসে বিশ্রাম করি।

ভগ্নদূত নারান ফিরে আসে। গ্রামে কোন আহার্যেরই সন্ধান মেলে নি। দু মুঠা চালও নয়, একটু আটাও নয়।

ভাবি, এই কি কল্পতরু প্রাপ্তির নমুনা!

অগত্যা আবার চলি। পথও অবশেষে শেষ হয়। উর্গম গ্রামে পৌঁছুবার আগে অনেক দূর থেকে গ্রাম দেখা যায়। বড় গ্রাম। পাহাড়ের গায়ে স্তরে স্তরে ঘর-বাড়ি। চতুর্দিকে ধাপে ধাপে চাষের জমি। মাঝে মাঝে ঝরনার জলধারা। গ্রামে প্রবেশ করার বহু আগে থেকেই বাজনার শব্দ পাই। কাছে এসে দেখি, মাঠের মধ্যে চারিদিকে লোকজন। চাষের কাজে সবাই ব্যস্ত। ক্ষেতের এক পাশে ঢাকী ঢাক বাজায়। ভাবি, বাজনা কেন? গ্রামবাসী একজনকে প্রশ্ন করি। হিমালয়ের বিজন অঞ্চলে, অশিক্ষিত পাহাড়ীদের মধ্যেও শুনি সঙ্ঘবদ্ধ সমাজের এক আদর্শ রীতির কথা। চাষের কাজের আজ উদ্বোধন। তাই, এই আনন্দ-উৎসব। গ্রামবাসীদের প্রত্যেকের নিজস্ব স্বতন্ত্র জমি আছে। কিন্তু, এই গ্রামের বহুদিন প্রচলিত নিয়ম, গ্রামের সমস্ত ক্ষেতের কাজ সব গ্রামবাসী মিলিত হয়ে করে। ক্ষেতের কাজে নিজের বা অপরের জমি বলে কোন ভেদাভেদ নেই। সকলেই নিঃস্বার্থ শ্রম দেয় গ্রামের সব জমিতে ফসল ফলাতে। ফসল ফললে তখন যে যার জমির ফসল নিজের ঘরে তোলে।

অবাক হয়ে সেদিন শুনেছি এই কথা। তাকিয়ে দেখেছি, গ্রামবাসীদের সমবেত শ্রমের বিপুল উৎসাহ, ফসল ফলানোর আশা ও আনন্দে উদ্দীপ্ত তাদের মুখ, বাজনার তালে তালে পা ফেলে পাহাড়ের বুকে লাঙল চালাবার ধুম।

গ্রামে প্রবেশ করে নারান সিংকে বলি, বেলা বারোটা বাজে। কোথাও একটা আশ্রয় নেওয়া যাক। দেখ দিকি চাল ডাল কিনতে পাও কিনা। সে খালি হাতে ফিরে আসে। খবর ঠিকই শুনেছিলাম। দু-তিনশ গ্রামবাসী। কিন্তু গ্রামে দোকান একটিও নেই। কারও কোন কিছু কেনার প্রয়োজন হয় না। ঘরে চাল ডাল আলু সকলেরই আছে। সকলেরই ক্ষেতে পর্যাপ্ত ফসল হয়। ছয়-সাত মাইল দূরে বাস-পথের গ্রাম থেকে শুধু কিনে আনে সম্বৎসরের লবণ।

নিজের জন্যে চাল ডাল না পেলেও মনে তৃপ্তি পাই দেখে—অভাব-অভিযোগের এই জগতে এমন গ্রাম এখনও আছে—যেখানে মানুষের দৈনন্দিন প্রয়োজন এত সামান্য, কারও কোনও অভাববোধও নেই!

কল্পতরুর জন্মভূমি বটে!

এর তিন বছর পরে আবার যখন এখানে আসি, গ্রামের মধ্যে সরকারী এক কর্মচারীর সঙ্গে আলাপ হয়। গ্রামোন্নয়নের পরিকল্পনার কাজে তিনি তখন এখানে আছেন। সমবায় বিভাগের কাজ চালু করছেন। গর্বভরে আমাকে বলেন, এখানকার জমি বড় ভালো। সোনা ফলানো যায়। কিন্তু নির্বোধ গ্রামবাসীরা না জানে থাকতে, না জানে ভালোভাবে খেতে। হাতে পয়সাকড়ি নেই। ভীষণ গরিব। মাথায় বুদ্ধিও নেই। আকাট বোকা। আমি এসেই আপেল, পীচ, নেসপাতির গাছ লাগিয়েছিলাম। এই দেখুন, দু বছরের মধ্যে কত বড় বড় ফল ফলেছে।—হাতে তুলে আমাকে উপহার দেন। সুন্দর রাঙা টকটকে আপেল। জিজ্ঞাসা করি, এদের মধ্যে কি কাজ করছেন?

তিনি বলেন, এদের এখন টাকা ধার দিচ্ছি। কেউ বিশেষ নিতে চায় না। বলে, টাকা নিয়ে করব কি? বোঝাবার চেষ্টা করি, টাকা নিয়ে কত উন্নতি করা যায়—জমিতে কত রকম ফসল হতে পারে, শাকসব্জি বোনা যেতে পারে, ফলফুলের সুন্দর বাগান তৈরি করা যায়। হাতে সুতো কেটে জামা বোনার চেয়ে গ্রামে তাঁত বসালে কত লাভ। এ-সব কাজের জন্যে ধার দিতে রাজি। কিন্তু এখনও এদের মাথায় এ-সব ঢোকে না। তবে, কাজ হবে মনে হয়। এ-বছর কেউ কেউ 'লোন' নিতে আরম্ভ করেছে।

আপেলটা হাতে নিয়ে ঘোরাতে ঘোরাতে তিনি তাঁর নানান স্কীম-এর ব্যাখ্যা করতে বসেন। আমার কানে কিন্তু কিছুই ঢোকে না। হঠাৎ রাঙা আপেলটা স্মরণ করিয়ে দেয়, Garden of Eden-এর the Forbidden Fruit! কানে যেন শুনতে পাই, সেই তিন বছর আগেকার ক্ষেতের ধারে বাজনার আনন্দ-ধ্বনি।

ভাবি, আজি কি সেই বাজনা বাজবে—গ্রামবাসীর শবযাত্রার পিছনে!

গ্রামে দোকানপাট নেই শুনে গ্রামের এক মাতব্বরের খবর নিই। তাঁরও নাম কল্পেশ্বর। কল্পেশ্বর ডিমরি। এক পাহাড়ী বন্ধু তাঁর কথা বলে দিয়েছিলেন। বাড়ি খুঁজে বার করতে দেরি হয় না। পাথরের দোতলা বাড়ি। সামনে পাথর-বাঁধানো উঠান। বাড়ির দরজায় শিকল তোলা। একটি ছোট ছেলেকে জিজ্ঞাসা করে জানি, ডিমরি গেছেন একটু আগেই কল্পেশ্বরে, ব্রহ্মচারীজীর কাছে। বাড়িতে তাঁর বৌদিদি থাকেন। কিন্তু, তিনিও গেছেন ক্ষেতের দিকে। অগত্যা সামনে একটা গাছের ছায়ায় গিয়ে বসি। ভাবি, রোদ কমলে কল্পেশ্বরের দিকে আগানো যাবে। দেবরাজ এখানে করেছিলেন তপস্যা, আমিও অনাহারে বৃক্ষতলে বিশ্রামের সাধনা করি।

অচিরে সাধনায় সিদ্ধি পাই। ছেলেটি ছুটে এসে খবর দেয়, বৌদিদি খবর পেয়ে এসে গেছেন। ওপরের ঘর খুলে দিয়েছেন। সেইখানে গিয়ে বসতে বলেছেন।

ছোট বসবার ঘর। একপাশে কম্বল-শয্যা। পরিচ্ছন্ন পরিবেশ। বাইরে জুতা খুলে ঘরে ঢুকি। পা ছড়িয়ে আরামে বসি। ছেলেটিকে বলি, একটু ঠাণ্ডা জল খাওয়াতে পারো?

দরজার পাশে মৃদুকণ্ঠ শুনি। ছেলেটি ফিরে এসে জিজ্ঞাসা করে, মাঠা আছে, লস্যি বানিয়ে আনব? আপনাদের ভোজন হয়েছে?

বলি, দুটি চাল ডাল ও বাসন পেলে সঙ্গে যে লোক আছে সেই কিছু পাকিয়ে দিতে পারে।

একটু পরেই সাদা চকচকে ঘটি ভরে লস্যি আসে। উপরে ভাজা জিরার গুঁড়া ভাসে। দুটো গ্লাস চেয়ে নিই। নারান সিংকে ডাকি। পরম পরিতৃপ্তির সঙ্গে দুজনে পান করি।

ছেলেটি এসে জিজ্ঞাসা করে, আরও এনে দেবো? কিন্তু, ভোজনও প্রায় তৈরি হয়ে এল।

বুঝতে পারি, দরজার আড়ালে কার সতর্ক দৃষ্টি সবকিছুই নজর রাখে।

ঘণ্টাখানেকের মধ্যে থালার সাজানো ভাত, বাটিতে ডাল ও তরকারি আসে। দইও আছে। ছেলেটি নামিয়ে রেখে জানায়, নারান সিংকেও নীচে খেতে দেওয়া হয়েছে।

একা একা বসে খাই। কিন্তু বেশ অনুভব করি, সেই রমণী অলক্ষ্যে বসে খাওয়া দেখছেন।

সুদূর বাংলা দেশ থেকে হিমালয়ের নিভৃত এক গ্রামে হঠাৎ-আগত অচেনা এক অতিথির সযত্ন সেবা। মুখে গ্রাস তুলতে চোখে জল ভরে আসে।

বিশ্রামান্তে যাত্রা করি। যাবার আগেও তাঁর দর্শন পাই না। ঘরের বাইরে দাঁড়িয়ে তাঁকে সশ্রদ্ধ কৃতজ্ঞতা জানাবার ব্যর্থ প্রয়াস করি। ভাব-প্রকাশের ভাষা খুঁজে পাই না।

আজ কোথাও সেই মহিলাকে দেখতে পেলে চিনতে পারব না জানি। কিন্তু তাঁর সেবা-যত্নের কথা জীবনে কখনও ভুলব না।

॥ ৪ ॥

গ্রাম ছেড়ে মাঠের মধ্যে দিয়ে পথ। ক্ষেতের মাঝে মাঝে ছড়ানো দু-একটা ঘর। পথের উপর ঝরনা। কিছু দূরে গিয়ে আবার বন-জঙ্গল শুরু। পথও সরু। ডানদিকে খাদের মধ্যে নদী। আনন্দে পথ চলি। উলটাদিক থেকে এক পাহাড়ী আসেন। অভিবাদন করে জিজ্ঞাসা করি, ডিমরিজি! ব্রহ্মচারীজীর কাছ থেকে আসছেন?

নাম শুনে আশ্চর্য হন। তখনই জানাই, আপনার অনুপস্থিতিতে আপনার বাড়ি চড়াও হয়েছিলাম। বৌদি খুব আদরযত্ন করে খাওয়ালেন।

তিনি শুনে খুশি হন। বলেন, দাদা মারা গেছেন আজ কয়েক বছর হল। উনিই

গৃহকর্ত্রী। শুধু বাড়ির কাজেই নয়। ক্ষেতখামারের কাজের ভারও উনিই সামলান। গ্রামের কারও কোন বিপদে-আপনে উনিই বল-ভরসা। সবাই বলে, গ্রামের দেবী উনি। কথা শুনে, কেন জানি না, আমার গর্ব ও আনন্দবোধ হয়। যেন, কোন প্রিয়জনের সুখ্যাতি শুনি।

ডিমরিজি জিজ্ঞাসা করেন, কল্পেশ্বর থেকে ফিরে আসবেন কখন?

ওখানে থাকার বাসনা শুনে বলেন, ব্রহ্মচারীজীর সঙ্গে আলাপ আছে কি? থাকার তো ওখানে আর কোথাও জায়গা নেই।

বলি, দেখা যাক না, ব্যবস্থা হয় কিনা।

তিনি চিন্তিত হয়ে বলেন, চলুন তবে আমিও আবার ফিরি। ব্রহ্মচারীজী কিভাবে নেবেন জানি না।

বনের মধ্যে খানিকটা খোলা জায়গা। পাশেই নদী। কল্পগঙ্গা। অল্প এগিয়ে ডানদিকে তাকিয়ে দেখি, নদীর অপর পারে পাহাড়ের মাথা থেকে সোজা নেমে এসেছে এক বিপুল জলধারা। সুন্দর জলপ্রপাত। সেই ধারা এসে মিশছে নদীর সঙ্গে। সঙ্গমের উপরেই সমতলভূমি। তারই এক অংশে—এক দিকে জলপ্রপাত আর এক দিকে নদীর মাঝামাঝি লম্বা একটি কুটির। পাথরের দেওয়াল, শ্লেটের ছাদ। অতি শান্ত রমণীয় স্থান। সেই কুটিরের সামনে পায়চারি করেন এক ব্রহ্মচারী। পরনে লুঙ্গির মতো করে ছোট সাদা থান। গায়ে ধবধবে সাদা ফতুয়া। মাথায় সেই ফেটি-বাঁধা, দেহের বিপুল আয়তন হেলে-দুলে চলার ধরন, বেশভূষা—দূর থেকে দেখেও চিনতে পারি—ব্রহ্মচারীজীকে।

দুটো কাঠ ফেলে নদীর উপর পুল। সাবধানে পার হয়ে এগিয়ে চলি তাঁর দিকে প্রফুল্ল চিত্তে। নতুন লোক দেখে তিনি থমকে দাঁড়ান। ঘাড় বেঁকিয়ে টেরা চোখে দেখতে থাকেন। নির্জনবাসে বিঘ্ন ঘটায়, হাবভাবে বিরক্তি প্রকাশ পায়। ডিমরি শঙ্কিত হয়ে বলেন, আগে কল্পেশ্বর দর্শন করতে গেলে হত না?

হাসতে হাসতে এগিয়ে যাই। ব্রহ্মচারীজী চিনতে পারেন। মুহূর্তের জন্য আশ্চর্য হয়ে তাকান—বড় চোখ দুটি আরও বড় করে। হাত বাড়িয়ে এগিয়ে আসেন। উচ্ছ্বসিত স্বরে বলেন, আরে, আপনি! কোথা থেকে হাজির হলেন এখানে? বলেই বিরাট বুকের মধ্যে নিয়ে আলিঙ্গন করেন। ডিমরিজি অবাক হয়ে দেখেন।

আমি বলি, শুনলাম, কে এক ভয়ঙ্কর ব্রহ্মচারীজী থাকেন এখানে। তাই এলাম দর্শন করতে সেই মহাত্মাকে। আপনি আসন নিয়েছেন এখানে! চমৎকার স্থান তো! দুর্গম নয়, আসার হাঙ্গামাও নেই। বাস-পথ লোকালয় থেকে বিচ্ছিন্ন হলেও বেশি দূরে নয়।

তিনি বলেন, বহু ঘুরে কেমন জায়গাটা বেচেছি বলুন। এসেছেনই যখন, আপনাকেও কিছুদিন অন্তত আটকে রাখব। থাকুন যত দিন খুশি। কোন কিছুর

অভাব হবে না—সব ব্যবস্থা আছে আমার কাছে। চলুন এখন ঘরের ভেতর।

ডিমরিকে তখনই বলে দেন, কাল সের চার পাঁচ বেশি দুধ চাই। 'হারা সব্জি'ও অর্থাৎ তাজা শাকসব্জি।

ঘরের দরজায় সরু বাঁশ-চেরা চিক ফেলা। তুলে ঘরে ঢুকতেই ব্রহ্মচারীজী টেনে সোজা করে ঠিক করে দেন, বলেন, মাছির ভীষণ উপদ্রব। তাই, এসব তৈরি করিয়ে ঝুলিয়ে দিয়েছি। তবু একটু ফাঁক পেলেই ঢুকে পড়ে।

লম্বা দালান। একপাশে মেঝেতে বড় অগ্নিকুণ্ড আধপোড়া কয়েকটা কাঠ ও ছাই পড়ে আছে। দালানের একধারে কয়েকটি বাসন। পরিষ্কার করে মাজা, আলো পড়ে ঝকঝক করে।

বারান্দার অপর কোণে হাত-মুখ ধোয়ার জায়গা। বড় পিতলের বালতি-ভরা জল। প্রকাণ্ড একটা রূপার কমণ্ডলু। প্রায় এক হাত উঁচু। দেখিয়ে হেসে বলি, অধিকারীর দেহের মাপ অনুযায়ী তৈরি দেখছি! আপনার হাতেই ঠিক মানায়!

তিনি হেসে বলেন, দরকার হলে মুদ্‌গরেরও কাজ করবে, কি বলেন? অস্ত্র অবশ্য আমি সব সময়েই কাছে রাখি।—বলে কোমরের কাছে থেকে টেনে বড় পিস্তল বার করে দেখান। সেটিরও রূপো দিয়ে বাঁধানো হাতল। লতাপাতার কাজ করা, তাঁর নাম লেখা।

আশ্চর্য হয়ে জিজ্ঞাসা করি, এসব রেখেছেন কেন? ভয়টা কিসের?

তিনি বলেন, ভয় কাউকে এ-শরীর করে না। জন্তুজানোয়ারকে তো নয়ই। এটা একটা অনেককালের শখের জিনিস, এখন অবশ্য লাইসেন্স করা। আগেকার দিনে—সে আর এক যুগ গেছে!—এসব নিয়ে কম অগ্নিকাণ্ড করা হয়েছে! এখন আসুন, আপনার ঘরে।

বারান্দার কোলে পাশাপাশি দুটি ঘর। তারই একটিতে প্রবেশ করি। এখানেও জানলায় চিক ফেলা। ঘরের মেঝেতে হাতখানেক উঁচু করে লম্বা কয়েকটা তক্তা সাজানো—নিচু চৌকির কাজ করে। দেখিয়ে বলেন, এই আপনার পালঙ্ক।

দেখে বলি, অতি চমৎকার। এখনই কম্বল বিছিয়ে রাজশয্যা তৈরি করে নিচ্ছি।

জামা খুলে রেখে বিছানা খুলি। তিনি তখনই জামাটা তুলে নেন। টাঙানো দড়ির উপর পাট করে ঝুলিয়ে রাখেন। দড়ির উপর থেকে দুটো মাছি উড়ে যায়।

দেখেই ব্যস্ত হয়ে বলেন, ব্যাটারা ঢুকেছে আবার কোথা থেকে! দিচ্ছি এখনই মক্ষী জন্ম থেকে উদ্ধার করে!—একটা মাছিমারা ফ্ল্যাপ নিয়ে গুটি গুটি মারতে যান।

আমি গম্ভীর হয়ে বলি, আহা! ওটা দিয়ে কেন? মারতেই যদি হয় পিস্তলটি কাজে লাগান।

পরিষ্কার পরিচ্ছন্ন ঘর। কোথাও জঞ্জাল নেই। একদিকে দেওয়ালের গায়ে দুটি বিরাট কাঠের সিন্দুক। ৪/৫ হাত লম্বা, উঁচুও প্রায় হাত দুই। জিজ্ঞাসা করি, ও দুটোতে কি আছে? মানুষ মেরে রেখেছেন নাকি?

তিনি বলেন, দেখবেন নাকি? যা কিছু প্রয়োজন হতে পারে—সব পাবেন ওতে। সারা বছরের খোরাকও। বাদাম, পেস্তা, কিসমিস, আখরোট,—সব রকম মেওয়া, পাঁপর, বড়ি, আচার, সুজি, বেসম, ছোলা-মটর, যতরকম মশলা। চাল, ডাল, আটা, চিনি—এ-সব তো আছেই। থাকুন এখন কদিন। রোজ এক-এক রকম খাবেন। মিষ্টি, মালাই—এসবও তৈরি করব। কোন ভাবনা নেই।

আমি বলি, খাওয়াবার খুব ভালো লোক ঠাওরেছেন দেখছি। আহার আমার অতি অল্প। ও-ব্যাপারে পীড়াপীড়ি একেবারে সইতে পারি না। মায়ের সঙ্গে পর্যন্ত রাগারাগি করেছি। প্রথম থেকেই সাবধান করিয়ে দিই,—নিজের খুশিমত আমাকে খেতে থাকতে দেবেন, নইলে না বলে কখন পালিয়ে যাব। আপনি রাঁধুন, খান—যত পারেন, আপত্তি নেই। আমাকে দু মুঠো ভাত বা দুখানা রুটি দিলেই যথেষ্ট।

তিন দিন কাটাই কল্পেশ্বরে ব্রহ্মচারীজীর আদর-যত্নের মাঝে। নির্জন পাহাড়ে বনে জঙ্গলে ঘুরি। একান্তে নদীর ধারে পাথরে বসে জলধারার সংগীত শুনি।

ব্রহ্মচারীজী স্নান সেরে সকাল থেকে বসেন উনুন জ্বালিয়ে। গ্রামবাসী শাক-সব্জি আনে। কুটনো কোটেন মেয়েদের মতো বসে। তরিতরকারি রান্নার প্রতি তেমন আকর্ষণ নেই। মিষ্টান্ন পাক করেন প্রতিদিন এক এক রকম। ক্ষীরের মালপোয়া, ক্ষীরভরা মোহনপুরি, পেস্তা, বাদাম, কিসমিসে ভরপুর। ঘৃতসিক্ত হালুয়া, উপরে কিসমিস এলাচের গুঁড়া ছড়ানো, সঙ্গে আটার পুরি। যেমন তাঁর বাঘের মতো থাবা তেমনি খাবারগুলিও বিরাট আকারের। সারাদিন কম আঁচে উনানের উপর কড়ায় দুধ বসানো থাকে। বিকেলে নামান। দুধের সাদা রং সোনালী হয়ে ওঠে। এক কড়া দুধ মরে মরে কড়ার তলায় ঘন হয়ে থাকে। উপরে মোটা পুরু সর পড়ে—যেন চিকন পশমে বোনা ছিদ্রহীন জালে ঢাকা। সারা ঘর খাঁটি ঘন দুধের গন্ধে ভরে থাকে। ব্রহ্মচারীজী নাক টেনে ঘ্রাণ নেন। চোখ নাচিয়ে সহাস্য বদনে বলেন, ঠিক জ্বাল হচ্ছে। সারাদিন এইভাবে বসানো থাকবে, তবু দেখবেন ধরবে না। আঁচটাই হল আদত ব্যাপার। আজ খাওয়াব আপনাকে মালাই। দেখুন না, কি জিনিস বানাই। এমনটি খান কি কখনও।

আমি বলি, এই এক কড়া দুধের মালাই—খাবে কে? এর দু চামচ খেলেই পেট ভরে যাবে আমার। তার বেশি খেলে এখানেই দেহ রাখতে হবে। আজ দেখব, আপনি পারেন কতখানি খেতে!

তিনি হো হো করে হেসে ওঠেন। বলেন, আমি! এককালে ও সব খেয়েছি অনেক। এখন তো আমার মাপা আহার।

অদ্ভুত মানুষ। নিজে এ সকল বিশেষ কিছুই খান না। একবেলা আহার করেন—সংযত পরিমিত আহার। আনন্দ পান সকলকে খাইয়ে।

ভাণ্ডার ভরা আহার্যের আয়োজন। নিত্য দুধ আসে। বিশুদ্ধ ঘি আনান। গ্রামবাসী পরিমাণে অল্প আনলে রূঢ় ভাষায় ভর্ৎসনা করেন। প্রথম দেখে আমার আশঙ্কা হয়েছিল হয়তো মেরেই বসেন। উত্তর প্রদেশে সারাজীবন কাটিয়েছেন।

হিন্দি বলেন, হিন্দুস্থানীর মতো। বাংলা কথার মাঝেও হিন্দি মেশানো। গালাগালি দেন বিশুদ্ধ হিন্দিতে। নির্বাক হয়ে শুনি, ভাবি, চোস্ত গালভরা কুৎসিৎ গালি দেবার এমন ভাষা বোধহয় জগতে আর নেই।

ধমক দিতে দিতে আমার দিকে তাকান। দেখুন তো, ব্যাটাদের বুদ্ধি। জিনিস দিবি, হাতে হাতে টাকা পাবি,—যা ঘরে হচ্ছে সব নিয়ে আয়। তা না—টিপে টিপে রেখে রেখে আনবে—এক টুকরো পর্যন্ত গ্রহণ করি না এদের কাছ থেকে মূল্য না দিয়ে। দান নেবো আমি? যা-কিছু যে-কেউ আনে ফেলে দিই টাকা। তাই ওরাও কখনও দাম বলে না। জানে, যা চাইবে, না চাইতেই আমি দেব তার দু-তিন গুণ। তবু, জিনিস আনবে না বেশি করে!—বলে আবার গালি শুরু হয়।

ব্রহ্মচারীজীর সব কিছুই বিরাট আয়োজন। অল্পে তাঁর মন ভরে না।

তাঁর রূঢ় ব্যবহার দেখে মনে ব্যথা পাই। ভাবি, ও-লোকগুলি নিশ্চয় আর এদিক কখনও মাড়াবে না। চুপ করে তারা দাঁড়িয়ে থাকে।

কিন্তু তারা আবার পরে ফিরে আসে, আবার গালি খায়, তারপরেও ফিরে আসে। কেন আসে, তার কারণও দেখি।

ব্রহ্মচারীজী তাদের নিয়ে চলেছেন ঘাড়ে হাত দিয়ে। 'অর্ধচন্দ্র' নয়, অতি স্নেহভরে আলিঙ্গন করে। মাঠের একপাশে তাদের বসতে দেন। নিজের হাতে পরিবেশন করে ভোজন করান। জোর করে পাতে খাবার দেন। খাওয়ানোর জন্য আবার ধমক দেন, গালাগালিও করেন। বলেন, 'ব্যাটারা খেতে পাস কোথা! খা আমার কাছে পেট ভরে। খবরদার, পাতে যেন কিচ্ছু না পড়ে থাকে।' যেদিন যা কিছু হয়, সবই এইভাবে খাইয়ে দেন তাদের।

প্রতিদিনই তাদের কেউ না কেউ আসেই। যার যা দরকার—তাঁর কাছে চাইলেই পায়। ভাবি, এই তো কল্পতরু। কিন্তু, গাছের গায়ে কাঁটা ছিল নাকি!

দ্বিতীয় দিন বিকেলবেলায় নদীর ধারে নিরিবিলি একটা পাথরের উপর বসে আছি। সামনেই সেই জলপ্রপাত। দু হাত নীচেই নদীর উচ্ছল জলরাশি। চারিদিকে পাহাড়। অতি মনোরম লাগে। চমকে উঠি একটা সামান্য শব্দ শুনে। এতক্ষণ তাকিয়ে দেখি নি, নিকটে একটা পাথরের পাশে নারান সিং বসে। তার দিকে তাকিয়ে মুচকে হাসি। আশ্চর্য হই দেখে, চোখ দিয়ে তার জল ঝরে পড়ে।

হল কি! অসুস্থ নাকি? উঠে কাছে যাই, জিজ্ঞাসা করি।

সে বলে, বাবুজি,—এখান থেকে যাবেন কবে?

আমি বলি, এখনও ঠিক করি নি। দু-এক দিন হয়ত আরও থাকব। কেন? বেশ ভালো জায়গা, আছিও তো আনন্দে। শরীর খারাপ হয়েছে নাকি তোমার?

সে মাথা নেড়ে জানায়, না!—তারপর ধীরে ধীরে বলে, ব্রহ্মচারীজী—বলেই কথা শেষ না করে কেঁদে ফেলে।

ভাবি, এই রে! হয়ত কি ভুল করে তাঁকে রাগিয়ে দিয়েছে, তিনি নিশ্চয়

গালাগালি করেছেন। কে জানে, হয়ত দু ঘা বসিয়েই দিয়েছেন। বেচারির এই দুর্বল দেহ!

সান্ত্বনা দেবার চেষ্টা করি। বলি, ব্রহ্মচারীজী বকেছেন বুঝি? কিছু মনে করো না তুমি! ওঁর মন বড় ভালো, ঐভাবেই কথা বলা স্বভাব। আবার তিনি খুশি হয়ে যাবেন।

সে কাঁদতে কাঁদতে বলে, না, তিনি মারধোর করেন নি। কাল নিজেই উনি খানিকটা আটা দিয়েছিলেন। আজ দুপুরে রুটি পাকিয়ে আমি খেয়েছিলাম। তার পরেই উনি এলেন অনেক খাবার আর খিচুড়ি নিয়ে। এসে বলেন, সব খেতে হবে। আমি তাঁকে জানাই, পেট ভরে এখন খেয়েছি, এখন আর পারব না। তিনি কোনমতেই শোনেন না। ধমক দিয়ে জোর করে সেই সব কিছু খাওয়ালেন। পেট ফুলে গেছে কতখানি, দেখুন না। এখানে আর থাকলে তিনি জোর করে খাইয়ে নিশ্চয় মেরে ফেলবেন। বাবুজি, চলুন পালিয়ে যাই কালই ভোরে। খেয়ে খেয়ে পেট ফেটে মরে যাব আমি।—সত্যিই সে কাঁদতে থাকে।

ব্রহ্মচারীজীকে গিয়ে ঘটনাটি বলি। তিনি তো হেসেই খুন। বলেন, বটে! রাত্রেও ওকে ঠেসে খাওয়াতে হবে। মালাই আর মালপোয়া পড়ে আছে এখনও অনেকখানি। ব্যাটা! খাওয়া জোটে না দেশে, খেয়ে আবার মরবি কি!

ব্রহ্মচারীজীর এমন দিলখোলা আচরণ, বিরাট ভোজের আয়োজন, লোকের সাহায্যে অকাতরে অর্থ বিতরণ,—এসব চলে কি করে, তাই ভাবি।

প্রশ্ন করার প্রয়োজন হয় না। এক সময় নিজেই বলেন, একটা পরামর্শ আছে। বলুন তো, আজকাল সবচেয়ে নিরাপদ অথচ ভালো ইনভেস্টমেন্ট কোথায় করা যায়?

আমি বলি, ভালো লোককে প্রশ্ন করলেন! ওসব কোন কিছুরই খবর রাখি না। হিমালয়ের পথঘাটের কথা জিজ্ঞাসা করুন, তার হয়ত কিছু খবর দিতে পারি। —বলে হাসতে থাকি।

তিনি বলেন, তবে একটা বিশ্বাসী ভালো লোকের সন্ধান দিন—এখানে আমার কাছে এসে থাকবে। আমার স্কীমটা আপনাকে বলি।

উঠে গিয়ে নিজের ঘর থেকে কাগজপত্র প্ল্যান নিয়ে আসেন। খুলে ছড়িয়ে পেতে দেখান।

কাশীতে তাঁর দুখানা বাড়ি আছে। কঙ্খলে গঙ্গার ধারে অনেকখানি জমিও আছে। খবরটা দিয়েই মুখ তুলে আমার দিকে তাকান, জিজ্ঞাসা করেন, নেবেন নাকি এর কিছু? কাশীর বাড়ি বা কঙ্খলে খানিকটা জমি? ছোট বাড়ি করে থাকবেন বেশ।

আমি বলি, কোন প্রয়োজন নেই, যা আছে তাই ছাড়তে পারলে বাঁচি। বলুন, শুনি আপনার স্কীম।

ঐ জমি ও বাড়ি উনি বিক্রি করছেন। কথা প্রায় পাকাপাকি হয়ে এল। কয়

লাখ টাকা এতে পাবেন। নগদ টাকাও হাতে কিছু জমে আছে। লাখ খানেক টাকা নগদ রাখবেন—হঠাৎ যদি কিছু প্রয়োজন হয়। বাকি টাকা থেকে পঞ্চাশ হাজার টাকা খরচ করে কল্পেশ্বরে একটা বাড়ি করবেন। তার প্ল্যানও দেখান। বলেন, একটা ছোটখাটো কাঠের বাড়ি ঐ সঙ্গমের কাছে বছর তিনেক আগে তৈরি করেছিলাম। গত বর্ষায় নদীতে বন্যা এসে ভাসিয়ে নিয়ে গেছে। তখন ছিলাম না এখানে। লোকসান হয়ে গেছে অনেক। নগদ টাকাও কিছু ছিল সিন্দুকে। যাক, তার জন্যে কোন দুঃখ নেই। থাকলেই যায়। এবার বাড়ি করব—নদীর ওপারে, ঐ উঁচু জায়গাটায়। জমিটারও ব্যবস্থা করে নিয়েছি। লেবেল-করা অনেকখানি জমি। ফল-ফুলের বাগান হবে। তরি-তরকারিও লাগানো যাবে। ভিউও চমৎকার ওখান থেকে। প্ল্যানটা দেখুন। বসবার, শোবার, রান্নার এই দিকের ঘরগুলি। বড় বড় দরজা জানালা থাকবে। পাহাড়ীদের ঘরের মতো ঘুপসি ঘর একেবারে দেখতে পারি না। ঘরের সঙ্গে লাগানো ঐ ছোট্ট ঘরটি হল বাথরুম। লম্বা টানা জলের পাইপ এনে দেব। পাশেই স্যানিটারি প্রিভি। কি রকম দেখছেন?

বলি, দেখছি তো ভালোই। কিন্তু, অমন বাড়িতে থাকতে হলে বাড়ির কর্তার বেশভূষাও তেমনি করতে হবে। সিল্কের ড্রেস পাঠাব নাকি?

তিনি আশ্চর্য হয়ে তাকান। বলেন, বেশ বুঝলেন আপনি! আরে, আমার কুটিয়া তো দেখাই নি এখনও। এ-সব হল, আপনাদের থাকবার জন্যে। যে লোক চাইছি সেও এসে থাকবে ওখানে। আমার জন্যে হল—পাশে ঐ ছোট্ট কুটুরী দেখছেন—ঐটে। ওর জানালা থাকবে না। ঐখানে আমার সাধন-ভজন চলবে। দিনরাত 'মসত' হয়ে থাকব। এক-আধ দিন বার হব। নইলে কেউ দেখাই পাবে না। ইনভেস্টমেন্টের সুদ পাব মাস পাঁচ শ' টাকা করে। যে থাকবে আমার সঙ্গে, তাকে ঐ টাকাতে মাসের খরচ চালিয়ে নিতে হবে। হিসেব চাই না। কিন্তু আমার ওপর কোন ঝঞ্ঝাট না আসে। ঘরদোর পরিষ্কার ঝকঝকে থাকবে, আমার একবেলার খাবার ঘরের দরজার কাছে পৌঁছে দেবে। কোন রকমে আমার ডিসটারব্যান্স না হয়। দিন না একটা ভালো লোক,—ভার নেবে। আপনিও যখন খুশি চলে আসবেন, থাকবেন যতদিন চান।

আমি বলি, প্রস্তাব ভালো। এবার কলকাতায় গিয়ে কাগজে বিজ্ঞাপন দেব।

তিনি নিরাশ হয়ে বলেন, আপনাকে সিরিয়াস কথা কিছু বলা চলে না। সবই উড়িয়ে দেন।

ব্রহ্মচারীজীর ঘরে ঢুকি। সাবান দিয়ে কাচা ধবধবে ফর্সা চাদর বিছানো বিছানায়। সামান্য কয়েকটি জামাকাপড়। পাট করে গুছিয়ে রাখা। খানকয়েক বই। সবই ধর্মগ্রন্থ। হিন্দি বা সংস্কৃতে। পাতার আশেপাশে বাঁকা বাঁকা হরফে মন্তব্য লেখা। তাও হিন্দিতে। বলেন, বাংলাটা ভালো করে শেখা হয় নি। কোনরকমে সামান্য লিখতে পারি।

১৯৬৩ সালেও জুনের শেষে, ওঁর সঙ্গে হঠাৎ হৃষীকেশে দেখা। সত্তরের উপর

তখন বয়স হয়েছে। সেই বিশাল দেহের পেশীগুলি শ্লথ হতে শুরু করেছে। আমাকে দেখেই আনন্দে জড়িয়ে ধরেন। বলেন, ক-বছর দেখা হয়নি। আসেন, চলে যান। যাবার পর খবর পাই। এবার ধরেছি ঠিক। ২রা জুলাই কল্পেশ্বরে ফিরছি। জিপ তৈরি। চলুন সঙ্গে। কয়েক মাস সেখানেই থাকবেন। বাড়ি প্রায় শেষ হয়ে এল। সেইখানেই উঠবেন। স্যানিটারি ফিটিংস এখনও হয় নি। বর্ষা কাটলেই তার মালপত্র যাবে।

বুক চিতিয়ে মাথা তুলে সোজা হয়ে দাঁড়ান। হাত ধরে টেনে নিয়ে চলেন, তাঁর ঘরে। বস্তাভরা স্তূপাকার জিনিসপত্র। বলেন, সারা বছরের খোরাক চলেছে। তাই তো আলাদা জিপ-এর ব্যবস্থা করতে হল।

জিজ্ঞাসা করি, বাড়ি জমি বিক্রি হয়ে গেছে?

বলেন, বাড়ির টাকা পেয়ে গেছি। জমির টাকা এই সেপ্টেম্বরে পাব—সব কথাবার্তা ঠিক হয়ে আছে। স্কীমও স্থির করেছি। টাকাটা একটা সেবা-প্রতিষ্ঠানে দান করছি। শর্ত হয়েছে, যতদিন বেঁচে থাকব, মাসে পাঁচশো টাকা করে আমাকে তাঁরা দেবেন। চলে যাবে তাতে—কি বলেন? কিন্তু লোক কই আপনার? এবার আপনাকে ধরে নিয়ে যাবই।

হিমালয়ের অন্য এক অঞ্চলে যাবার আমার সব আয়োজন প্রস্তুত, তাঁকে জানাই। তবু তিনি পীড়াপীড়ি করেন। হাত ধরে বলেন, তবে কথা দিন এ বছরেই আসবেন, আর থাকবেনও কিছুকাল। বাড়ি করলাম কেন তবে?

আমিও তাই ভাবি, মনে মনে। অর্থের অভাব নেই। পৈতৃক গৃহ, জমিজমা—অনেক কিছুই পেয়েছিলেন। সব ছেড়ে জীবন কাটালেন সন্ন্যাস ধর্ম নিয়ে, কঠোর তিতিক্ষা করে, দুর্গম তীর্থে তীর্থে ঘুরে। তবু মানুষ-মনের এ কি বিচিত্র গতি! হিমালয়ের নির্জন অঞ্চলে নবগৃহ-রচনার আবার বাসনা জাগে। আত্মভোগ-লিপ্সায় নয়—কার জন্য, কিসের জন্য—কে জানে।

॥ ৫ ॥

ব্রহ্মচারীজীর কুটিরের পিছনে, পাহাড়ের খানিক উপরে, কল্পেশ্বর মহাদেবের অধিষ্ঠান। ওদিকে লোকজনের কমই চলাচল। পাহাড়ের গায়ে, চলার পথও সরু। কোথাও বা পথ জুড়ে আগাছার জঙ্গল। চড়াই শেষে উপরে এলে অনুভব করা যায়—প্রাচীন তীর্থস্থান। অতি শান্ত পরিবেশ। পাথর-বিছানো পথ। পথের পাশে কয়েকটা ভাঙা মূর্তি। পাথরের তোরণ। খিলানের উপর থেকে ঘণ্টা ঝোলে। অপ্রশস্ত চত্বর। তারই শেষে একটা গুহার সম্মুখভাগ পাথর দিয়ে গাঁথা, সামনে প্রবেশদ্বার। গুহার ভিতরে এক শিলাখণ্ড—পাহাড়েরই অংশ। যেমন, কেদারনাথে। তিনিই কল্পেশ্বর। বৃদ্ধ পূজারী বলেন, জটা আকৃতি স্বয়ম্ভুলিঙ্গ। উর্গম গ্রাম থেকে পূজারী নিত্য আসেন। পূজা সেরে আবার ফিরে যান। ঘুরে ঘুরে সব দেখান। গুহার পাশে ছোট কুণ্ড। যাত্রীদের জন্য আচ্ছাদিত আশ্রয়স্থান।

প্রাচীন তীর্থক্ষেত্রের জাঁকজমক নেই। দেবতার সাজসজ্জা নেই। পূজার আড়ম্বর নেই। দ্বিতীয় যাত্রীও নেই। কয়েকটি বিল্বপত্র, অঙ্গনে অযতনে ফোটা কয়েকটি ফুল,—তাই তুলে এনে পূজারী হাতে দেন। ভক্তিভরে অঞ্জলি দিই। সঙ্গে আনা দুটি ধূপকাঠি জ্বালিয়ে দিই। স্পর্শ করে প্রণাম করি। মন্ত্রহীন পূজা; নগণ্য উপচার, তবু মন ভরে ওঠে সানন্দ তৃপ্তিতে। মনে হয়, যেন দেবতাত্মা হিমালয়ের বিজন নিভৃত গুহায় যোগাসীন বিবস্ত্র এক মহাযোগীর পদতলে উপস্থিত হয়েছি, অর্ধনিমীলিত নয়ন থেকে তাঁর করুণাঘন দৃষ্টি ঝরে পড়ে।

এর পরের বারের কথা।

সে বছর কল্পেশ্বরে রাত কাটাই না। ব্রহ্মচারীজীও তখন সেখানে নেই। শূন্য কুটির। তবু, পূর্বস্মৃতির সূত্র ধরে দেখতে এগিয়ে যাই। বারান্দায় এক সাধু বসে। অভিবাদন করে প্রশ্ন করি, কতদিন আছেন এখানে?

তিনি বলেন, সপ্তাহখানেক হল। গিয়েছিলাম বদরীনাথ দর্শনে। দর্শন করলাম বটে, কিন্তু মন ভরল না। লোকজনের ভিড়, হট্টগোল। শহরের জাঁকজমক—হিমালয়ে এসেও এমন দেখব, আশা করি নি। তীর্থপুরী ছেড়ে তাড়াতাড়ি পথে বেরিয়ে পড়ি। হঠাৎ হেলাং-এ এসে খবর পেলাম এই কল্পেশ্বর ক্ষেত্রের। ভাবলাম, একবার ঘুরে দেখে যাই। আসতেই কিন্তু মন বসে গেল। আসন পাতলাম এইখানেই। বদরীনাথে যা আশা করেও পাই নি, এখানে আশাতীতভাবে তাই পেয়েছি। দিন কেটে যাচ্ছে পরম আনন্দে।

সেইবারের আর একটি ছোট ঘটনা বলে এই কাহিনী সাঙ্গ করি। গহন বনে যেমন ক্ষুদ্র জোনাকির আলোও উজ্জ্বল হয়ে ফুটে ওঠে, আমার স্মৃতিভাণ্ডারে তেমনি এই ক্ষুদ্র ঘটনাও দীপ্তি বিকীর্ণ করে।

কল্পেশ্বর দর্শন করে উর্গম গ্রামে বিকেলে ফিরেছি। সঙ্গী শিশিরবাবুও সে-বছর সঙ্গে আছেন। এই উর্গম গ্রামে পঞ্চ-বদরীরও এক মন্দির আছে,—ধ্যান বদরী। পাথরের প্রাচীর মন্দির। সংস্কার অভাবে অতি জীর্ণ অবস্থা। মন্দিরের সারা অঙ্গ থেকে আগাছা ঝোলে। সেই মন্দিরের মধ্যেই রাত কাটাব ঠিক করি। ডিমরিজীকেও জানাই। তিনি আপত্তি জানান। তাঁকে বলি, আপনি বরং কিছু আহারের ব্যবস্থা করুন। তিনি খুশি হন, বলেন, সে তো করবই। কিন্তু, কষ্ট হবে না মন্দিরের মধ্যে? বিছানাপত্র তাহলে পাঠিয়ে দিই?—দুজনের জন্যে শুধু দুখানা কম্বল দিতে বলি।

সন্ধ্যার ছায়া নিঃশব্দে গ্রামে নামতে থাকে। মন্দিরের দিকে এগিয়ে চলি। পথের উলটা দিক থেকে এক বৈরাগী আসেন। এলোমেলো চুল দাড়ি। শুকনো মুখ। কোটরগত চোখ। অতি ক্লান্ত দেহ। শতছিন্ন জীর্ণ আলখাল্লা পরনে। হাতে কাপড়ে জড়ানো বাদ্যযন্ত্র। অতি সযত্নে বুকে ধরে রাখা। যেন মায়ের কোলে ঘুমন্ত শিশু।

আমাদের দেখে জিজ্ঞাসা করেন, এখানে দোকান কোথায়? দুদিন অভুক্ত আছি।

জিজ্ঞাসা করি, কোথা থেকে আসছেন?

পিছনের পাহাড় দেখিয়ে বলেন, ঐ পাহাড় ডিঙিয়ে—রুদ্রনাথ থেকে।

রুদ্রনাথ পঞ্চকেদারের চতুর্থ কেদার। অতি দুর্গম তীর্থ। কয় বছর আগে সেখানে গিয়েছিলাম মণ্ডলচটি থেকে অনসূয়া হয়ে। তখনই শুনেছিলাম, রুদ্রনাথ থেকে সোজা কল্পেশ্বর আসবার এই পথের কথা। মাত্র ১৪ মাইল। কিন্তু পথ নেই। গভীর বন জঙ্গলের মধ্য দিয়ে, পাহাড়ে নদীর খরস্রোত কোনমতে পার হয়ে, প্রচণ্ড চড়াই উৎরাই ভেঙে আসতে হয়। দু-তিন দিন লাগে।—বৈরাগী এসেছেন সেই পথ দিয়ে।

তিনি তাঁর দুরবস্থা দেখান। হাতে পায়ে বহু ক্ষতচিহ্ন, ছিন্নভিন্ন অঙ্গাবরণ। তবু তীর্থশেষে পরিতৃপ্ত মুখ। উৎসাহিত হয়ে বলেন, এটিকে কিন্তু ঠিক বাঁচিয়ে নিয়ে এসেছি!—যত্ন করে বাদ্যযন্ত্রটি দেখান।

কথা শুনে আনন্দ পাই। বলি, দোকান এখানে একটিও নেই কিন্তু, কোন কিছুর অভাব হবে না। আসুন, আমাদের সঙ্গে ঐ মন্দিরে—একসঙ্গে রাত কাটাব। শর্ত শুধু একটি—ভজন শোনাতে হবে।

মন্দিরের গর্ভগৃহ। প্রকাণ্ড পাথরের নারায়ণ মূর্তি। স্তিমিত দীপের আলোক। ধূপের স্নিগ্ধ সুবাস। গর্ভগৃহের মুক্ত দ্বার। আচ্ছাদিত মণ্ডপ। সেই মণ্ডপে দ্বারদেশের দুই দিকে বিগ্রহের দিকে মাথা রেখে কম্বল-শয্যায় শিশিরবাবু ও আমি শুয়ে আছি। পায়ের দিকে মন্দিরের বৃহৎ প্রবেশদ্বার। উন্মুক্ত। তারই ভিতর দিয়ে চোখে পড়ে দিগন্ত-ব্যাপী গিরিশ্রেণির রূপ। স্তরে স্তরে সাজানো পাহাড়। উপরে মেঘহীন নির্মল আকাশ। অযুত তারার আলোয় জ্যোৎস্নার ভ্রম জাগায়। বহু দূরে ২যোশীমঠের পাহাড়ের পিছন দিকে এক তুষার শিখর স্নিগ্ধোজ্জ্বল দেখায়। নীরব হয়ে দেখি, স্রষ্টার সৃষ্টি। হিমালয়ের নিশীথ শোভা। বিরাট দ্বারের চৌকাঠের ফ্রেমে বাঁধানো পরিপূর্ণ নিখুঁত চিত্র।

সেই শব্দহীন স্বর্গীয় পরিবেশে সুরের তরঙ্গ ওঠে।

পাশেই কম্বল বিছিয়ে আসন নিয়েছেন বৈরাগীজী। তানের পর তান ধরেন, মৃদু মধুর কণ্ঠে। তারের বাদ্যে ঝঙ্কার ওঠে। যেন, নূপুর বাজে। মাথার উপর আলো-অন্ধকারে মন্দিরের বিগ্রহের মুখে যেন তৃপ্তির হাসি ফোটে। সুরের হিল্লোলে হিমালয়ের বুকে যেন প্রাণের স্পন্দন ওঠে। কথা, ভাব ও সুরের প্লাবনে দেহমন কোথায় যেন ভাসিয়ে নিয়ে যায়। আনন্দবিহ্বল হয়ে শুনতে থাকি। আধো ঘুমঘোরে রাত কাটে।

এখনও অলস অবসরে সেই সুরের মূর্ছনা কানে শুনি। হিমগিরির সেই নিশীথ চিত্র এখনও চোখে ভাসে।

এই আমার কল্পতরুর অমৃত ফল।

মিত্র ও ঘোষ